隙中驹，石中火，梦中身。

出自苏轼《行香子·述怀》

巧克力与佛

七堇年 —— 著

NEWSTAR PRESS
新星出版社

新经典文化股份有限公司
www.readinglife.com
出 品

自序
一念之间，万千两难

恰如那条最经典的戏剧创作原则所说：正义与邪恶之间的冲突不叫冲突；真正的冲突，是正义对抗正义，或者此邪对抗彼邪；是好人做了坏事，或者恶人从善。

忠与孝，鱼与熊掌，红玫瑰与白玫瑰，月亮与六便士……巧克力与佛。千百年来，生活中让人揪心的，常常也是这些两面煎、两不舍、既要又要。

这本小说集中的大部分作品，是包裹在"户外运动"外壳之下的人性故事，本质是关于一念之间，小恶不为即成善，或者种种两难。毕竟普通生活中的各个角落，从办公室到地铁，从超市到酒吧……所有茶杯里的风暴、卧室里的争吵、厨房里的冷战，已经被前人写尽了，杰作辈出。所以我试着做一些额外的探索，使用日常之外的素材，写一下风暴中的茶杯，一些以荒野为办公室、以高山为厨房、以岩壁为酒吧的人生。

"垮掉派"代表人物杰克·凯鲁亚克最为人熟知的作品是《在路上》,但我更喜欢的却是他的《达摩流浪者》。那句"永远年轻,永远热泪盈眶"(O Ever Youthful, O Ever Weeping)便出自那本书。书中以接近自传的方式,写了一群天真又迷惘的年轻人,借助朴素而自由的生活,通过徒步、流浪、禅修、佛教哲学,去摸索生活的真谛,反抗资本主义"工作—生产—消费"的闭环式牢笼。

我喜欢其中的一个细节:主角在一次爬山过程中又累又饿,快要不行了,他非常想吃一块巧克力。这时候,他的朋友说,这块巧克力,就是你的佛。

无论你怎样理解这个语境下的"巧克力与佛",它背后蕴含的都是一种既矛盾又协调的两面体。那样的"巧克力瞬间",组成了我们生命中的顿悟时刻,是命运的禅。

写作二十年来,我已经从一个敏感而困顿的青少年,变成了那个"以山为乐"的作家。写作仍然是我的精神静脉,但在写作之外,我的动脉全都流向了山地运动——滑翔伞、攀岩、攀冰、登山、洞穴探险——它们是潘多拉魔盒,一旦打开,就再也没法合上。这样说来,也许可以打翻你对一位女性作家的刻板印象。

"攀岩是一种享受失败的运动",我第一次听到这个说法的时候,心中震撼不已。那时候我完全没有学会"享受失败",我所在的文化中,也鲜有对失败的拥抱或肯定。那几年,我正身陷存在危机、虚无泥潭,感到一切都没有意义,活着也没有乐趣。我凭直觉走向自然,寻求答案,进而深入了一系列户外运动，从洞穴探险、滑翔伞到攀登……它们给了我存在意义上的出路和解脱。

在某次攀岩的下午，一个疲惫的"巧克力瞬间"，突然顿悟：既然我可以如此毫无功利心地热爱一项运动——哪怕它毫无意义、百无一用，自己注定成不了高手，仍然乐此不疲——那我还有什么"无意义"不能接受？

人生就像阿尔卑斯式攀登：亲力亲为，无有代者。终点是确定的，乐趣在于选择哪一条路，以怎样的方式上去。恰如攀登家刘洋老师所说："攀登也是一种创作。"

辛辛苦苦上去（或不一定能上去），仅在顶峰停留一瞬就立刻下撤，什么也不图，就图个过程。每位高手都是这样：注定要身怀绝技地离开这个世界，但在离开之前，就要花费一生，认认真真，练就一身绝活。

但何止是运动员呢？每个人不都是如此。山教会我的，正是如何从容面壁，彻底接纳自己的渺小与无能，与此同时，倾尽全力而上。

生活是含糊的自我调适，而攀登是确切的自我肯定。与写作的主观性与模糊性相比，运动的成就感是确定的：一场马拉松，完赛了就是完赛了；一座山峰，登顶了就是登顶了；岩壁上的一条线，拿下了就是拿下了。这种确定的正反馈，以及运动过程中的心流感，如此迷人，让我欲罢不能。

所谓心流感，无非就是极致的专注、忘我，以至于完全感觉不到时间的状态。全身心溶解于当下，溶解到比自己更大的事物中去。写作曾经也能带给我这样的心流感，但坦白说，如今越来越少了。写作太"人"了，源于人，关于人，可如今的我想活得不那么像人一点，动物一点——想想也很荒谬，哪怕我们好不容易进化了几万年，终于造出汽车飞机火箭卫星，但最开心的时候仍然是变回猴子的时候：奔跑，跳跃，攀爬……我把它形容为：返祖的快乐。

从溯源上说，户外运动其实是城市化的副产品。农耕时代没有户外运动这回事，那时候每个人都在跟土地打交道，农民不会质疑种地的意义。采药人天天都在攀岩，牧民天天都在徒步，猎人天天都在登山、越野跑。劳动与生存是如此天经地义，一点也不虚无。人与自然曾经彼此镶嵌，直到工业革命将人从土地上剥离，扔到资本和市场那双看不见的手上一顿拿捏。在一系列异化、物化过后，现在的我们总觉得"哪点没对"：互联网将我们在虚拟中拉近，却在现实中把我们隔远，直到 AI 足以取代我们。这些花招如镜子，迫使我们想一想、看一看，什么是人，人是什么。

我常觉得这种"哪点没对"又说不上来"是什么不对"的悬置状态，代表着现代人的普遍困境。不仅是登山者，任何人都处于一套社会定义的攀爬系统中：从讲师到院士，从墩子到厨师长，从 P4 到 P8，是系统就有系统困境。户外人是这类困境中最有代表性的一类：他/她显然心怀一个自由本真的世界，但又通常困于城市中，要对付工作、生活琐事、亲密关系，面临主流价值观的审视。

甚至在户外运动的内部，也变成了功绩主义的竞赛。谁出了什么成绩，谁拿到了代言，谁赚到了更多……阿尔卑斯式的看不起喜马拉雅式的，自主的看不起商业的，鄙视链确凿。有时候我很悲哀地发现，当户外变成了"户外圈"，本质上，它又成了一个"人的江湖"。对于热爱山野的人来说，多一寸就陷入消费主义陷阱，少一寸又逃脱不了江湖引力。你爬的到底是这座山，还是这座山的名气？你到底是为了旅行本身，还是为了出片、装修朋友圈？

我想问题本质还是关于"存在"：一个不想被外在标准定义的现代人，应该如何处理自己的存在。在这过程中，户外运动只是一条路径，一条赋予自我价值的路径。

正因为以上的个人经历与思考，才有了这本小说集中的人物。故事有一部分是字面狭义的户外冒险，另一部分则是隐喻意义上的人生冒险。最后一篇《火空海》，源于一次偶然的机会，读到"火空海"这样一个词条，根据它的解释：火空海本是部分藏语文献中从公元 624 年至 1026 年的 403 年间所使用的纪年方法。藏语中"火"(མེ་)是"三"的异名，"空"(མཁའ་，虚空、空白)是"零"的异名，而"海"(རྒྱ་མཚོ་，音译为"加措")是"四"的异名。藏文数字异名书写习惯为先写低位，故"火空海"即"四零三"之意。

不知为何，我被这三个字吸引了，于是有了《火空海》这样一个英雄之旅式的故事，关于攀岩和攀冰如何改造一个人，让他看到人这一生为何而来。一个人受到更高的召唤，犹豫，出发，经受历练，坠入至暗时刻，又克服万难。归来时，已不是当初那个人。

在小说中，火空海仅是一座山峰的名字。我认为它隐喻的恰是"一段逝去不可追回的时间"，那段万物有灵、众神始终俯瞰我们的时间。如今的我们，生活在祛魅后的世界，上帝死后，我们只相信自己，追求自我，回归自身，但说到底，"自我"是个弱小的神。

山岳作家雪羊曾在一篇序言中这样写道，当下时代"也可能是人类历史上，新鲜感最廉价而乏味的时代，任何能以影像撷取的主题，几乎都被挖掘与拍摄过了，所有的影像都是那么唾手可得，能那么轻易地就让一个单纯的人，认为自己滑滑手机，就全然了解世界……"

刷一段二十秒的户外视频，眼睛与身体都只在人间，在沙发上。它不能代替一个人，一个具体的人，切肤地置身稀薄空气，感受刺痛鼻腔的寒冷、恶心、头痛、疲惫，和四周无与伦比的壮美与崇高。这就像仅仅在屏幕上观看一份可口的食物，无论画面如何诱人，你是尝不到它的美味的。

所以我珍视一切具身体验，志在不断亲自经历那些痛并快乐的"巧克力瞬间"，并让它们滋养我的写作。毕竟我和大部分人一样，生活在城市中，大都经历类似的成长轨迹和时代背景，我担心自己的阅历单薄，不足以在写作的道路上走得更远，所以我将目光投向山野，投向更广博的存在，以弥补自身的狭隘。

如果说当今时代，文学已经是小众的，那么选择户外作为装载故事的容器，真是小众中的小众，窄之又窄的路。这样的"赛道"显然没有效益上的明智，只能说明我从来都是一个喜欢走小路的人，又相信风景常常不在大路上，所以不介意绕远路。

祝你阅读愉快，也祝你旅途顺利——无论是字面意义上的，还是隐喻意义上的。

七堇年
2025 年 4 月于成都

目录

第一辑
巧克力与佛　　3
与此同时　　37
对跖点　　59
火草　　75

第二辑
黑刃　　97
二十九路公交车　　137
三途川　　181

第三辑
火空海　　211

户外词典 / 330

第一辑

巧克力与佛

1

"弄死兔子的办法是扯起它的耳朵,让后面的动脉暴露出来,鼓起,打一针空气进去,有时候打两针;过一会儿你就看到兔子在原地转圈圈,抽搐,然后就倒下了。"

"我靠。"

"每次动物实验室处理了一大批兔子,食堂的菜就会全变成兔子肉。其实能吃的都是外科练习用的,没什么毛病,但谁知道呢,万一药理的用过,注射了啥,搞混了,弄错了呢,谁知道。反正我们从来都不吃食堂的兔子肉。"

"也是。"康羽点头应着,盯着眼前这盘鲜椒兔,放下了筷子,转而拿起啤酒,视线坠入杯口,再没抬起。徐开有点慌:"我是不是说太多了,搞得你没胃口?"

"没有啊,你继续。"康羽重新拿起筷子,夹了兔肉。徐开无法分辨她到底是真话还是客套,但什么都比冷场要好:"……处死豚鼠就简单了,豚鼠胆子特别小,经常容易被吓死。捏着它的脖子,死死捏着,小心它毛了,转过头来咬你。按住了,然后猛地扯它尾巴,脊柱就断了,破坏中枢神经……"他顿了顿,观察她的反应,但找不出反应,只好继续:"但有时候一不小心,只是把尾巴扯断了,它还好好的……"

"我靠。"

"后来我们有个同学嫌一条一条地扯太麻烦,就发明了一个办法:淹。一盆豚鼠,全扣在池子里——手术清洗池,大的那种——过一会儿再去捞起来。但有一回他大意了,一盆子扣下去,留了好多空气,隔了半小时去,一揭开,全部小豚鼠都在里面游泳。"徐开操着筷子,双手飞了飞,比画游泳的姿势,她立刻笑了。

那个笑容他很熟悉,就像熟悉这个曾经的家。去厨房倒水喝的时候,徐开顺便上了个洗手间。他仔细地掀起马桶圈,观察着卫生间里的一切物件。一切如旧,但比他们共同生活的时候潦草了很多:墙角起泡,瓷砖发暗,木地板翘起,到处都是时间做的手脚,到处都能看见掉发,看长度的确是小羽的。洗手时,徐开盯着口杯,还是他送的,摔了个豁口。牙刷只有一支,这让他偷偷松了一口气。

徐开从厕所出来,路过阳台,仔细看了一眼那些晾着的内衣裤、毛巾、外套——早就干了,却一直没收。好像确实没有别人的衣服。徐开像一条警犬似的拼命搜寻着什么,连自己都觉得有点猥琐,况且若真有,他并不想知道。

回到客厅,徐开小心翼翼地绕过那些垒得整整齐齐的登山装备：快挂、岩塞、冰锥，各种款式的主锁、散锁，吊在墙上穿成一串。驮包、背包，一个叠一个。绳索完美地收纳成一捆，整整齐齐码着。一想到只有这些装备才是她的宝贝，徐开就在心里苦笑。

等他回到餐桌旁，发现她破例煮了一碗汤，正端上来。锅很烫，她用下巴示意他赶紧在茶几下边找个东西垫上。他慌忙薅了几下，只摸出一本书："这个可以吗？"她说可以可以。

汤不好喝，里面煮了好几种菜，味道都混了。她撇撇嘴，说："要进山了，想把冰箱里的菜都吃了，随便煮的。"饭后她去洗碗，徐开盯着那本书封面留下的圆圈锅印，以及被圈住一半的《兔子快跑》。

他边翻边问："这书写的什么？"

她在厨房里回答："咳，啥也没写。"

"你说嘛。"

"我其实不是很喜欢这人写的东西，但他那意思我大概懂，反正人嘛，都是惘然的、无聊的，要么找钱，要么找炮，要么找死。"

"跟兔子有什么关系？"

"那主角叫兔子先生。"

2

他们是在攀岩馆认识的。徐开那时候还没带组，不至于忙到没空,周末能正常休。有次想约哥们儿爬山,结果哥们儿说要去抱石。他问抱石是什么,哥们儿说去了就知道了。

进门他就看见一个姑娘,正在往手指关节上缠绷带,不时抬头和岩友们打招呼。哥们儿说,你运气真好,头一回就遇到女神。

女神穿着一条瑜伽裤、一件宽松的短袖,辫子草草地编着,瘦得像只岩羊。徐开盯着她坐下来换攀岩鞋:又小又窄,脚尖拱曲,看上去童鞋似的,让人担心怎么穿得进去。

等她上了墙,就从岩羊化身为鸟。她在磕一条V5的线:墙上的手点都很刁钻,叫人困惑是什么钳子才能把它们抓住。徐开眼睁睁看着女神像吊了威亚似的,勾右脚,挂上一个惊悚的负角度;接着一个干净利落的下肢发力,重心便移上去了,整个上半身顺势坐在脚后跟上,优雅得像一尊水月观音。"Nice!加油加油!"哥们儿不由自主叫起来,"脚可真轻……这叫隐者步。"

一个旗式动作之后,她脚尖轻点墙壁,折膝,优雅地探向下一个点,底下的人高声吆喝:"我靠!""有了有了!""伸手就有了!"她一个发力,都没炫技什么动态跳,就顺利合手,整个过程极快,轻巧,看起来无比容易,但徐开偷偷试了下,自己连起点都上不去。

她刚一下来,就被好几个人凑过来围着,一起坐在垫子上聊天。徐开也想凑上去,哥们儿一眼看穿,赶紧介绍:"这是徐开，我哥们儿，骨科医生，手艺特厉害，我的膝盖就是他做的。但是希望你永远不用找他哈！"

她笑了："我叫康羽。"

3

"所有宗教都是为了解决做人的痛苦，所有运动都是为了解决做人的无聊。"康羽的微信签名档是这么写的。徐开加了她以后，在最短的时间里把她朋友圈浏览了一个遍，反复琢磨该给自己编个什么签名档才能给康羽留下印象，想来想去，想不出来，又觉得这样太刻意了，兴许她都不会看一眼，便算了。

他有限的约会经验都是通过相亲学会的。彼此的故事都只够四杯咖啡，或一打啤酒，最多两打。见面三次之后往事就耗竭了，话题干涸，只能用上床来缓解。半年后，床就上腻了，再拖个半年，就面临分手或者结婚。这个套路他都清楚。但和康羽的聊天超过了五打啤酒，还有料。这是徐开没有想到的。

他从没有遇到过一个姑娘会在烧烤摊上一边抽烟，一边说："前几天读了越南那个作家，保宁，写战争的：坦克碾过战壕，履带里夹满了碎肉，夜里引来老鼠啃它们，啃得钢皮咔嚓响；碎肉几天后就会发臭。最欺负人的事儿就是去清理履带里夹着的腐肉。这就是战争的细节，没经历过就不会知道。登山也一样。你经历过野外的痛苦，才会对城市生活有渴望。拖鞋才有意义。床才有意义。热水才有意义。睡袋湿透了,高山靴三天没脱,脚指头都泡肿,头发十天没有洗,在头盔里发痒,挠不到,压缩饼干吃到想吐,你才会想家。"

"既然痛苦,为什么要去?"他问。

"因为痛苦也有快感。"

"别的事儿不能给你快感吗?"

她有点犹豫,闷了一口酒:"这么说吧,有本书叫《达摩流浪者》,凯鲁亚克写的,就是那个垮掉的一代。"

"嗯哼,这我听过。"

"我很喜欢书里有一段,写他俩爬山,爬得很累很累,到了某一刻,特别特别想吃片巧克力,他就说,这时候,这片巧克力,就是你的佛。"

徐开不知这话怎么接,沉默了很久,只好说:"你先坐会儿,我去上个厕所。"

她看着徐开先是去结账,然后才走向洗手间。他的手机还放在桌上,电话进来了,屏幕亮了一下,很快又灭了。她注意到屏保是一张照片,一个小男孩,大概是拿了跳高冠军的那一刻。短裤,背心,露出瘦长的四肢,螳螂似的亢奋,高举胳膊,攥着奖杯。她感觉这是老照片翻拍的,八十年代的穿着。她盯着那照片看,有点入了迷:如此活生生、健康、赤裸的一粒生命;一副杰作般的身体,看起来拥有一切。

徐开回来,发现康羽的表情有点难以捉摸。他不知发生了什么，愣愣站着，垂下胳膊，长长的静脉，绳子似的缠在小臂上。

"这是你儿子？"

"什么儿子，我还没结婚呢，这是我小时候。"徐开抓过手机，这才放心坐下来，朝她笑。

"你小时候这身材可真是个攀岩的好苗子，长手长脚的。"

"现在不是了？"

"现在……嗯，也还行。"

送康羽回去的车上，徐开一直没怎么说话，等着她开口。这是康羽头一次对这种沉默感到不耐烦，宁愿他这时候就像普通男的那样，主动一点。她听说如果一个男的真的喜欢谁，是不可能不主动的。她忽然怀疑起自己的吸引力来，这让她无端烦躁。烦躁时她会忍不住地咬指甲。他注意到了。

到了某个红灯口，他突然问她："你的牙刷是什么颜色的？"

"为什么突然问这个？"

"不知道，就是想问。"说完，徐开如她期待的那样，主动摸向她的手：攀岩者的手，粗糙得像握着一把晒热的沙砾。指尖都是茧。她想缩回，但被他用力拽住。她的手到处都在裂开，镁粉和岩石让它十分干燥，关节处都有血口子，粉红地张着，无数细小的嘴，一双想要说话的手。

他倒向她膝盖那边，从副驾驶的手套箱里翻找什么。

"你干吗?"

"找创可贴。"

"咳,不需要了。"她一向嫌弃自己的手,想藏起来。不仅是手,她好像是嫌弃自己的一切,一直不满,经常后悔。徐开从没见过一个女孩子这么好,却始终自我嫌弃,这让他十分不解。

"所以到底为什么喜欢这些?"他问。

"这些什么?"

"攀岩、登山,这些。"

"你们怎么老是爱问这种问题。没有为什么的。真正喜欢这些事儿,根本说不出来为什么。"

"我才不信。"

"非要说的话,可能是我厌恶人类吧,包括自己。只有在攀登的时候,这些东西才消失了。人啊,事儿啊,都不存在了。"

"你是个让人相处起来很快乐的人,小羽,你应该也喜欢和自己相处才对。"

是这句话,让康羽感觉心口被什么东西烙了一下,又暖又疼。也许一个人懂另一个人,是可能的。她一边想,一边看着徐开为她抹护手霜,贴创可贴。徐开迫切想要吮吸那些伤口,想和她手上的那些小嘴对话。

约会到第六次,他们已经能自在地面对面沉默,也不急于说话,只是听听风吹叶,看看路行人。康羽没开口时，他就耐心等着。比起那些滔滔不绝的家伙，康羽也喜欢这种适可而止的安静。她始终记得第一次上床之前，徐开脱掉那件当睡衣穿的短袖时，显得有点不好意思，因为上面全是小洞。徐开说："你帮我看看，这是什么星座。"

她盯着那些小眼儿，笑："我只知道北斗七星。"

"我觉着像仙女座。"

她凑上去细看，捕捉到他身上居然有一股气息是好闻的。而徐开闭上眼，感觉她身上的皮肤像湖面一样光滑，令他意外。

徐开发现康羽和他想象过、认识过的姑娘都不一样。任何世俗意义上的"乐子"对她来说都没意思：逛街、吃饭、购物、网游、抽烟、喝酒、KTV、刷手机短视频，她都不喜欢。她可以做，但不喜欢。

不是不喜欢，而是喜欢不起来，她试着解释，她曾经强迫自己找到一款喜欢的游戏、一份还过得去的工作、一个房子，甚至一个人……之类的，在城市里安分下来。但这一切尝试，都失败了。她实在喜欢不起来。城市里的大部分事儿都得坐着，这样她痛苦。别说上班，连约会都没有办法超过一个下午，因为约会总是绕不开坐着的环节——坐着看电影、聊天、吃饭、喝酒，而这些都让她待不住。可能是从小就有多动症，她说："你一个医生，知不知道有种症状叫'不安腿'？"

"听说过。"他把手放在她的膝盖上,"我们去爬山吧。去你喜欢的山。"

4

她始终走在前面,和他间隔着十几米。她的背包看上去足有三十斤,顶包外面搭着一捆绳子,比他的头还高出许多,从背后看,就像一只巨大的登山包长出了一双小腿。

徐开努力跟上她,却感觉山坡好像在吃自己的脚,一步一口:从足底开始,小腿,膝盖,吃得腿越来越短,越来越软,越来越慢。也许也只是因为康羽越走越快。他无数次试着拼命追上去,和她并肩走,但稍微一停,喘口气,或者喝口水的工夫,她就又领先了。一股怒火在徐开心底闷燃,一半是对自己无能的愤怒,另一半是烦躁。好吧,烦躁也是因为对自己无能的烦躁——他发现自己完全跟不上她,这太丢人了。徐开攥着拳头,咬着牙。

不知不觉已经走到雪线以上了。康羽的脚印仿佛白色的血迹,一大滴一大滴,他顺着那些脚印往前赶。汗水滴进眼睛,混了防晒霜,辣得他睁不开眼。他皱得眉头发酸,看着不远处那个惊悚的碎石坡,绝望地意识到之前只是接近,真正的爬升现在才开始。

他只能一次给自己一个小目标:走到前面那棵杜鹃前就喝水,走到前面那条溪水边就歇个脚。到了某块大石头旁,徐开累得一斜,把背包搁在石头上,拼命喘气。他眼睁睁看着康羽远去，故意要离开自己似的。他感觉自己的呼吸乱成一群受惊的鸡，上蹿下跳，根本抓不住。气儿还没理顺，康羽又离他更远了。她根本没停过。她的从容和轻松令他崩溃。徐开急得几乎想哭。

他其实也不是为了爬山，而只是想和她待在一起。单独待在一起。他满脑子想的都是等到了营地如何和她一起钻进帐篷。不进帐篷也行，他要把她压在下面，让她眼里只有星星。漫天银华，篝火一簇，他满脑子想的都是如何跟她在荒野里大干几场。这是真正的野合，洪荒天地就只剩他们这一对男女。亚当夏娃。他唯一的动力就来自这个。

但这个动力显然站不住脚。出发三个小时后，徐开头痛加剧，想吐，想拉肚子——总觉得马上要拉在裤子里了，又生生憋回去；毕竟背包和安全带勒着，要脱裤子是个大难题；何况在这滑梯般的碎石陡坡上，没有一寸是平的，根本蹲不下来。一想到有很多人因为在碎石坡上蹲大号而滑坠，他就忍了。他腹痛如绞，心乱如麻，追着康羽的背影，感觉挫败极了。

天渐渐亮透，大雾正浓。突然间，徐开一回头，看见厚厚云层被捅了一刀似的，破了一个大口子，阳光如金色的血倾泻而出，流进雾中，凝成一段淡淡的虹。冰白的山巅就在那虹上闪闪发光，神迹般摄人心魄。他大声呼喊小羽："快看，快看……！"然而几乎是一瞬间，流雾就淹没了山巅，一切都羞涩地隐去了。于是康羽回头的时候，什么也没看见，只看见徐开愣在原地，丢了魂儿似的，大口呼吸。

这一幕降临又消散,像一位神突然显灵,质问他,以前的日子是否是充分值得一活的。他张口结舌,还没想好答案,神就回到了天上。徐开突然间理解了,为什么康羽一心只有山。那种天高地厚,一旦体会过,就再也没办法装作不知道了。高山是一种宗教,在信了高山的人眼里,世俗的存在,是不可能真正重要的,遑论他这么一个凡人。若让康羽二选一的话,他根本没有赢面。徐开沮丧地望着康羽越走越远,想,此时此刻,她既是他的巧克力,又是他的佛了。

抵达营地,才下午四点。风太大,防雨布被吹得几乎摁不住,他们搬了许多石头压住,累得腰疼。终于躲进了帐篷里,她点了气罐煮泡面,把午餐肉什么的都放了进去。锅里很快咕噜咕噜地冒泡,徐开的筷子却找不到了。他徒手端着个小碗,孩子似的傻傻看着康羽。她只好咬着叉子,腾出手,从包里掏出一把折叠勺子,打开,递给他。用勺子吃面看上去很蠢,他想,她干吗不喂我?你一口我一口多好?她这么介意我吗,算了。徐开饿得心烦,埋头嗦面,吃相发狠,像是要把多余的话一起吞下去。

天刚暗下来,寒气就逼进骨子里。星辰变成静止的雨滴,那么低,那么密,感觉头顶要被它们淋湿。但风太大了,站着看上一分钟就冷得受不了。康羽吃完东西,立刻加了一层羽绒服、羽绒裤,对徐开说:"要么你也穿上,趁现在还有体温,把自己搞暖和点,别到晚上冻得睡不着。"

徐开暗地里苦笑，觉得自己之前的幻想简直蠢透了。在这冰天雪地，根本不可能脱衣服。别说衣服了，上大号都舍不得脱裤子。徐开觉得这么下去，小羽跟他能做兄弟就不错了，这简直跟爱情八竿子打不着。徐开哭丧着脸，一边扒拉方便面，一边想，到底什么时候能吻她？他吃完面条，悄悄哈出一口气试了试，觉得自己一嘴怪味儿。一切够糟了，他不想彻底毁了仅剩的那点——无论它是什么。

康羽去了很远的地方小解。回来后钻进帐篷，把睡袋拍打蓬松，想了一下，又戴上头盔。

"你现在要出去？"他疑惑起来。

"不是，我总预感今晚山上要掉石头。你最好也戴上。"

"我不戴。"

"别找死。"

"死了也好，就想和你这样死在山里。"徐开说出这样的话，自己也吓了一跳。

到了半夜，徐开完全没睡着。每隔一两个小时就忍不住看一下时间。生生从十二点，到凌晨一点，一点四十，三点，三点半……四点十分，五点二十。他老想钻出睡袋上厕所，又怕冷，不想动，憋着，但因此更睡不着，整个人感觉像是被封在了水泥里。后背筋膜炎犯了，疼得好像睡在一块烙铁上，煎得他左右辗转。而小羽睡得正沉，动物一样安宁，呼吸平稳，梦的节奏。徐开感到一阵从未体会过的、坚固而冰冷的失落。没有什么比在熟睡的爱人旁边失眠更绝望的了。何况戴着头盔都睡得这么香?!还说什么长期失眠?鬼扯。徐开气得想摇醒康羽,质问她:"说吧,到底要山,还是要我。"

这当然太傻了,他紧闭双眼忍受失眠与背部的疼痛,忽然很希望真的掉石头,或者来一场雪崩,一了百了,抹去他此刻的孤独:一种陌生的、锋利得让他恐惧的孤独,在虚无的荒原上,一头老狼走入风雪中寻找葬身之地的孤独。

六点的闹钟终于响了。康羽翻了一下身,含含糊糊地哼唧了两声,问他:"睡得怎么样?"

"头疼背疼,一宿没睡着。"

"起来吧,我们一会儿准备出发。"她说。

徐开没说话,窝在睡袋里不动。他听见康羽拉开睡袋拉链的声音,刺啦刺啦的穿衣服裤子的声音,她穿鞋、刷牙、点燃气罐、烧开水、包装袋撕开的声音。

"你怎么还不起?"

"我不去了。难受。"

"哪儿难受?"

"头痛。"

"从一到十,多少度的疼?"

"你去吧,别管我。"徐开在睡袋里蜷缩起来。他还以为她会说:"来,我给你揉揉。"

"那我们收拾东西,下撤吧。下了海拔就好了。"康羽的语气冷静得让他窝火。

"我现在不想动,你去冲顶吧,我躺会儿。真的,你别管我了。"

"你这样我也不能把你扔在这儿不管。"

"你去你的,我就只想躺着。"

日头升上来的时候,帐篷里忽然就热成了高压锅。徐开不得不起身,钻出睡袋,却惊讶地发现康羽竟然哪儿也没去,就在外面坐着,望着远处的山。他觉得她整个背影是一声漫长的叹气。他忽然慌了。

从收拾帐篷准备下山的那一刻起,气氛就彻底变了。康羽走得更快了,徐开绝望地发现,他连下山都赶不上她。康羽跟岩羊一样几乎是跑下去的,连一口气都没歇,影子就不见了。等他脚耙手软地赶到山脚,康羽已经不知道等了多久了。她走上前要卸他的背包,他慌忙拒绝,坚持说我自己来。他觉得再要让她拿了包,就彻底没尊严了。

整个回城的路上,康羽一句话也不说,闷头开车。徐开察觉到什么,心乱如麻,他想问:你是不是觉得我特别没用?但又吞了回去。他干脆闭上眼睛,一半是装睡,一半也真困。困,但睡不着。

上了高速,车就多了起来。进城后,越来越堵。终于快要到了的时候,他突然开口说:"我一直有个问题想问你。"

"嗯你说。"康羽听起来很平静,心里却突然跳了起来。在漫长的停顿中,她期待着什么,头一次,她渴望被问一个措手不及的问题,在被搞郁闷了一整天之后。

"你的社保怎么办?做你们这行的,老了怎么办?受伤了什么的。"

康羽背着硕大的登山包进电梯,塞得别人差点进不来。一个单眼皮的小孩在电梯厢里仰头盯着她,一脸好奇外星人的表情。进了家门,一切都在黯淡中等着她。沙发在等着她,餐桌、电视机、沉默,等着她,仿佛老父老母,暗自替她着急社保和养老的问题,但不敢问。一种孤独和疲惫感袭来,她庆幸自己独居,此刻不需要跟任何人说话。

洗了澡,把衣服扔进洗衣机,打开冰箱拿出可乐,跌坐在沙发上:她感到了五分钟的舒适感。那五分钟的舒适是一条细细的海岸线,迅速融入平庸与虚空的汪洋,无边无际。她想象着宇航员结束太空之旅,回家走进厨房那一刻,大概就是如此的。和过去每次进山回来一样,她洗完了衣服,洗了澡,只能在沙发上安坐五分钟。最多五十分钟。当巧克力变回了巧克力,佛还是佛的时候,她就又想离开了。

社保?滚你丫的,我还以为你多少不一样,徐开。我还以为你多多少少,跟普通人不一样。康羽越想越气,以至于当晚不出所料地失了眠。她不明白为什么一回城就失眠,情绪低落;在山里那么糟的条件,钻牛棚,睡帐篷,她却常常睡得香。

等衣服一晾干,康羽就收拾装备重新出发了,没跟徐开说。

5

扎西是牧民，除了每年五月挖虫草，其余时间都闲着。找牛的事儿，老婆比他更擅长，做饭什么的就更不用说了。当地背夫的价格是二十五元一公斤，只要山不算太难，扎西一次最多能背六十公斤。他对爬山毫无兴趣，总是边走边玩手机，刷抖音。他的右手好像仅仅是为了握手机而生的，眼珠子则是为了屏幕而生。就这么佝偻着背，在崎岖的碎石坡、河道、岩石上，一声不吭地走着，一直刷手机。

在扎西身后，天空宛如一面巨大的蓝盾。壮丽的雪峰依次排开，锐利的山巅紧贴着云朵的肚皮，看起来一不小心就要戳破它们。几只胡秃鹫，黑风筝似的飘着。扎西走得不紧不慢，一直低着头，简直像被那块小小的屏幕摄去了魂。通过那持续不断的短视频聒噪声，康羽能分辨他隔着多远。

"你还有信号吗？"康羽忍不住问。

"没。"

"那你在看什么？"

"看存下来的视频。"

"好看吗？"

"好看。"

"你不觉得山更好看吗？"

"山不都长那样，也不晓得你们这些人大老远跑来看什么。"

扎西的不假思索，暗含着某种理直气壮，让康羽一时语塞。

抖音，或不抖音；日常，或不日常……本质上它们甚至不是问题，而只是两款标签：一个人可以选择贴，也可以不贴。扎西不耐烦山，就像她不耐烦城市。每个人都嫌弃自己生而已有的东西。这简直太好笑了，康羽想着，体会到某种巨大的顿悟，像海面下的一团黑影，即将浮现，又不确切。

抵达营地后，扎西一屁股坐在石头上，把大背包的勒带从双肩上剥下来，往后一倒，喘了一口气，仅仅一口。汗水从他的帽檐下面渗出来，他都懒得脱帽，也不脱衣服。康羽发现山里人无论多热、多冷，都穿同样多的衣服，不脱，也不加。他们甚至不喝水。冷极了的时候，哆嗦着直跺脚，咒骂着鬼天气，却懒得拉上外套拉链。也有可能是拉链坏了，康羽想。

眼下当务之急是手机没电了。扎西急促地翻找充电宝。康羽则打开驮包，开始扎营。等插上了充电宝，扎西才去打水，找柴。到了做饭的时候，扎西一边玩手机，一边单手颠勺炒菜。俩人完全不用说话，但很默契。康羽觉得这样非常轻松。至少扎西不关心社保，也不会问她养老的事儿怎么办。

夜里他们各睡各的帐篷。康羽半夜起来小解，发现扎西的帐篷里依然亮着微弱的一星冷光，还在看手机。

为此，她几乎笑了。

第二天，康羽在营地周围发现了一面巨大的花岗岩壁，紧邻一面深蓝色的海子，美到让人忍不住想爬上去，到最高处与鹰齐平，看看风景。她仔细观察了一下，沿着裂缝走，线路难度不高，非常适合结组攀爬。高海拔的裸岩没有任何植被，更没有人攀过的痕迹，完美的原始岩壁被太阳晒暖了之后，摸上去十分粗粝、干爽，那些手点脚点的摩擦度，舒服得让人起鸡皮疙瘩。

"扎西，过来一下。我教你打保护啊，你学着，以后用得着。"她不由分说地拉他过来，"第一，绳尾结，任何时候，习惯性打好绳尾结；然后保护器，这样拿，槽子这端朝前，入绳扣好，马上锁死，养成习惯；给绳，不能太松，也不能太紧，香蕉垂度，这样，看到了吗？站位，注意力线的角度……"康羽说着，扎西表情困惑，皱着眉。

细节太多了，要点太多了，扎西的眉头越皱越深。康羽越讲越觉得心里没底，她非常清楚给先锋做保护员其实要求很高，随便挑一个外行来"拽绳子"，是最忌讳的事儿，对两人都不安全。一个冲坠没配合好，不是她受伤就是保护员受伤。

万幸的是，眼前这条线路估计只有 $5.9\sim5.10$ 左右的难度，她确定自己可以轻松搞定，对保护员没什么要求。现场和扎西模拟了几把，确定没啥问题，康羽开始做最后的清点：岩塞、机械塞、快挂。彼此相互检查绳结、保护器。她开始攀爬。腰间的安全带挂满了装备，叮叮当当作响。一切都很顺利。她很快进入心流状态，彻底的专注与沉浸，彻底的享受。一切杂念都消失了，世界不再存在，时间也溶解了。她感觉全部的自我意识从一片杂乱的沼泽变成了一滴光滑的水。无比清澈，无比敏捷。节奏不错，她调整呼吸，甚至有空回头看一眼风景。

也不知过了多久，距离已经让她不太能听清扎西的声音。某种不寻常的动静在耳边徘徊，不是风，不是掉落的碎石。来自头顶上方，尖锐细碎的叫声，她以为是空中的飞鸟，没在意。她记得下方最近的一把机械塞离她至少有四米了。这个距离冲坠的话可不太好，但眼前没有任何合适的地方能再放一个塞子。

她抬头看了看上方那个小平台。到那儿看看再说，看起来是个休息点。她深呼吸，顶胯，转移重心，接着双手抠住头顶上那个小平台的边缘，正准备发力，突然，右手指被什么东西猛啄了好几下，锐痛袭来，紧接着，一个软乎乎黑乎乎的东西突然掉了下来，擦着左耳飞过，拍在她肩上，吓得她本能一缩，大喊："收紧！"几乎与此同时，不小心脱了手，冲坠了——不到一秒，她就触到了下面一个小平台上——是右脚先着的地，一阵剧痛从脚底倒劈了上来，像被猛兽咬了一口。她疼得根本动弹不了，只能趴在那儿。

扎西显然感觉到绳子突然绷紧，受力，这意味着康羽可能掉落了。"怎么啦？！"他朝她大喊起来，一时没回音。

过了一阵，康羽才回应他："没事儿！没事儿！就是脚踝伤到了可能……"

她试着坐起来，抬头看了看上方，强迫自己深呼吸，深呼吸，深——呼吸。双手颤抖不止。她能感到踝关节什么东西断了,不是韧带就是骨头。也许都断了。她试着检查了一下自己身上其他部位。都还好,除了脚踝。

原来岩壁上方藏着一个鹰巢。那个软耷耷黑乎乎的东西是一只被啃到一半的田鼠。她受到了某种鹰的攻击;而那只田鼠,和她一起掉在平台上。

6

"五床,姓名?"

清晨六点,两名护士推着器材车进病房,叫醒她。

"康羽。"

"你今天做什么手术?"

"距骨……腓骨骨折,还有韧带重建的手术。"

"昨晚十点之后有进食饮水吗?"

"没有。"

"熊猫贴了吗?"

"什么?"

"给你们说了提前贴好贴好,自己的事儿都这么不上心!"护士明显不耐烦了,掏出一枚文身贴,一个熊猫头,撕下背面的胶,沾了点水,贴在她右手背上。康羽仔细一看,熊猫头下面的字是"右 手术部位"。

"你们真的会搞错左右哈?"她朝护士笑笑。

但护士肃着一张脸,没接话,在康羽的右脚系好了红绳,要开刀的地方用黑色记号笔画了个叉,又打了一个圈,接着就在她手臂上消毒,看起来要扎针。"粗啊,忍忍。"护士捏着针头,仔细地往皮下一捅。两次都没扎准,疼得康羽不由得扭回头,瞥了一眼:"不能换一只针头吗?这么粗?"

"滞留针就这么粗。"护士声音又轻又平,换了一个地方下针,她再次感觉刺痛,然后是一截冰凉的感觉,透进骨中。回血顺着细软管往上蹿了小半寸,"好了",护士说着,麻利地贴好胶布,转身就推车走了,去下一床。

紧接着,男护工推着手术床来了:"还要上厕所不?"

康羽想了想,去上了。等她艰难地拄着拐回来,感觉已经累了。她爬上转运床,接着天花板移动起来:走廊、大厅、电梯。走廊,另一条走廊。门框,更多的走廊。护工不时停下来用胸牌刷开一道又一道门禁。人越来越少,越来越安静,感觉简直是被推去停尸房。

她最后的视野停在了12号手术室门前。护工说,你在这儿等等。康羽听见很远的尽头传来沉重的关门声,然后就彻底安静了。她环顾四周:右边是金属洗手池,空荡荡;左边是手术室的门,紧闭着。整个空间都是金属的。她盯着病床上的点滴。一秒一滴,她躺在冰凉的、金属的走廊,等了好久,好久。仅有一面白色的钟耐心地陪着她,七点四十、四十一、四十二。

康羽想起在雪山上最绝望的时刻:凌晨三点的暴风雪,靴子和铝锅都被吹跑了,狂风像一群喝醉的暴徒在帐篷外面发疯,狂呼乱叫。她瑟瑟发抖蜷缩在睡袋里,听见落石敲打帐篷的声响。即使那种时刻,都没有眼前这么孤独。她盯着手术区的天花板,感到自己无限脆弱,像一条小鱼,被压在一艘巨轮的底部。

过了很久,整个手臂都被点滴浸冰了的时候,麻醉师终于来了。核对了姓名,手术,他们往滞留针中加入了乳白色的麻醉剂。这是丙泊酚吗,康羽想起,丙泊酚的绰号是牛奶。徐开曾经跟她聊起,说之前认识一个麻醉科的,失恋了,想不开,寻短见,"自己给自己打了一针牛奶,就这么走了"。

一个呼吸罩盖上来,麻醉师让康羽倒数十九八七。

还没数到五,她就睡过去了。

徐开走进手术室的时候,康羽已经躺在一张绿色手术单下面,像死了一样。助手在为患肢做彻底的消毒。徐开看了看灯箱上的片子。她伤得很重。距骨骨折,冲击伤,顶得腓骨端都粉碎了,三条副韧带断了两条。一个念头闪电般劈过脑海:如果这台手术不那么成功,那么她就永远只能乖乖待在城市里,好好过日子了。攀岩登山什么的就别想了,她将必须习惯坐着。坐着和他聊天,喝一杯。坐着看电视,在舒适的沙发里,等广告结束。她到时候会知道,自己有多有用。寻常的人生,一份正经的工作,多有用。

徐开俯视着麻醉后的康羽,手有点抖,他觉得自己成了此人的佛。一念之差,他能让她永远困在日常中。

在那样的日常中,巧克力就只是巧克力,佛还是佛,他与她平等。

7

人躺在病床上，拥有的就只剩下时间。时间像一摊泥沼，发臭，生虫。她陷在里面快要溺毙了。手术后，康羽整天整天盯着天花板，反刍出事当天的细节：当天摸到的那个东西到底是不是鹰巢，是不是下面那个机械塞没放对，是不是快挂挂反了……如果更小心一点，如果……

但那些细节却跟乳牙一样，轻轻一晃，就要掉。改变一生的事儿往往小得不可思议。康羽想，比如当天刚好出门遇到了一个路怒司机，刚好踩到了西瓜皮，或者攀岩摸到了一个鹰巢。

术后的时间里，康羽想端一杯水都做不到。拄着拐，腾不出手拿东西，去阳台收衣服都要背个包来装。把外卖提进门或者丢个垃圾，都累出一层毛汗。不仅肌肉萎缩，生活也萎缩得只剩下坐着，躺着。如果这将是余生，她会立刻去死。想到这个终极方案，她竟感到安慰。

徐开上班很忙，但依然每隔一两天就来照顾她。康羽不是一个嘴甜的人，感谢的话不好意思说出口，但他帮她拿的每一件快递，打扫的每一次卫生，她都牢牢记着。为此她暂时决定不去死，她还渴望回到能攀登的日子，为此她勤快地做康复训练，同时想办法找份工作，挣点钱。

徐开听了，说："你不是喜欢登山吗，还工作什么，别工作了。我可以养你。"

不至于吧，什么年代了，说什么谁养谁。再说了，登山就是我的工作啊！……跟工作还不一样，叫事业吧，康羽自言自语着，小口喝完徐开带来的鸡汤，发现碗底有一枚戒指。她惊讶的是，自己看到那东西的第一直觉，是心里一沉。

8

池水的边缘是薄浪，像玻璃碴一遍遍推上来，又一遍遍摔碎，盯久了，几乎让她好奇踩上去会不会刺痛。室内泳池的空气闷湿，一股次氯酸味儿。八条泳道内，扑腾着许多形状不同大小各异的肉体，看上去不像人，而更像一些大号的豚鼠。小孩的尖叫不时从游戏池那边传来，溺水般惊慌，又分明只是在嬉戏。

康羽夹着一块泡沫浮板，坐在救生员高椅上，盯着那些来来回回游动的肉体：背朝天，面朝下，大同小异的背、腿、胳膊。再冠冕堂皇的人，脱成一条泳裤之后也就是一只豚鼠。

这份工作的枯燥超出她的想象，枯燥到连她都下意识想掏手机，但手机不在。主管说了，这份工作很简单，唯一要求就是，绝对不能玩手机："好好盯着人，上钟之前，手机都要上缴。"

如今一个人没有手机，简直就像没有手。她想起扎西，忽然理解了他。过了一段日子，康羽终于习惯了这种无聊，把它当作一份领工资的冥想。坐在高椅上的时候，她盯着一池众生相，感觉自己像个临时代班的上帝。山上的世界已经离她很远了。那些雪。那些黑夜里呼啸的风。有没有她，都一样。

她意识到也许徐开是对的，社保很重要，巧克力很重要，佛坐在佛的山上，人过着人的日子：洗衣服，洗澡，吃饭，睡觉，上班，下班，一切都虚无但有意义。她打心里羡慕起徐开来，有这样一份工作真的很好。很实在。累是累了点，但是有意义。每一天都充实有意义。那么多想活的人，想康复的人，眼巴巴地仰赖他，像仰赖一个真正的上帝。不是代班的冒牌货那种。救死扶伤，外卖员送来食物，这些工作都有意义。而登山，真是世间最徒劳的事儿了。上去，下来。到底为了什么？康羽每天坐在救生员的高椅上，反复拷问自己，为了什么？

9

受伤半年后的某天，她去医院做最后一次康复训练，顺便找徐开复查。他忙到晚上六点半，才看完最后一个号。康羽进来的时候，徐开一脸疲倦，但还是为她换了一张干净的蓝色垫单。这是康羽第三次见他穿白大褂，严肃，不苟言笑的样子。她脱掉袜子，露出脚踝上的刀口，三个疤痕很明显。

徐开在她面前蹲下来，轻轻托住脚踝，试着做了下抽屉试验。"放松，"他说，"脚踝放松，你别较劲，放松。你这疤痕有点硬噢,还有水肿。"

她低头,俯视着他的几根白头发,感到他的手冰凉,比自己的脚跟还凉。那一刻康羽感到某种挽留,来自生活的最深处。来自鸡汤碗底的那枚戒指。那点温情让她差一点,差一点就告诉他:我怀上孩子了。我们结吧。

徐开是在晾衣服的时候,才发现口袋里的那张洗碎了的妇科手术缴费单的。他感到一阵刺痛,接着是火苗燎过头皮一般,痛得想跳起来杀人,他几乎要被自己的愤怒吓到了。他并不是有多想现在要孩子,他只是痛恨为什么到这个份上,还是收服不了她,居然能一声不吭,就去把孩子做了。

"你还有没有人性?!这么大的事儿不跟我商量?!"

"这是我自己的事儿,我怎么不能做主?何况我一直都很注意,怎么会怀上?你是不是故意的?!"

"我故意的!就是故意的!我就是要让你怀上!"徐开的脸因为激动而变形,显得如此陌生,令康羽瞬间怀疑过去的一切都是假的、演的。她目瞪口呆地看着他发飙,一遍又一遍重复着:"你为什么就不能好好过日子?为什么?!那么多女的想结婚,为什么就你不想?!是我对你还不够好吗?!你每次出去玩儿的时候,知不知道我有多担心?!"

"我那不叫玩儿!我也没让你担心!"康羽也吼。

徐开脱口而出:"当初给你做手术的时候,我就想过,要么就干脆让你别好了!你知不知道,只要一念之差,我就可以让你永远都没法登山!永远都不能!只能跟我安安心心过日子!"

他突然安静了下来。她也是。安静得她能听见一把冰锥正往心底里拧,钢制的螺纹,刺啦刺啦旋进肉里,锥芯里一点点地,吐出冰碴来。她突然很感激这一刻,如此一来她再也用不着犹豫了。她一言不发,开始收拾行李装备。

"你要干吗!不准走!"徐开急得快要跳起来,手机却突然响个不停,是医院号的铃声,这是单位下发的工作号,必须二十四小时开机,随时接听。他气急败坏地到处找手机丢哪儿了,好不容易从沙发缝里挖出来,回过去,结果是副主任跟他啰唆明天开会的饭局订哪家,他草草敷衍着,忽然听到开门声,追出过道,发现康羽正在客厅门口换鞋。徐开一把上前拽着她,压低声音咬字:"不准走!"

康羽甩掉他胳膊。"你管不着!"

摔门声一响,徐开气得跺脚,又不得不哎哎哎应着,直到主任也挂了电话,他才把拳头砸在门上,大吼一声:"你去找死吧!我祝你早点死在山上!"

10

狠话放了,大火在脑子里烧了几天几夜,无法扑灭,徐开只能疯狂加班,不回家,睡办公室,如此才能转移注意力,熬过剩下的日子。康羽一去不回,再没消息,他无数次想主动联系她,道歉,或不道歉,服软,或不服软……但他没有。他把这种忍耐看成一场"谁更不在乎谁"的奥林匹克,他想赢。无比想赢。赢不了登山,赢不了在她心里的重要性,但至少可以赢下"不重要性",他倒要看看,谁比谁不在乎。

一个月后的某天,从早上八点到下午一点,徐开坐了三十七个挂号门诊,还不算加塞的,忙到连厕所都没时间上,尿都快憋到了鼻子。最后一个病号又是院长的熟人,他耐着性子看完,时间已到了一点十五。徐开头晕脑涨地站起身来,跟下午接着上诊的同事草草打了个招呼,就急着去厕所。

病人里三重外三重,全都挤在诊室门口堆着,他差点挤不出去。终于站到了小便池前,徐开又累又饿,一闭上眼睛,感觉整个人都要倒了。洗完手,他习惯性地掏出酒精片擦手机,扫了一眼屏幕,吓了一跳,二十三个未接来电,全都来自扎西。徐开最怕看到扎西的消息,因为每次都不是好消息。

徐开感觉心脏发紧。找了个安静点的角落,靠着窗,想给扎西回电话,但怎么都拨不出那个号码。他反扣手机,意识到康羽可能出事了。甚至……不知道是低血糖还是怎么,某个预感让徐开几乎感觉站不稳,四下又没有凳子,他只能靠在走廊的墙壁上,翻江倒海地回想着,确认自己对她说的最后一句话是,我祝你早点死在山上。

他眼前出现了康羽的遗体。摔破了,再也不会醒来,不是麻醉,不是像上次躺在手术台上,比那模样更冷。这一念头让他自己直打寒战——现在他彻底赢了竞赛,但是他到底在比什么,争什么?

他不敢回扎西的电话,从来没有这么害怕过。他悄悄把扎西的号码设置了骚扰屏蔽,迫切地想逃进工作里去,回电话的事儿,晚上再说吧。

一下午他忙得密密麻麻,面试了博士,签了砖头那么厚的答辩材料,跟医疗组长去商量调排班,导致会诊迟到了,晚上帮研究生改论文。他频繁出错,心乱如麻,回到家大概是十点过,累得瘫在沙发上,愣了半小时,才起身去看了一眼储藏室:如果去救援,他该带点什么?去了有用吗?自从第一次登山的挫败之后,他就把登山杖都送哥们儿了,帐篷睡袋也卖了,只剩下一双登山鞋,斯卡帕经典款冈仁波齐,闲鱼挂了还没卖掉。他看着那双鞋子,坐在储藏间的地板上,想象康羽的遗体。

想不下去了,他颤抖着,打算回扎西电话。排练了几遍,才拨过去,一上来就说不好意思,太忙了,一下午的会,你什么事儿?

他等着扎西带来那个消息,不自觉地发着抖。

电话那端嘈杂至极,扎西口齿不清,大声嚷着:"你咋才回啊?!我们正在喝酒,康羽登了希夏邦马,速度破了纪录,我们在喝庆功酒呢!上午给你打电话都打不通!你快来呀?!我们在建设路这边……"

他彻底愣住了。

11

不知道到底是什么东西让自己不寒而栗：她的遗体、她的胜利，还是他自己。自己心里隐约盼着的，竟然是遗体。想到此，徐开有点害怕一个人待着，又不想跟任何人说话，于是恍恍惚惚下了楼，在小区里面转悠，看着哈士奇抬腿撒尿，旁边一只吉娃娃疯狂嚷嚷。他感觉冷，却不想回到楼上。

走进了小区门口的馆子，随便点了个鲜椒兔，主要是想喝酒。他很快喝多了，吐得拖都拖不走，被老板直接叫了救护车，拉去洗胃。一到急诊，有个护士就认出了他。

醒酒花了足足两天，护士专门在员工休息室给他腾了床，照顾得无微不至，温柔得让他几乎想哭。他醒来后，确认自己也认识她，是个医二代，父亲也是骨科老教授，虽然不在本院，但都是一个系统的。之前就有领导促成他俩谈婚论嫁，但他怕万一处不好会得罪一圈人，含含糊糊没敢答应。

离开那家医院之前，他把自己关在厕所的隔间里，把头埋进膝盖，想，哪有什么奥林匹克，比赛根本没有发生，对手一开始就退赛了，不，是对手根本没有报名。他已经接受了这个事实：在一个信了山的人心里，生活是不可能真正重要的。她信她的山，他信什么呢？

徐开从厕所出来，有种净身出户的重生感，但具体离开了什么，他也说不清。他想找护士道了谢再走，下次请她吃饭，但同事说她已经忙去了，一时半会儿回不来。徐开问了护士微信号，走出医院门口，神思恍惚，差点和别人撞个满怀。

是对新生儿父母，怀里有个小婴儿，就一只手那么大，这是这个生命来到这个世界的第几天？这一只手这么大的东西，以后会展开，展开成一整片人生，浩瀚的可能性，一整片汪洋。而自己的人生不知什么时候已经彻底定型了，一条刚刚通航剪彩的人工运河。一想到那运河通向什么，徐开就百感交集到说不出话，几乎有泪意。那瞬间他极度想找康羽喝一杯，像从前那样。但他就是想想而已。

隔了两天，徐开终于约到了护士吃饭，他问她喜欢吃什么，她说都可以。

两人都很忙，坐进饭馆已经八点，第一拨食客刚走，杯盘凌乱。在服务员收拾桌子的间隙，徐开还不习惯这样的空白，赶紧没话找话，吐槽新上位的主任特别凶，抓科研，上来就一顿卷，现在下班一天比一天晚。上凉拌折耳根时，吐槽有个同事不服，为了三千块奖金到处拍桌子。鲜椒兔吐槽隔壁科的两个博后撩骚，发错了群。蒜蓉炒菜心吐槽有个带组的吃相太狠，把药代逼成了抑郁症。紫菜豆腐汤吐槽有个规培生神经衰弱，崩溃了，被投诉说值班时拖着病人哭了一宿。

都是同行，徐开甩的行话，她全懂，抿嘴微笑，不开腔，只听他说。徐开问："你有没有觉得我们这种日子，特别无聊？"

"没有啊,你继续。"

面对着鲜椒兔,徐开只好继续说:"不知道你那会儿上学时怎么样啊,我们那会儿,弄死兔子的办法是扯起它的耳朵……"

与此同时

1

黎明将近,天色由青入蓝,缀着疏星。

脚下,雪细如粉,头灯一照,闪动微观的虹,仿佛一层钻石粉末。雪鞋笨重,像踩着一双塑料船,走起来得两脚分开,一步一迈。

"看我们像不像两个圆规在走路。"

况子白了我一眼:"屁,你狗日的就像个湿了裆的傻×。"

我踹了他一脚,突然感到自由,没有女人了,可以想做什么就做什么,想说什么就说什么。

雪鞋走起来夸啦夸啦作响,登山包与滑雪板发出轻微而规律的摩擦声,脚下一停,就耳聋般寂静。眼前是最后一段陡坡,仰望:松树一根根耸立,剑指青天。况子把雪鞋后跟的搭扣撑起来,开始爬坡,我也照做了。一到户外,他总是喜欢做先锋,做领攀,给人开路,但那真不是走第一个那么简单,他每一步都要用体重压上去,一脚一坑,深雪吃进膝盖，像是在海水里迈步。

我跟了五十米，热得要炸。羽绒服里，汗水从腋窝滴下，沿着两肋滑，奇痒难忍。从领口里我闻到自己热烘烘的臭汗，想起每次打完球回家，桃子先是冲向我，又刹住，怔怔地盯住我，捂着鼻子，跑开。桃子妈的背影在厨房，一枚轻而冷的声音飘过来："快去洗。"

我不知道为什么到现在还会想起这个，心里发紧。我卸下包，一把脱掉外套，只剩最后一件速干短袖。

"狗日的你显摆肌肉吗，冻死你个傻×。"况子又来了。

"关你屁事。"我干脆把短袖扒了下来，狠狠一拧，热汗滴在雪上，融出几个小坑。重新背上登山包的时候，背带像粗糙的冰块摩擦肩膀，鸡皮疙瘩一阵，虚脱般爽快。

不知何时天已发亮，我关掉头灯。剩下那段攀爬没花多久。登顶那一刻，太阳蹦了出来，云缝间横着几杠金光。天地澄明，远处的城市一片黯淡，像条大黑狗似的趴在山脚下睡。站在这高处，我俩忍不住号叫起来，野兽般快乐，大口呼吸，想把双肺漂染成一张天蓝色的帆。

风吹来，终于冷。我穿回衣服，拿出能量棒，喝水。况子在我旁边一屁股坐下来，看朝阳。四野白茫茫，粉雪雪道洁净无痕，又陡又窄，像一卷突然失手的卫生纸，一泻到底。

喝完水，我俩眼神儿一碰：上。

2

德语里有个单词是 Fernweh，指的是"对一个从未去过的地方的思乡之情"。我心里那个地方是西伯利亚。读过一本书，《在西伯利亚森林中》，法国记者、探险家西尔万·泰松写的，记录自己在贝加尔湖畔雪松北岬的一座小木屋里的半年生活。开篇，泰松描写他为隐居生活采购物资的时候，去到了超市，茫然面对琳琅满目的货架，心中再次涌现对现代生活的厌恶："十五个品种的番茄酱。正是由于这类事情，我才想离开这个世界。"

我不想用逃离这个词，我可是专门奔西伯利亚来的。从北京飞伊尔库茨克，一千六百公里，航班三个小时。从伊尔库茨克开到贝加尔湖，二百六十公里，却整整要花八个小时。车站破烂得仿佛还停留在八十年代，苏联风，一眼穿越回到童年县城。我查好了贝加尔湖的俄语怎样拼写，一笔一画描在纸上，去窗口买票。

几辆旧依维柯停在后院，车上没人，司机正在倒腾车尾行李舱，见了我，指了指副驾驶座位，竖起手指比出三，用力晃了晃。我不明白，也不想理会，就径直上车，选了个靠窗的座位。

车子出了站，却进城挨家挨户接人。韩国情侣，日本小子……各自站在旅馆门口，等车来接，搞半天只有我傻×似的大老远跑到车站来……靠。我感觉沮丧，一头贴在玻璃上，盯着外面的乘客。每人都有个大箱子，轮子陷进雪地，拖不动，撂在地上装傻。司机骂骂咧咧地把箱子拎起来，猛塞进后舱，依然朝着每个人比画数字三，依然没有人理会。

兜兜转转一个多小时，人总算坐满了。出了城，车速快了起来，车窗上的水汽迅速结冰，比毛玻璃还毛玻璃，视野变成"白内障"。我这才明白过来：只有挡风玻璃不结冰，多交三百卢布，可以坐在副驾驶，看风景。但真正坐那座位的，是最后一个上车的，只能坐那儿，而且没见交钱。

我懊悔不迭，掏出纸巾擦窗，这才发现那不是雾水，是冰，纸巾擦半天，完全没用。一想到剩下八个小时就要这么"白内障"下去，我烦躁极了。睡不着，眼睛越过座位中间的走道，盯着挡风玻璃看——路面像一条黑胶带，把左右两半雪景草草粘起来，勉强凑成一张画面。色调硬冷，景色重复得几近静止——类似于早期拙劣的电子游戏背景，用简陋的相对位移来表示玩家在前进。

一阵刺啦刺啦的声音从后排传来，我回头看：众人东倒西歪昏睡，只有一个姑娘醒着，用一张银行卡刮车窗，冰屑纷纷掉落，玻璃上被生生刮出一块透明的、闪动着雪景的"相框"。阳光透进来，照亮她的睫毛和瞳孔，蜂蜜色的光晕。她大概只有二十多岁，亚洲脸，身旁的大概就是男友，时不时把对方耳机摘下来听，俩人头凑在一起。我嗓子里涌出一股甜到齁的酸闷，无端想象这姑娘和男朋友的种种画面，他们刚好上的那个月一连七天不下床的样子，结婚了以后是什么样子,有了孩子之后会是什么样子,他们的吵架,他们的分手。桃子妈在产房里挣扎的情景突然就又从黑箱里蹿出来了,撕心裂肺,嚎得我发软。当时我被巨大的焦虑和空白碾压,心脏堵在喉口,无法呼吸,伸手想安慰她,她却一把拽着我胳膊咬,疼得我身子一卷,头撞在一个什么设备的角上。

没过几分钟,我再回头时,车窗"相框"又结了冰,风景消失。那姑娘像是决心要把风景从冰层中解救出来一般,又刮。孜孜不倦,车窗结冰多快,她就刮多快,非让这幅黑白照片在玻璃上保持显影不可。刺啦刺啦。刺啦刺啦。说实话,那声音的确刺耳,惹得其他乘客纷纷侧目,而她男朋友就把那些目光顶回去,转头护着那姑娘,露出一种纵容的笑。

我被那刮玻璃的声音磨得莫名烦躁,越发觉得不可忍受……真想让她别他妈刮了,拳头不自觉在捏紧……不,忍住,忍住,我对自己说,七年后那个男友(要是还没分手的话)估计也会和我一样烦躁。用不了七年,三年吧。也可能一年。

不能再随便这么发火了……我努力放松拳头,闭上眼睛,想深呼吸,却只吸到车厢里的暖气,复杂的香臭抵消,混成一种闷人的浑浊。想来我跟桃子妈刚恋爱那会儿也新鲜过,好像也挺开心的,但具体是什么我忘了。婚礼特别累,吵了十吨架。临闹洞房前一天晚上在酒店房间里吹气球,分装巧克力糖。气枪给朋友了，我拿嘴吹，腮帮子酸，坐在地板上，背靠着床尾，困得快要融化了。那一刻我特别想说要不咱们别结了，别弄了，何必呢，都走吧，让我睡个好觉。

婚礼况子没来，根本联系不上。挺遗憾，没来也好，以他那张嘴，估计只有开涮我的份儿。据说当天我困得在婚车上直打呵欠，闹洞房的时候整个人出神，反应慢半拍；幸好大家一通胡闹，像葱姜蒜辣子炝炒腐肉，什么味儿都掩盖过去了。司仪的话筒嗡嗡作响，不停啸叫，我站在台上差点打呵欠，拼命忍着不张嘴，眼泪一下子就憋出来了，大家都以为我是感动。

来客们动筷子了，我们开始挨桌敬酒，一桌接一桌起立坐下起立坐下。有时候真的不知道人类发明这些破事儿来折磨自己有什么好处。我横了心把自己迅速灌醉，所以空腹一上来就猛喝，迫切躺平。大酒让我难受了三天，也被桃子妈数落了三天，说我整个人横着被抬上床，就直接吐枕头上，吐了两三天，不省人事，还哭，丢下一堆客人不管。我说行了行了都是我不好，反正没有下次了。

3

我知道贝加尔湖很大，但当况子说它有整个荷兰，或者整个比利时那么大的时候，我还是有点吃惊，暗地里不相信。想 Google 一下，但手机没网。到了湖岸，信号就时有时无了。一片白茫茫中依稀冒出些破房顶，道路纯靠车辙辨认。我心想，到了盛夏，湖畔一定是尘土连天吧，路面连沥青都没铺。

村里跑着许多同款伏尔加牌面包车，纯苏联风格，灰色，老古董。柴油味儿呛人，人坐在里面抖得像全身都被上了抢救室除颤器。轮胎磨得没了纹路，但对付大雪游刃有余，令我百思不得其解——一路上我就从没见俄罗斯人用雪链。

我找客栈老板问逛贝加尔湖的事儿，她开始帮我打电话问村里司机明儿有车不。放下电话，她找了笔，在纸上写下10:30，看着我，笔尖戳了戳大门口。我点头。

第二天一大早我就去大门口上车。隐隐朝阳在地平线尽头闪着一线粉紫，远处的森林尚一片微蓝，空气清爽冰彻，雪深及踝，我大口呼吸，久违的兴奋。

车来了，司机是个蒙古人，身兼数职，除了开车，还是导游、厨师。在第一个下车点，乌泱乌泱的游客已经聚集在湖岸拍照，丝巾飞舞，全国各地的方言齐聚一堂。这哪里是贝加尔湖，这分明是天安门升旗仪式。

我沮丧得喘不过气，上车后，在 Google 翻译上输入中文"请带我们去人少的地方"，俄语翻译出来了，我递给司机看。他歪着头，看不清，拽过手机来认真看，终于点点头。

好像管用。我们越过好几处游客扎堆的地方没停车，一直开到森林深处。没什么人,司机像放狗似的,刚打开门,车里游客便叽叽喳喳蜂拥而出,韩语日语响彻林间,拍照的,踢雪的,都疯了似的。大人这么疯起来其实更讨厌,比小孩儿还烦,因为破坏力更大。不知道是谁来了一脚,大树上的积雪被踢下,全掉进我脖子,一回头,人影儿还见不着。

司机嚷嚷着什么,朝着一丛不起眼的灌木扑过去,搓了搓,然后双手捧到面前,做出"哇"的样子,意思是很香。我们也跟着闻了,的确有奇香,是类似花椒加陈皮的那种辛辣,又有点薄荷的感觉,到底是什么植物,始终没能搞明白。

游客满林子撒欢去了,司机开始生火,给我们做午饭。他拿出柴,点了火,支起三脚架,挂上一口锅,加水。等水开的时候,切了大坨鱼罐头肉,一堆土豆,一股脑儿丢进锅,煮。我心里一惊——这不喂猪的吗,跟我人不人鬼不鬼那段时间的吃法一模一样。再也不想回到那日子了。

我离开人群,想穿过树林去看看贝加尔湖。雪深及膝,一脚吃进去,半天拔不出来。三百米走了十分钟,终于到了森林边缘,脚下是陡坡,陡坡底下是一望无际的白。那就是贝加尔湖了吗,全冻了,但也没有蓝冰,只是一片平整无垠的白。天际线处,浅浅地一条线收了尾,好像是岸,又好像还是天。有几个游客窜到陡坡下边去了,正往湖上去,看起来像被拍死的苍蝇掉在大白纸上。

食物的味道飘来,大家围坐在大木桌旁,等司机把煮好的鱼汤分到碗里，配着面包蘸。卖相不好，但味道还将就，比我煮的好吃，也可能只是环境不同。吃完，司机迅速把我们赶回车上，沿路返回，途中停下几次放我们下来拍照，就这样结束了我心心念念的贝加尔湖之行。

怎么说呢，一切都很相似——期待有多隆重，结束就有多草率。像我跟桃子妈之间。或者说，像大部分人之间。

4

砰，砰。床板下面传来两脚震动。我翻个身继续睡，把被子拉上脸。砰，砰。又来两下。我恍惚知道，只要我一睁眼，准能看见况子猴儿似的用三根手指把自己吊在床沿上，摇。他说那是锻炼他的小肌群，攀岩用的。

在火车上，我摇着，做了相同的梦，总觉得还在大学宿舍，下铺还会这样踢我。睁开眼，突然想不起在哪儿。要过一会儿才能回过神来：我这是在火车上，在横贯西伯利亚的大铁路上，要从贝加尔湖开始，一路往东，起码要开三四天，才能抵达鞑靼海峡。铁路到那儿为止，到了那儿有一趟跨海轮渡，轮渡坐到对岸，就是库页岛了。况子在那儿等我。

我已经大概十年没有坐过绿皮火车。总觉得，每个年龄段有每个年龄段适配的交通工具——自行车属于少年，火车属于青年，飞机属于中年，邮轮属于老年。

如今所有人都属于汽车。

我不想属于汽车，我要坐绿皮火车，我以为我坐了绿皮火车，就能回到青春时代。青春就跟大名鼎鼎的西伯利亚大铁路一样——盛名在外，身在其中，不过如此。

唯一壮观的是每次火车拐弯的时候——铁轨镰刀似的甩过雪岭，剖开密林，消失在透视灭点。跑道一样的大河，平整冻结，抚着国境线，迟疑蜿蜒。

除此之外，真是太无聊了。白天，雪野是白色的沙漠，枯燥晴朗，贫瘠广阔，植物只剩几笔灰调子，看久了怀疑自己是色盲。太阳总是显得很累，像个不想上班的人，心不在焉地斜斜挂起。在我和桃子妈生活的北纬三十五度温带，晨曦与黄昏难以分辨，差不多的色调，差不多的暧昧，通常看不见日出，也没有日落。而这里不同，黄昏和清晨分得清清楚楚，清晨总是亮的、粉的，而黄昏是黯的、蓝的。雪到深处尽是蓝，阴影普蓝，天色钴蓝，月光银蓝。我记得其中有一天傍晚，火车穿越一片树林的时候，我看见一只鹿，茫然地站在雪地里，拧着头，看着我们。静静地，困惑地，但也并不在意地。

那竟然是整条穿越荒野的铁路沿线，我看见的唯一一只野生动物。其余都是疲倦的村庄——清一色的老木屋，结结实实地关着双层窗，道路空无一人，像被遗弃的沙盘模型；只有屋顶冒着的那一缕烟，证明生活存在。那应该是质朴到只剩下黑面包、黄油、柴火的生活。只有一个品种的番茄酱。

逃离到西伯利亚，却没有感到自由，只剩一种真空般的茫然——大概是因为语言不通，一切感知都被冻结了。况子吓唬我，要在零下四十度的雪地露营，于是我带了温标零下三十度的羽绒睡袋。而事实上，气温一直都在零下十七度以上，尤其是车厢里，暖气闷得我窒息，所有人都热成烤猪，一米九的俄罗斯大个子穿着短袖短裤，蓬头垢面地在过道走来走去，动物园猩猩似的刻板行为。满车都是复杂的人的气味：汗味儿，鞋味儿，泡面味儿，芝士味儿，拖把味儿。我的铺位在上铺，但除非迫不得已，我坚决不肯躺在床上。它让我想起中世纪一种刑罚：囚犯躺在一个壁龛那么大的棺材里，日日夜夜，不得动弹。

每天一早，我就趁人少，去车厢尽头接一杯开水，兑了咖啡，削了苹果，坐在过道的弹簧凳上，等天亮。漫长的火车里人们以昏睡度日，可我害怕睡觉，害怕睡着了那个梦又追上我。困得被迫躺下的时候，我也小心翼翼，像一个西伯利亚森林里的逃犯，感觉身后随时有几杆猎枪追上来。在不断搁浅的睡眠里，我能听见四周的俄语叽里呱啦地说啊说啊，意义的河水已经冻结成一条冰面，我滑行其上，完全不知道脚下是沙还是水，一切的所指与能指要么冻结，要么蒸发殆尽。

以前桃子或者她妈跟我唠叨个不停的时候，我也会关闭大脑，只留嘴皮自动播放："嗯，然后呢。嗯，然后呢。"她们会就着这些"嗯"和"然后"自动说下去。我一个字也没听，而她们也没发现我其实没听。

我不知道谁更可悲,我,还是她们。

那趟火车慢得像马上就要死了一样,不知为何还晚点了,列车员给乘客每人每天多发一盒方便面、一瓶纯净水,作为补偿。我想问列车员晚点了多少,什么时候该我下车。列车员非常认真,用放慢十倍的俄语,一字一字跟我比画,好像她说慢点我就能听懂俄语似的。

车上没信号,手机翻译也用不了了,我放弃。听她讲完,我说死吧戏吧,意思是谢谢,那是我唯一会的俄语单词。她扫了一眼我身体,捏了捏我胳膊,又用双手在空气中比画了一个葫芦的形状,对同事说了什么,笑起来,我猜意思是说我瘦,对她回以一笑。

直到那一刻我才发现,其实和陌生人相处的时候,我更像个好人。换作桃子妈,问她啥时候下车,她拿放慢十倍的客家话跟我掰扯,没吵起来才怪。死吧戏吧。所以陌生多好啊,多好。真希望我们从来没能变熟悉。

5

终于抵达大陆尽头,我下了火车,和所有人一起拥向渡轮码头。渡轮一天只有一班,要花二十四小时,才能穿过鞑靼海峡,抵达对岸的库页岛。

整个小镇萧条得像个破玩具。它仅仅是为了这个大陆尽头的火车站和码头而存在的。所有乘客一下火车就蜂拥挤进候船室,所有能躺平的地方迅速躺满了人。我走向一台咖啡机,一个老太太跟上来,紧紧盯着我。我投了币,咖啡过了很久还没出来,就在我以为机器坏了的时候,咖啡泌尿似的滴出来了。老太太和我说话。我一脸茫然,她指了指杯子,做出一个喝的姿势。我把咖啡给了她,她心满意足,端走了。没说谢谢。但我也不介意。

我没有打第二杯,转身去买了一个热狗。尽管饿,这仍然是世界上最难吃的热狗。我一边感慨着真难吃啊,一边吃完了,瞬间想起桃子妈拉着我看的电影《安妮·霍尔》,开篇伍迪·艾伦对着镜头说:"人生真是处处糟心哪!最糟心的是它还他妈太短了。"除了这个开篇,电影后面部分直接把我催眠到打呼。我不喜欢她挑的片子,我喜欢《黑客帝国》,或者《无间道》《杀人回忆》,而这些,她也不喜欢。有时候我真的不明白,我们当初到底是怎么好上的。

突然售票窗口嚷嚷起来,售票员上班了。所有人拥上前去,七嘴八舌,群情激愤。很快,窗口摆出了一块牌子,群情更加激愤,但又迅速骂骂咧咧散开。

猜都不用猜,天气欠佳,轮渡取消了。未来好几天都不会再有。

在电影或者小说里,此刻应该是情节的转折点,另一个女主角会出现,跟我说话。我会在这个鸟不拉屎的地方待上几天,一生从此改变。人好像总是喜欢这类叙事——从一个意外的错误节点上衍生出正确的枝丫,并最终发现那枝丫是注定的。

但我吃过那根热狗之后就知道，绝对不要在这里停留。一个错误只会带来更多错误。我当机立断，买了回程的火车票，回到最近的有机场的那个城市，坐飞机离开这里。于是刚刚离下火车不到两小时，我又爬上了同一列火车，掉头，往西。

车厢空得好像世界末日，一个人也没有，我怀疑火车的其他车厢已经被丧尸占领了。开了一个小时，到了一个小站，上来了一个大妈，带着三个孩子。从上来那一刻起，孩子们就在尖叫玩闹，一直要吃的，要玩的，要跑，要跳。那个大妈劝着，哄着，骂着，自言自语着，从上车的那一刻起嘴就没闭上过。那声音让我发疯，像猎枪一样顶着我的后脑勺，我爬起来就逃，逃到了另一节车厢，再远一节，又远一节，更远一节，直到终于听不到那声音。

下了火车直奔机场，在铁椅上躺了几小时，终于上了飞机。落地库页岛的时候，我觉得我整个人都发臭了。一个多星期没有洗澡，甚至没能好好刷牙。机场依旧残破，许多亚洲面孔。也难怪，这里是北海道以北，离日本比离俄罗斯近多了。近代史上，日本说这儿是日本的，俄罗斯说这儿是俄罗斯的。但其实更早以前，这里是属于咱们老祖宗的。

外面大亮大晴，气温极低，但并不冷。也奇怪，在国内，气温并不低，但我总是很冷。况子来机场接我，只挂了一件抓绒外套，瘦得像条皮带，腮都塌了。他不知道从哪儿搞来了一辆车，帮我把大背包塞进后备厢。车子很破，只有前面两个座位,后面的座位拆了,堆满了杂物,一条睡袋皱巴巴蠕在表面。我闻到车里那种独属于单身浪子的臭,睾酮的,袜子的,奶酪的,香烟的。但那是自由的味道。我羡慕。我从来都羡慕,但也不确定真的就那么渴望拥有。

"你知道你那火车为什么晚点吗?"他一上车就问我。

我说不知道。

他把手机丢给我,我看到一条视频新闻——标题是"骆驼占据了铁轨,火车被迫晚点"——画面里,火车头前面有一只可怜的骆驼,始终在铁轨上小步飞奔,明显焦虑,又死活不肯下铁轨,就这么被火车逼着跑,荒诞得像一出行为艺术,我忍不住狂笑起来。

我没有追究为什么雪天还会有骆驼,只是傻笑,他也笑。我们盯着路口的红绿灯,笑着,我闻见自己的或者他的口臭,与此同时,终于感到了自由。

6

冬天的库页岛就像个醉汉,呕出一堆一堆脏雪,淌在路边。况子停下车,带我走向他的公寓楼。天色已暗,风刀骤至,雪尘被铲得像撒哈拉的扬沙,往天上翘,又盖下来,钉子似的往脸上扎,挺疼。

停车场空空荡荡,有两辆破车在冰面练漂移,横来横去地8字形转,刹车声撕心裂肺的。况子也看着他们,说:"这帮人每天都在这儿飙。"他话音未落，踩到暗冰，差点滑了一跤，但还是稳住了。某些时刻还是不难看出他作为攀岩者和拳击手的敏捷，虽然只是羽量级。他在巅峰时期拿过全国大学生比赛的奖牌，最后还是混得不好，离开了四川老家，去俄罗斯跟亲戚做生意。生意没做成，倒是练成了滑雪的一把好手。

我记得我们大学时代的冬天，在头皮屑一样的细雪里，他背个大黑包，穿条及膝的拳击裤，卫衣帽子拉下来，像个不好惹的暴力犯。到了夏天，他还这么穿，仿佛眼里压根没有四季。一年到头，冷了就地做五十个俯卧撑，热了就干一瓶冰啤酒。

"一、二、三，打，打打打打！保护！对，退，退，退，再来！一、二、三，打，打打打打！"——整个拳馆里就数况子的声音最大，每次拳击课，他都能把我逼到筋疲力竭，汗水滴在地板上。但我喜欢这种暴虐。它让我感觉活着，感觉自己被完全放电，再重新充电。让我在回到家之后，再也没有暴力可以释放。我知道自己才是个暴力犯，唯一优点是，我承认自己的暴力倾向。比起死不承认的那些人，要稍微好那么一点。

7

"该往左拐的，你刚才。"桃子妈提醒我。

"我知道怎么走。右边近，红灯还少。"我说。

她不说话了，扭头看向车窗外，左手撕着右手的指甲皮，撕出了血，放嘴里吮。

手机导航开始"前方请掉头""前方请掉头"，我一听就烦，伸手想摁"退出"，老摁不着。

"干吗你，我来帮你弄，你好好开车！"

"我在他妈的好好开车！"

"好好说话，宝宝还在后边呢！"

"她又听不懂！"

"前方请掉头"，导航又开始闹了，我一急，把它从手机架上扯下来，稀里哗啦，连架子带充电线的，全掉下来了；手机脱落，滑进了座位缝。

"你急什么你！"她埋头朝座位缝看，不好捡，骂骂咧咧伸手去摸。桃子突然有要哭的兆头，咿呀呜哇的；手机还在座位缝底下叫着"前方请掉头"，我吼："快给老子关了！"

"我这不是在捡嘛！"她声音一高，桃子就像被摁了开关一样，"哇"的一下炸出哭声。我感觉自己马上就要变形了，回头大吼："不许哭！再哭就把你丢出去！"

"你还是人吗?！怎么跟女儿说话的！"

"快让她别哭！你赶紧捡你的手机！"

"还不是被你扯下去的！"

"大爷的你信不信我——我操你大爷的闪你妈闪！"我吼叫着，后面那车子早就想超我，闪了半天远光灯，见我不让，开始滴我；越滴我越不让，一脚油门踩死，飙向前，压住道路中间。我摇下车窗，伸出手去，狠狠竖起中指。

桃子妈惊恐地扑过来，要我收手："你别——"

她的声音立刻被后面一串巨暴躁的喇叭淹没了。那喇叭声已经追了上来，子弹一样逼近耳根，接着"砰"的一声巨响，死死撞了上来。

再睁开眼的时候，前面是混凝土护栏，我闻见复杂的臭味儿，机械的、胶皮的、汽油的、滚烫的臭。引擎盖跟山似的翘了起来，所有蜂鸣器都在疯叫。白烟蹿上来，车门踢不开，我从天窗里爬出去，手里抄着一把破窗锤……哪儿来的我不知道，我不管，我瞬间化作一半铀-235，一半钚-239，被中子轰击，正在裂变，正在爆炸出一朵蘑菇云。

后面的记忆就模糊起来……我醒来，睁开眼，天花板仿佛雪崩一样压迫我，把我压成一摊凝滞的沥青。我闻到被子里捂熟了的汗味儿。缓了好久，我都无法动弹，鬼压床似的，疲倦虚脱。

有个说法是，一段关系有多长，就要花一点五倍的时间才能抚平它。那么这个梦境要花多久才肯放过我呢。真希望它就只是个梦境。

闹铃还在叫，我终于摸到枕头边上的手机，摁掉。时间是凌晨四点，我早起，要跟况子去爬山，滑雪。

我已经逃了这么远了，就为了这片野雪。

8

况子出国后,每次联络都跟我念叨,说他住在一片废弃的滑雪场附近,这是俄罗斯大陆尽头的小岛,契诃夫东游远行的终点,有一种萧条的自由,这里没有人谈 A 轮 B 轮,谈 VC,谈 PE,谈 UI 设计,再不济谈个 IP……这里没有未来,也没有人再提起过去。一年有大半时间都在下雪,一下雪就什么事儿都别想了,喝到死,睡到死,干到死。况子总说,来吧来吧,我们去钓冰鱼、滑野雪,你会喜欢的。你这么爱找死。

我总说一定一定,下次一定来。

"喊……下次,就知道说下次,有劲吗你。"

所以当我说我真要来库页岛的时候,况子挺吃惊的,问我是不是出什么事儿了,来避风头的。我说没有啊,来散心的,顺便找死。哈哈哈。他听了,一通损我,嘴还是那么贫,一切都很轻松,这就是我想要的。

雪道无人维护,松树七倒八歪。我们吃完能量棒,站起来,最后看了一眼那卫生纸似的一泻到底的雪道,决定上。

"咔"的一声,右脚尖插进了滑雪板的卡槽,固定到位;"咔",左脚再来一下,一个崭新的世界就此解锁。我最后一次深呼吸,上身前倾,扑向斜面。

然后我整个人就消失了,只剩下速度。速度瞬间侵蚀我,压缩我,我感觉自己紧得像一个铅球,直落而下。第三个弯道过后,我切过崖边,道旁的黑松快得模糊成一片,心脏彻底甩飞了，头脑中只剩下一个念头：这次完了。

完了完了完了。

树也太密了！怎么这么多！真到了找死的跟前，我突然想活，与此同时，滑雪板好像嵌进了轨道，令双腿动弹不得。我的重心像是被地心引力牵引，身体被生生拽向一段更陡、更长的斜坡……完了完了完了，这次彻底完了……原来一切完了的感觉就是这样的……我整个人像掉进宇宙黑洞，被引力撕成了一道扁扁的光，朝黑洞最深处坠去。

我被恐惧彻底压占，又叫不出声，和那个梦境里的时刻一样。一棵大树倒了，横在前方，又瞬间迫近，我闪都来不及，就撞了上去，飞了起来，在空中像被五马分尸。

感觉过了一个世纪，头落地了，"砰"的一下，躯干四肢也跟着落地了。竟不是疼，而是一种"重"，就像自己有一栋楼那么重，从天上掉下来。地面在震荡，又黑又晕，但眼前一片空白，脑子也是。

手杖和滑雪板早已没了踪影。我甚至不确定我的四肢是不是也没了踪影。能确定的是，我终于可以甩掉那个梦境了。

我想喊，但不知为什么出不了声。况子早就不知滑到哪里去了，整个世界终于只剩下我一个人，终于。连那个噩梦，都找不到我了。

我陷在雪里，与此同时，恍惚想起那趟晚点的火车，那只被困铁轨上、在火车头前面狂奔的骆驼。想起那次车祸过后的日子……它们是一片黑色的雪崩，从山顶上追下来欲掩埋我,现在终于得逞了。

　　我就这么躺着,看着天空。与此同时,松树安安静静站着,无动于衷,不管是刚才撞上我的那一棵,还是围观的那些。

对跖点[*]

1

早高峰的地铁车厢就像一个拉链都快要撑坏的书包,眼看装不下了,但总是可以再塞一点。前后左右都贴满了热乎乎的胳膊、后背、屁股、肩膀,把你稳稳地卡在中间,肉与肉之近,足以让你清晰地看见前面那个小伙儿的手机屏幕:他的微信首页全是群,没有个人聊天;拇指茫然徒劳地刷了几下,一个也没点进去;又跳到朋友圈,再次刷了几下,又迅速退出;接着他又点进新闻,草草过了几条。

这个小伙儿精瘦,穿着黑色运动短裤、速干长袖,背着一个马拉松背心,装着水袋。他的身材一看便是长跑者,瘦得像一条脱水牛肉干,在一堆上班族中间显得格格不入。他脸上有种隐秘而骄傲的表情,仿佛怀揣一个伟大的秘密:首马破三。

---

* 对跖(zhí)点,地球球面上任一点与球心的连线会交球面于另一点,亦即位于球体直径两端的点,这两点互为对跖点。两点距离约两万公里,时差十二小时且季节相反。

他徒劳刷着手机,而你并不想偷窥,正要挪开目光,却赫然看到了冯克的照片,来自那人手机上的新闻:智利马拉松,华人夺冠。照片上的冯克戴着墨镜,穿着印有号码牌的背心,但你还是认得出来:国字脸有点歪,因为长期习惯左边咀嚼,那块咬肌更大。他笑着。

小伙儿迅速把新闻页面滑走了,你心里突然好像被勾起一点什么,想掏出手机也搜搜新闻,但是太挤了,都抽不出手来。到了办公室,打卡过后你坐下来先搜了搜新闻。也就几句话而已,无非就是一样的内容,题图上那个冠军笑着,你认识。

他终于去了智利了,你心想。挺好的。

一整个上午你不是很做得进去事情,浑浑噩噩挨到中午,避开同事,独自骑了两公里单车,到你最喜欢的一家小面馆坐下来点了一份干拌抄手。既预谋又心血来潮地,你开始搜索冯克的蛛丝马迹。但你们认识那会儿,微信还没诞生;人人网没了,虾米也没了,只有豆瓣还在。你用刑侦一般的缜密,把他的账号找回来了,一页页刷下去。

2

最早认识冯克,因为他在豆瓣上发帖,拍卖自己。

"除了一切违法乱纪的事情,除了一切跟黄赌毒暴沾边的东西,我都可以拍卖自己的时间。可以扮演相亲对象,扮演一个下午的男朋友。也可以只是聊聊天。可以去一次菜市场，可以帮你拎西瓜回家，可以跑步，打球打游戏。还可以不见面，只道晚安。这些都可以拍卖。价格酌情商议。"

你问他："你打什么球？"

他说："羽毛球。篮球。"

"游戏呢？"

"《魔兽》。"

"你做什么的？"

"我在读研。"

"读研很闲？"

"也不是，闲的时候闲，忙的时候忙。"

"你为什么要拍卖自己？"

"就是想嘛。闲的时候太闲了。"

还在读研，你在心里快速掐了一下，至少比你小五岁。但你觉得这家伙有点意思，就关注了一个月。后来有一天，你也实在是闲得发慌，想起这个人，心血来潮约他出来陪你骑行。那时候还没有共享单车，他说他没有车："改成跑步行不行？我很喜欢跑步，第一次跑半马就破二了。"

你问什么是"半马破二"，而他好像就在等待你的费解，这样他就能向你炫耀这是什么意思：首次跑半程马拉松，时间就低于两小时。

你犹豫了一下：他还是个学生，而你已经是工作多年的社会人了，应该没啥问题。虽然这样说毫无逻辑，好像工作多年是某种体力证明似的。答应归答应，保险起见，你把地点约在下午两点的市中心人民公园，还把这事儿告诉了你最好的朋友,时间,地点,如果什么时候还没消息,就报警。

3

临周末前一天晚上,他专门提醒你一定要穿舒服的跑鞋,速干衣裤,东西别带多了,有水就行。这番话如此具体,让你更加相信他真的是想跑步,不是坏人。

你选好一双运动鞋,瑜伽衣裤,提前进了地铁。人不少,你站在车厢连接处,看着地铁在转弯,弧度既轻微又明显,整个车厢的栏杆和吊环都在轻轻摇晃,颤抖;看手机的人们,每一根曲折的颈椎也随之轻轻晃动。那一刻所有人都低着头,只有你平视前方,几乎可以望到车厢尽头,孤独冷静得像个上帝,隐坐云中。你无端想,天哪,这是在做什么?是孤独到什么程度才会干这种事儿?你突然想撤,想逃,万一他真的是个变态杀人狂呢?

这时候,他发来消息说他会迟到一点。而你下意识回复好的没关系。

回复过了你才想,为什么你要回复没关系?天知道要迟多久。不如算了。

就这么纠结在地铁上,整个人摇摆不定,随车厢轻轻摇晃,不知不觉就到了站。你麻木地下了车,出了站,没有逃跑,但也没有抱任何希望。你直觉他应该就是个普通直男,普通得就像一颗土豆,暗地里有那么一两个恶趣味,但只有时间长了才能知道的那种。

但他仅仅迟到了三分四十秒,所以反而是他等着你从地铁里的厕所出来。他看上去比照片更瘦,更小,更黑;人不帅,但也不丑,普通得就像一颗土豆。他看上去刚刚跑完一场马拉松,外套里面还穿着印号码牌的背心。短裤。肌肉紧实的腿。汗水已经擦干了,毛巾系在手腕上。

"你跑了什么比赛?"

"垂马。"

"什么垂马?"

"就是爬楼梯。"

你惊讶地撇了撇嘴,都不知怎么接话了。人类是有多会耍花活儿,自己给自己丰容?竟然能发明这种比赛:垂直天空马拉松。一栋大楼里,一大票人热火朝天地爬楼梯,据说是1978年起源于攀登美国帝国大厦的大众体育运动。

关于那天你不太记得什么了,为了和你一起跑,他放慢配速,以至于外套都没有脱掉,一路轻松到还能和你聊天,超过你太远就又折回来迎你,像一条精力过剩的边牧。他说他的梦想就是去智利越野跑。

"为什么是智利?"

他好像等待你这个提问等了很久似的,说因为他有一次回老家,去参加爷爷葬礼,到了陕西省咸阳市泾阳县,村里有个小院子,院子里有一块牌子,写着:第五批省级文物保护单位 中华人民共和国大地原点。

"啥点?"你气喘吁吁,停下来提问,借机喝水。他原地踏步保持心率,说:"就是中国的中心,北纬34°32′27.00″,

东经108°55′25.00″。"

"跟智利有什么关系？"

"这个点对应的地球另一边，就在智利。理论上就是离我老家最远的地方。这个点叫对跖点。跖，足字旁一个石头的石，读'直'。"

"嗯……"你若有所思，觉得他有点书呆子气，又觉得从故事到数据，他好像背台词一样，不知道对多少人说过了。

他又说了些什么，但你根本顾不上接话，光是维持喘气节奏已经够呛。又因为是陌生人不熟悉，不想拖后腿丢脸，所以你拼了命维持步频，和他保持十米远的距离。他时不时回头看你跟上没有。你们目光相撞的时刻，他会微笑。你欣赏着他轻快的背影，肩膀，小腿。你对男生的小腿有点特殊癖好，喜欢特别修长的胫骨、腓肠肌、坚硬的膝盖和脚踝。比起脸来，漂亮的小腿更吸引你。不得不说，跑者的身体真性感，你脑海里掠过一些糊涂的画面，又迅速打消了。就这么胡思乱想着跑完，你们甚至没有坐下来吃一碗面，就匆匆在地铁口道别。晚上他退了你拍卖的费用，说："和你跑步很愉快，很少有女生跑这么快的，下次再继续一起跑吧。"这话你并没有当真，毕竟那天回来后你累得不轻，腿酸了一个礼拜。他大概猜到了，发来拉伸视频，快速消除乳酸的帖子，口气介于没话找话和认真复盘之间。

你仍然没有喜欢上跑步，你明确告诉他："你跑这么快，下次我骑车，你跑步。"

就这样有了第二次、第三次……第五次跑完的那个晚上，他说时间太晚了，学校澡堂关了，天气有点冷，冲冷水澡有点具体，你家洗澡方便吗，方便的话借用一下。你犹豫了一下，同意了。后来你一直没有问他，那次是不是预谋已久的借口。

他的边界感很好，到了你家，鞋子放在门外，衣服叠好不会乱扔，没有东看西看，也没有左问右问。他洗澡，他擦干净地上的水渍，连同那团掉在排水口的头发也抹干净了。上床前，他注意到你桌上的西班牙语教材，问你："在学呢？"

你说："我教这个的。"

他说："太好了，以后一起去智利。"

也就是那个晚上，你体验到一具马拉松跑者的年轻身体，修长，精瘦，像设计精巧的机器，没有一丝多余赘肉。他抱着你的时候，好像某一部分死去的自己抱着自己。那种感觉让你突然脆弱，又柔软，好像什么都可以敞开。但你不喜欢他衣服上的味道，他一旦穿上，就好像穿上了一堵墙。把你们隔开。你不再拥抱他，和他保持一两米的距离。

也许恰恰是你的这种反应，让你们顺理成章成为"跑友关系"，一字之差，谁也没有挑明，但谁都心知肚明。你没有要求他删掉拍卖自己的帖子，虽然你心底暗自有点希望他这样做，但你不说。你们已经做过最亲密的事儿，但又清楚彼此相隔很远。也许恰恰就是因为这种远，你们才能那么放松地去做最亲密的事儿。毕竟，他连你真名叫什么、多大年纪，都不知道。

他问你叫什么的时候，你说："你叫我康德就行了。"

"为啥要叫这个？"他皱眉。

"因为你叫冯克啊。"

"哈？！"

"康德有个好朋友就叫冯克，四十岁之前，康德可是个浪荡子，喜欢打牌，到处玩，冯克突然死了，英年早逝，康德才突然转变的。你怎么连这个都不知道？你不是学哲学的吗？"

"政治学。"

"差不多吧，政治学也该知道啊。"

"我们只学什么亚里士多德、马基雅维利。我只知道康德，不知道冯克。"

"好吧。"你没再多说什么，暗地里有点怀疑他的学历造假，或者关于他的一切都是谎话，但你不想追问了。因为，反正你也不想交换自己的一切。

4

他的校区远在卫星城，和你的住处隔着四十多公里，刚好是一个马拉松的距离。他每次来看你，都是跑步来。如果换你去他的校区看他，就骑单车。那一年你减了整整五公斤，就因为这样跑步骑车坚持得很好。你们好像是彼此的奖品，终点的胡萝卜。往来礼貌而默契，上一次如果是你来，这一次就换他去。

一开始是对方下楼来接人，吃顿好的，回去上床。

渐渐没了接人环节，变成随便吃点，上床。

然后只剩上床。

最后什么也不剩。乏味由固定程式而滋生，发酵出一种荒谬感。在床上你偶尔走神，我是谁，我在哪儿，我在干什么。他估计也有点，不然怎么会出现疲软，双方尴尬到甚至不好意思吵架。

他清楚他没那么爱你，你也清楚你没那么爱他。正是这种松弛，让你们关系不温不火维系了很久。如果太在意，反而无法这么相处：你会胡思乱想；而他会太有占有欲，太容易有情绪。正是因为不那么爱，你们得以举案齐眉、相敬如宾，如此不知不觉三年。一种悬浮而萧条的粥式关系：熬了很久，但还是很稀。聊天很水，关系很淡：吃了吗？睡了吗？方便我周末过来吗？

三年下来，你们真正浸泡的时间不多，像不太入味的泡菜，彼此依然不熟。你仅知道他的轮廓：他还在读博，和导师关系不好，发文章不顺利。但又因为已经读了太多年，沉没成本太大，必须熬下去。他没什么爱好，日常就是写论文、改论文和准备写下一篇论文，除此之外，就是跑步。

你始终没有喜欢上跑步，也不喜欢他衣服上的味道，毕竟宿舍阳台比桌面大不了多少，晾衣服展不开，又或者是学校的公用洗衣机使用多年，肮脏程度不堪设想。大概就因为他的衣服从来没有晒干晾透，闻上去就像穿着雨水的尸体。出于某种边界感，你既没法说"我帮你洗吧"，也没法说"你的衣服味道很难闻，能不能彻底晒一晒"，你总觉得你们的关系太脆弱，这样的话一出口，估计就碎了。反正你们相处最多的时候，没有穿衣服。他的身体没有气味就行了。你喜欢的是他的身体，你这么安慰自己，又不是他的衣服。

如果不爱是二楼，爱是三楼的话，你觉得你们站在夹层。偶尔在骑车去他校区的路上，在纠结晚饭到底吃不吃、吃哪家的间隙，一股无缘无故的荒谬感会攀上心头，蔓延出一片意兴阑珊的荒草：我是谁，他是谁，我在这儿干吗，他在这儿干吗——既然也没什么爱不爱的。

你们好像就是两个对跖点，因为物理距离而带来心理距离。只是不至于分开，于是就这么走下去。什么都是无所谓的，无可无不可的。什么都行，也等于什么都不行。你们连算计都变得懒得，因为有没有对方其实生活都一样，连牙膏和卫生纸都不会耗费更多：这就像你的前一段婚姻，前夫是做销售的，大概每天和陌生人说话过度，一回到家，就只想窝在沙发上打游戏，玩手机，看直播，像被定格了的假人。

当一段关系变得无限荒芜，沟通内容只剩茫茫戈壁上寥寥几块石头：啥时候回来，晚上吃什么。比吵架更恼火的是，你们甚至懒得吵架了。渐渐你确认你既讨厌粥，又讨厌夹层。所以你下了阶梯，彻底离开了那一栋烂尾楼。离婚的官方理由是你想要小孩，他不想要，这是用来对付外人的说法，免得他们刨根问底。其实你根本不想要小孩，你只是受不了一天三顿地衰老下去，这种感觉让你惶恐。

连婚都是要离的，何况与冯克呢？圣诞节平安夜，他依然跑步而来，不知道是太累还是什么，没有胃口，饭也没吃，洗完澡，上床后他就猛打呵欠，眼看就闭上眼睛了。

"为什么不打车来？坐地铁也行。"

"就是想跑嘛。"

你不再开腔，心想，重点始终是跑步，而不是见你。就像你其实是为了给骑行定一个目标，而不是真的见到他。想到此，你心里空空的，像粘着一层稀粥的锅底，于是你转身，轻声说："今晚我想自己过，好吗？"

他愣了一下，说好，这才睁开眼，揉了揉，叹一口气，起身，穿上衣服，关门很轻，和往常一样带走了厨房里的垃圾袋。你曾经因为这些细节而动过心，要把你们关系往前推一点，但最终没有。一个带走垃圾袋的细节已经不足以让你再有幻想。

他走后，你感到房间里降落了一只巨大的孤独号隐形飞船。你想发消息给他，用西班牙语说，"谢谢这一切，我们还是不要再见了"，但你觉得就连这样都有点过了，你们从来就没说过开始，为什么要有结束？

所以你什么也没说，果断给自己倒了一杯水，吞下一颗巨苦的佐匹克隆，但求速眠。

那次之后你们不再联系，就像放任一艘漏水的小船脱了锚，漂出港口，消失在海面。偶尔地，你突然会抽风去搜一下他的豆瓣账号，那个拍卖自己的帖子不见了。你不知道什么时候删掉的，或者没有删，仅仅是对你屏蔽了而已。

你依然保持骑车的习惯，有时候会下意识朝着他校区的方向骑，骑了一段才意识到不能再去那个方向了。你不知道他博士毕业没有，后来去了哪里。你停在路边喝水，望着熟悉的路牌，对那些稀里糊涂浪费掉的时间感到不可思议。从小到大，你的寒暑假时间表精确到以分钟为计，从来都是乖学生，不用等父母开口，自己持鞭抽向自己的那种。只有骑车去找冯克鬼混这件事儿，让你找到一种堕落的快感，放任，愧疚，放肆地痛并快乐，像本我背叛超我，自己对自己出轨。Guilty pleasure，你尝过了，人生列表又打了个勾，可以放到一边了。

如此三年下来，故事一句话就可以讲完：你们相遇，然后又散去——但故事不能这么讲。就如同人的一生一句话就可以概括，一个人生下来，然后又死了。但人的一生不能这么概括。墓碑上可以，但时间中，不行。

5

时间中要这样概括：六卷卫生纸，两包卫生巾，一支牙膏，两百克盐，四分之一瓶洗手液，每周一的超市会员日八折，屯购清单固定到甚至都不用重新勾选，直接点击"再来一单"——这就是你一个月的生活。

三十岁以来，你的生活分化成一道道垂直细分领域。同事就是同事，朋友就是朋友，搭子就只是搭子，球友就是球友，对象就是对象。对象只用来做爱。朋友只用来谈心。搭子只用来干饭。旅伴只用来一起远游。你不会和一个没有什么胃口的朋友约饭，也不会和那个胃口很好的饭搭子约骑行。和你固定骑行的车友，不会和你彻夜喝酒长谈，眼泪涟涟。和你彻夜喝酒谈心的人，你从来不和她一起出门旅行。如此每一条支流也都是充盈的，承重均匀，架构起你如今的生活。就像一个屋顶下有八根柱子撑着，如果其中一个柱子坏了，还可以丝滑替换。

但二十岁的时候，这八根柱子，都是同一个人。你们一起上课，下课，打球，骑车，吃饭，聊天，谈心，做爱，背包穷游，大口喝酒，喝到情绪激动，口不择言。你后知后觉那样的爱，本质其实叫青春吧，过去就过去了，再无复现。但这样的状态也就仅仅持续了两年，毕业你们分开了，原因，具体是什么你忘了。

前夫不是没有介意过你那位八位一体的"台柱"，你们最初在一起时，他曾经扭着你追问有关你和台柱的一切细节：你们去过哪里，你们怎么过周末，你们怎么过生日，你们怎么上床。你们哪次吵架吵得最凶，他都要追问。

具体是什么我忘了，你总说。有一半，是你真的忘了，有一半，是你不想回答。你不说，他生气，你说了，他更生气。

就连问起为什么分手，你都只剩些抽象感受：当时特别生气。当时大吵一架。当时……

他问:"为啥生气?"

你就说:"具体是什么我忘了。"

他感到丧气:"想一想嘛,当时到底咋了?"

你说:"真忘了。"

次数多了,他心里生出顽藓一般的毛躁,一种痛苦的痒,越挠越痒。"你真够无情的,什么都会忘。"他愤愤不平地说,"以后别人问起我,你也说忘了对吧。"

"你这是什么话?什么叫别人以后问起你?"

他不吭声。

"还有什么叫我无情?你是希望我念念不忘咯?"

他还是不吭声,你们各说各话,毫无逻辑地吵了下去,直到他暴怒失控,一脚踹向卧室门,踹出一个大洞。

那个大洞让你们冷静下来,互相都看到自身的丑陋,道了歉,而且此后再也没有这样吵过。洞就在卧室门上,在你睡觉翻身朝外的时候,占据着你的视野中央。但谁也不提修门补洞的事儿,好像故意留它在那里,作为一个警示符。

从此之后,前夫再也没有问过有关台柱的事儿,你们继续相安无事,一天三顿地老下去。但你们的关系里好像从此出现了一个洞,心生距离,背对背睡去,即使出差很久不见回来的那一晚,也是如此。你们直面那个洞,但不再直面彼此。

这时候你突然意识到,冯克从来没有问过门上那个洞。它如此明显摆在那里,但他不问。

每天早晨你独自醒来,你已经对那个门上的大洞熟视无睬，仿佛它根本不存在。但如果冯克问起，如果问起，你决定一定不再说"具体是什么我忘了"。

6

整整十年过去，你早已忘了这个人。直到平平无奇的某一天，你在地铁上看到那条新闻，遇到那个熟悉的味道，像一记耳光，把你打回那段旧日时光。

那个气味和冯克一模一样的陌生小伙儿，在刷完智利马拉松的新闻之后便匆匆下了车，他的背影被早高峰的人海一口吞没。你突然悲哀地想到，这样精干的肉体，终有一天也要衰老，要么发胖，要么发皱，悄无声息地离开这个世界。

他去到了智利，对跖点，他真的去了。他实现了，而你没有。你突然看到自己留在原地的样子，和他隔着半个地球。实实在在的距离，结结实实的遥远。像茫茫暗夜里两颗孤星，天各一边。

对跖点的这一刻，是什么天气、什么景色？你在气味复杂的地铁车厢里想起智利的海岸、瀑布、羊驼，巴塔哥尼亚的岩石、群山，照片上都看过。他实现了，而你没有，时间白白死去。一阵抽象的孤独轻轻掠过你，像地铁擦过隧道。如果冯克这时候来问你，无论问什么，你一定不会说"具体是什么我忘了"，你会说，你会想说："我记得的。"

只是等等，让我想一想。

火草

1

你已经体会到,人的攀比近乎本能,到老都不会消退。

"女儿下周带我去日本。"

"这是上周儿子从德国买回来的。"

"哎呀,媳妇又在柬埔寨整了一套房子。"

"对了,你女儿不是满世界旅行吗?怎么不带你去呀?"

多年来,母亲哑忍着麻将桌上的攀比失败,直到六十七岁那年,自己去办了护照。

东南亚廉价团几乎就是流动的屠宰,观光一分钟购物一小时;被送到足球场那么大的篷布餐厅吃饭;买回乳胶床垫、按摩药,闹剧般收场。回来后,她显然不满意,在电话里暗示:趁还走得动,最后一次还是想去欧洲开开眼,然后是美国、日韩。

从某个年纪开始,她总是有意无意把"最后一次"挂在嘴边。你厌恶这种微妙的死亡暗示,皱着眉头,语气鄙视:

"哎呀,那些地方有啥好去的,那么多人!乌泱乌泱的,你不是喜欢清静吗?"

于是她不提了,偷偷自己报团欧洲十日游,直到出发前都没告诉你,像个叛逆期的少女。而你得知她已经身在奥地利之后,气得像个家长:"八月我已经帮你订了去阿拉斯加了,你还跑欧洲?还不告诉我?"

"……你要是想去阿拉斯加,我当然陪你去啊……"她的语气有点心虚,毕竟,那地方是哪儿,她其实也不是很清楚。

你心想,谁陪谁啊。

2

从 Airbnb 网站的图片上看,那是一栋教科书般的美式中产阶级大房子:栅栏雪白,花园鲜艳,草坪一丝不苟,坐拥一片湖泊——在阿拉斯加南部。

房子的页面被你反复浏览了两周,每张照片、每条评价都无可挑剔。你跟房东沟通过了:那里安静,不热,没有太多蚊子,可以写作,可以散步。房子的照片看上去就是"面朝大海春暖花开"的既视感,你觉得母亲也会喜欢。

最重要的是,这房子有两个卧室。这些年来,她严重的打呼,是你们无法一起出去旅行的重要原因——她要么心痛于一晚要开两间房的费用,要么心痛于同住害你好几天睡不着。所以至少有十年,你们没有 7×24 小时地相处过了。

临行前，你劝告她电饭锅不要带了，Airbnb 有全套的；腌菜不要带了，海关可能不让过；丝绸裙子别带了，那边很冷。别担心，大米会有的，老干妈会有的，一切都会有的。全球化在日常生活中清晰可见。

转机三次，二十小时的飞行，你几乎担心她快要撑不住了。最后一趟飞机降落前，眼前终于有了大片大片倾斜的墨绿，以近乎危险的放大速度，不断接近。落地那一瞬间，整个机舱的美国佬欢呼着鼓掌："Oh yeah, we are in Alaska !"这一幕你只在莫斯科机场遇到过，你以为只有俄罗斯人才会在降落时鼓掌。

"……是啊，和我妈一起到阿拉斯加了，住一个月，她说她喜欢清静。"当你在微信语音里跟朋友解释你不在国内的时候，朋友呵呵一笑："她说的清静，跟你说的清静，根本不是同一种清静。"

3

时间是 2018 年的 8 月 2 日，你记得那一天。

租了车，从机场开往住处，两个小时的高速。母亲一扫疲倦，刚出了城就兴奋起来，像个孩子似的朝外张望："天哪……太……太那个了……"

你觉得那个词应该是广袤。广袤等于阿拉斯加。刚离开州府市区，就再也见不到三层以上的建筑。地广人稀，平原像天空一样无穷无尽，坦然，粗犷，公路在金色的阳光下像江河一样蜿蜒，云朵低得仿佛随时都会坠毁。

开了一个半小时后，你意识到，即便是在阿拉斯加，你们住的房子也真够偏远的。这一带湖泊星罗棋布，到处都是稀稀拉拉的树林；你盯着眼前的笔直马路，看见柏油皲裂、融化后又凝固的条纹，猜测着这里是不是发生过一场火灾；道旁野草猖狂，急得马上就要围上来似的。你开始怀疑导航对不对，却又只能跟着它走。犹豫着，越开越慢，打开车窗的一瞬间，风声涌来。

从未这样期待着人烟——在荒郊野外。直到沿途有两座住宅奇迹般出现，看起来崭新，你才渐渐放下心来。

轮胎碾上一条碎石路，屋顶从茂密的树丛上方显现，拐过最后的篱笆，巨大的草坪袭来。没错，照片上的房子。

你们到了。

天气几乎是冷的，下着小雨。"这就是秋天，"女房东说，"八月初，阿拉斯加的秋天就已经到了。欢迎你们，今天是我的生日。"

"Wow！Happy birthday then！"你说着，把刚才那一段话翻译给母亲听。她赶紧用四川话让你把礼物送给房东：一匹巨大的苏州刺绣，青绿色的牡丹。女房东非常惊喜，表情客套而真诚，甚至笨拙地双手合十，按照亚洲人的方式对你们鞠了躬。

你们住的这一栋是独立的一翼，房东住另一翼。她叫Janet，在本地图书馆工作，四五十岁，有两个女儿，丈夫在航运贸易公司工作,经常出差。她带着你们上上下下转了一圈,介绍了家里的一切,包括他们的大狗瓦力:十岁了,性格温和,膝关节不太好。

房子坐落在马蹄湖畔,临水望山;小小的私人码头就在后院,停泊着一艘电动驳船、一艘塑料脚踏船。一条松木栈道伸向水中,是房东夫妻俩自己搭建的。

后院很大,种了樱桃、梨树,蔓越莓十分茁壮,<u>大丛大丛</u>盛开。东边有一座不算小的菜园,西葫芦和黄瓜长势很好,大白菜只是装饰;暖棚里,番茄还没成熟。前院更大,但草坪潦草了些,延伸到公路,被一圈高高的篱笆守卫着。太多的绿化意味着,隔三岔五就听见房东开着割草机来来回回,马达声很吵。

你确信母亲会喜欢这里——这么大的院子,山湖相映,宽敞的房间,收拾得干干净净,杯盘碗盏一应俱全——完全符合他们那一代人从电影里了解的美国。你也相信你的计划是对彼此都好的:隐居一个月,每天早上写作,下午出去转转。你没有安排任何硬核户外活动,毕竟她腿脚不好,高血压,容易感冒,不喜欢爬山。你很清楚这次的目的——完成陪同,回去后让她可以对牌友们炫耀说自己打卡美国了。

她选了朝西的卧室,安顿好自己的箱子。你看着她拿出两只小小的仙丹瓶摆在床头:速效救心丸和风油精。两者的气味都如此浓烈,老年的气味。

你突然伤感起来:速效救心丸、风油精、阿拉斯加——和鼾声一样,有些鸿沟是不可跨越的。

4

第一个早晨,她端着一碗番茄炒蛋汤泡饭,拉了一把椅子,坐到阳台上去,独自对着雪山和湖泊吃早餐。你觉得她发福的背影,像一只……背对游客独自啃竹子的熊猫。你为这样的联想感到好笑又内疚。毕竟,到了这里之后,时间多得让人发愁。她听不懂英语,不看电视。你开始担心窗前的风景够她看多少次而不会腻。最近的大超市在五十公里之外,要开车才能去。大量的时间难以杀死,你预感这简直像末代沙皇家族被软禁时那样,一家人困在大房子里,直面寂静。

第一个上午,她去了房东那边的草坪上溜达,逗狗,看风景。看见门廊下的两辆自行车,她忍不住说:"走,我们去骑一骑。"

门口是一条无人的马路,笔直刺向天际。她连上车都有点颤颤巍巍了,骑了五十米,感觉有了坡度,很快便撑不住了,歪歪扭扭下车来,感慨不如从前:"三十多岁的时候,每天驮着你,骑车往返三十公里去上电大夜校……爬坡下坎,一点都不累……"

你困惑地听着,看着眼前平坦的路面,怎么都没看出来有什么坡度可言。

美国人法律意识很强,签了放在厨房桌上的免责协议,你们才可以自由使用那条塑料脚踏船,去湖里游玩。踏板不太好使,踩起来动静颇大,惊起许多水鸟从芦苇丛中腾起。

你们蹬了大概有十分钟,她的腿就酸了,只好停下来,任由轻浪随意将你们荡来荡去。

于是拍照,拍很多很多的照:马蹄湖是丰富的,仿佛舞台。晨昏时分,辽阔水面蒸腾着一层层雾,几乎就是挂历上的仙境;野鸭一家子排成一条线,拉链似的剖开湖面。远处,一目十岭淡入天际,山巅的积雪在朝阳下一片粉红。云朵总是硕大饱满,显得低垂,仿佛一群群神兽下凡。

你们没有蹬出太远,因为害怕回不到岸上;即便是这样,她还是说腿发酸,接下来好几天需要静息。你清晰意识到,衰老是一种无处不在的有心无力。如此疲弱,如此不堪一击,将过去烧成一缕青烟,让所有的当年勇听起来都像传说。

房东说二十年前这里发生过一场森林火灾,一切都烧光了;常年寒冷,树木长得太慢,火灾过后,地表退化成大片湿地、灌木林。你看着那些足足花了二十年才勉强长到两米的小树,想,远处那些森林,是花了几百几千年,才长成的呢?

第三个晚上,Janet邀请你们去她家那边吃晚饭。母亲说头疼,没有去。两个邻居倒是来了,大胡子美国中年男。在厨房中央的大条桌坐下,你们开了一瓶酒,聊得太开心了,不知不觉就说到晚上十点。等你回到隔壁自己住处,母亲已经洗完澡躺在床上了。

你才发现手机上有她的未读消息:"幺儿,已经十点了,该和他们告辞了吧？"她不知道你没有带手机出门。

"告辞"——你为老年人那郑重其事的措辞而哭笑不得。一股速效救心丸的气味时有时无，凉而苦；窗外树影斑驳，你开始想，难道不远万里来到这里，只是为了让她换个地方逛超市，买菜做饭，一天三顿地打发日子吗？

这才第三天，可你已经有点无聊了，磨皮擦痒，蠢蠢欲动地打起了那些山脉的主意。怎么可能不去想它们呢？这里可是阿拉斯加，遍地都是国家公园，出门就是湖泊、冰川、沼泽，狐狸大摇大摆地在马路边溜达，偶尔还有驼鹿，但是很可惜，没有见到熊。

5

阿拉斯加是熊的天堂，许多免费手册都在介绍熊的种类，以及万一碰到了它们，你该怎么办。

你们的房子对面就是浓浓的灌木林，一条小道，隐隐约约伸向不可知处——绝妙的哲学家散步小径，你忍不住问房东，它通向哪里。房东说，这是我采蓝莓的小路，但每次我都带枪。你没枪的话，出门一定要带上防熊喷雾。

你暗暗练习怎么使用那玩意儿，说白了就是胡椒辣椒水之类的刺激物，重点是喷嘴千万别拿反。每次出门，你都把它别在腰间，像枪一样，提供某种安全感。你一次次沿着那条小路往深处走，直到无路可走。遍地都是野生蓝莓、红莓……以及，各种各样的毒蘑菇。

毒蝇伞在阿拉斯加野外最常见，体形硕大，半球状或者碟状都有，伞面大小不等，小的如掌心，大的如 CD 唱片，鲜红色的伞帽，缀满白色的点状凸起，非常艳丽，很容易辨认。据说它吃进去之后，影响不可预测，一切皆有可能：肢体痉挛，视觉听觉扭曲，癫痫，昏迷，欣快，迟缓……事物看上去被缩小或者放大，也就是医学上说的"视物显大（小）症"。据说，吃了毒蝇伞的猫会因为老鼠看起来巨大而不敢捕捉。说真的，你觉得《爱丽丝漫游仙境》一定是受了这种蘑菇的启发才写下的。

每只巨型毒蘑菇都引起一股不可遏制的冲动——踢坏它。你也的确这么做了。在林子里散步的时候，你每看见一朵毒蝇伞就给一脚，而母亲就跟在后面，也不好阻止你，只是小心翼翼地用树枝拨开被你踢坏的蘑菇，惊叹一番，仔细欣赏。

拨开最后一丛石楠花，荒野在你面前铺展开来，无垠的广阔仿佛要一口吞噬你；窸窸窣窣的声音传来，你立刻紧紧抓住防熊喷雾的把手，随时准备着什么——其实只是一群野鸟腾空而起。

事实上，那整个夏天，你连一只熊的脚印都没看到。不只是如此，在 Denali 国家公园，就连坐着直升机低空盘旋，都找不到棕熊的身影。这真不是好消息——野生动物的生存空间已经被人类蚕食殆尽了。

每天下午，你沿着环湖公路骑自行车锻炼；但四五天之后，方圆十六公里的活动半径就显得不够了。每天三顿的无聊日子开始令你烦躁，你提议开车去附近走一走，母亲欣然同意。

你们的住处恰好在两大自然保护区之间——往北二百五十公里是壮丽的 Denali 国家公园，往南一百五十公里是 Chugach 国家森林，那也是入海口。

基奈半岛以写意的姿态悠然深入峡湾，淡水河流向阿拉斯加湾，最终汇入太平洋。八月底是鲑鱼洄游的季节，成人小腿那么大的鲑鱼就在溪水里悬停着，随处可见。你联想起国内的中老年人坐在池塘边上垂钓的情形，鱼篓里几只半死不活的小鲫鱼，食指长，也足以令他们高兴一整天。你怀疑他们要是看到这么多的大鱼，会不会亢奋到心脏病发作。

这些鲑鱼已经千里洄游，完成了产卵，马上就要死掉了。但别看它们静静待在水里，好像随便一伸手就可以捞起来的样子——只要你一碰水面，它们还是会像子弹一样弹开，闪离。

钓飞鱼在这里是热门运动。在河流的入海口，总是能看见人们站在河水里，自觉隔开一定距离，不断挥舞鱼竿。你发现，他们钓起来的鱼都会被放回水里——让人联想起藏传佛教的坛城沙画——真是富有禅意的活动。

母亲看得津津有味，不断惊叹着："看！那么大一条的鱼！"说着说着手舞足蹈起来，像个孩子。你几乎在心里松一口气，确信她是快乐的。于是你留下她在原地看钓鱼，把车钥匙交给她，叮嘱她累了可以去停车场休息，而你正好可以去爬山。

6

从停车场后面的徒步小径往上攀爬,阿拉斯加峡湾尽收眼底。海滩壮阔得像上帝的沙画,随着每天涨潮退潮,面目多变。这是你最喜欢的风景类型:依山傍海,青森翠溪,尽收眼底。

随着登高,植被从阔叶林变为针叶林,再变成苔原……大雾时而浓密黏稠,遮云蔽日,时而被风一口气吹散,阳光朗然。

有越野跑爱好者在小径上锻炼,身姿像瞪羚一样轻灵,闪过你身边:一定是附近的居民吧,背着专业的饮水袋,身上毫无赘余。而你笨重地杵着登山杖,气喘吁吁,十步一停。半山腰的地方,你发现一块大理石墓碑,平放在地上,写着:

In memory of

Patrick "Jack" Cooper

Rest here,

be inspired,

be grateful,

be awesome.

如果能被埋葬在这样的地方,也算此生无憾了吧,你想。

总算爬到了山顶:植被所剩无几,乱石丛中长满了野生的蓝莓、树莓,小小的一颗颗,像谁撒下的糖果。你一路边走边摘来吃,很酸,但好吃。想摘一些回去给母亲尝尝,但她受不了那种酸,你知道。

在山顶俯瞰,峡湾化为蓝色丝缎,卷轴徐展,横陈云下。大雾似幕帘,忽而合拢,忽而拉开,露出无尽起伏的森林。

你为那一幕震撼至无法呼吸,拍了照片,想回去给她看,但你清楚,照片效果……不足现场感的百万分之一。你多希望她也站在这山顶,亲眼看看这景色。

回到停车场的时候,离你出发已经过去了四个小时。她躺在车里,放平了座椅,在闭目养神。这一幕让你横生歉意,又因为这一切的不可避免而烦躁起来。你不知道怎么协调这种鸿沟:你真的想要爬山,而她真的无法一起。你看着她小腿上蜿蜒的静脉曲张,说:"下次要不你就在家休息吧,等起来太漫长了。"

她说没关系:"我给你打过好几个电话,信号不好,打不通。"

7

很晚才会天黑,漫长的黄昏里,天气好的话,你会跟房东一家,坐上平板驳船,开往湖中央。马达一停,四下坠入寂静。你们在甲板上围着炭盆,烤火取暖,喝酒聊天。这样的惬意休闲本来是适合母亲参加的,可惜她不懂英语,无法加入谈话,又不愿意一个人傻乎乎坐在那儿看你们眉飞色舞，试过一次之后就再也不来了。她宁愿一个人坐在昏暗的房间刷手机，连电视都不看，面孔沉浸在蓝色的荧光里，那样子寂寞得让你不忍心想象。

"秋天已经到了，"男房东 Russ 说，"你走之前应该可以看到林子全部变成黄色。"

"想要试试钓飞鱼吗？过两天我们的两个女儿就要回来了，到时候 Russ 可以带你们一起去钓飞鱼，还可以追驼鹿，你该体验一把真正阿拉斯加人的生活。"Janet 笑着说。

你几乎是雀跃起来，连说太好了太好了，等不及了。

夫妻俩的两个女儿都是二十岁出头的年轻姑娘，活泼可爱，一个从法国回来，一个从西雅图回来。Janet 从车库里找出了连身胶皮裤、手套、雨靴，一一给你们穿上，好像你是他们的第三个女儿。

下雨，你们在外面多加了一层雨衣。Russ 把一辆四轮全地形越野摩托车拖出车库，加了柴油。这种坦克一样的四轮摩托车简直就是为阿拉斯加量身定做的，履带可以驶入湿地，皮实得所向披靡，当然，它也会颠得你五脏六腑都错位。

一杆猎枪耀武扬威地挂在座椅上，连同十六发金光闪闪的子弹，像某种金属卵，密密匝匝，粒粒都有小指那么大。你努力忍住想要举起它瞄准的冲动——天哪，这就是阿拉斯加，够野的。

履带摩托的噪音简直惊人，引擎听上去仿佛是在驾驶一辆双翼飞机；风雨则在你每次开口说话的时候灌来一嘴巴的水。交谈变得不可能，你只好和另外两个姑娘一起默默坐在车斗里，看向荒野。

沿着一条模糊的车辙印，你们驶入湿地；泥沼越来越深，你真担心车子会陷进去。好几次的确陷进去了，但Russ总有办法把你们弄出来。开了大概一个小时，隐约出现了一条宽阔的河流。

两个壮汉就在河边站着，望着你们，旁边是他们的军用帐篷、斧子、柴堆。

Russ停下了车，和他们攀谈起来。这俩哥们儿露营有一周了，想赶在渔季的末尾玩个痛快。你环视这个被风雨蹂躏的营地，理解了他们自嘲的苦笑：什么样的神经病会放弃咖啡、软床垫、热水澡，跑到这里来淋雨挨饿喂蚊子啊。

河流湍急，岸与滩没有界限，走着走着就陷进淤泥里去了，冰凉的河水湿透整条裤腿。钓飞鱼说难不难，说容易不容易，因为你知道自己第一次尝试，注定一无所获，所以练习动作时缺乏耐心。好几次，鱼线一抛出去就钩住了河底的泥块，怎么都拖不上来，真让人沮丧。什么都钓上来过：塑料鞋、水草……就是没有鲑鱼。

另外两个姑娘的动作比你熟练多了，但依旧一无所获。很快大家都对在暴雨中傻站着感到厌烦，决定回家。与那两个哥们儿道了别，你们再次坐进那辆"小坦克"里，驶入荒野，往回走。湿透了的衣服让你觉得很冷，正迷糊着，一只巨大的驼鹿受惊了，在前方横穿而过，像电影里的一枚炮弹，慢动作从眼前飞过去——天哪！驼鹿！你们全都惊呼起来。

驼鹿是世界上最大的鹿科动物。成年雄性驼鹿会比一只亚洲象还要高大，巨型鹿角比卡车轮胎还大，形状则像一簇凝固的火焰。在阿拉斯加，你看到过好几次雌性驼鹿，但雄性稀少，它们体形更大，需要极好的运气才能撞见。

Russ 仔细分辨着地上的足印，希望能再追上几只，但落空了。常年的过度打猎让野生动物越来越稀少，也越来越警觉了。

8

也没想到，刚一回到院子里，Janet 便火急火燎地跑出来了，你心里一沉，以为出了什么大事。Janet 慌慌张张地大声对你说："你母亲可急死了！跑来找我，我给你们打了好多电话……都没有人接。她又不说英语，拿着手机翻译过来找我吧啦吧啦……吓死我了！"

你一看，手机上二十多个未接来电，Russ 的手机上也是。他显得很尴尬，问："你跟我们出来，难道没有告诉你母亲吗？"

这么多年你从来没有向她报备行踪的习惯。你知道这样做会让她放心些，但你就是不愿意说。你越不说，她越容易瞎担心；她越担心，你越不愿意说。

你无端想起三年前的春节,在海南。好久没有两两相对了,你做足了心理准备,叮嘱自己不准烦躁,好好说话,过年好好陪陪她。

有天晚饭后,母亲提议说一起去外面散步。你知道她的用意,就硬着头皮答应了。

路灯下,你们保持着某种尴尬的距离,她先开的口。

"最近怎么样?"

"挺好啊。"

"忙什么吗?"

"忙工作啊。"

"什么工作?"

"就是工作嘛。"

一段沉默之后,母亲叹了口气,言辞恳切地说:"这辈子,我对你只有两个要求。"她说完,你愣了一下,洗耳恭听。

"第一,不要偷渡。

——第二,不要吸毒。"

你被噎得一口气提不上来……你想笑。想要大笑。当然你没有笑。你只是真的感到,这话接不下去了。

童年时代,你被她调教成了"别人家的孩子",考了九十五分以下就不敢回家,每天晚上练钢琴,作业一丝不苟,年年三好生班长大队长,目标是考上清华。多年过去她现在说,这辈子对你的要求只有两个,不要偷渡,不要吸毒。要真是这样就好了……

你完全能想象得到她傍晚惊慌地去找Janet要人，语言又不通，比手画脚一团乱麻的情形。你仅仅是和房东父女出去了一趟而已，不是偷渡，也不是吸毒……某种愤怒压抑已久，你突然失控，当即吼了起来："不要还当我小孩！我已经是三十二岁的人了！三十二岁！你这样跑去跟别人瞎着急，语言又不通，你知道多难堪吗?！下次别人还会带我出去吗？我好不容易来一趟！"

母亲有点委屈的样子，背对你，在菜板上摆弄着她的番茄，嘟囔着："就是很担心啊，你看雨那么大，好吓人噢……"

"有什么好吓人的?！下雨有什么好吓人的?！这么难得的机会！大老远地跑来阿拉斯加！……我们却天天在这房子里一天三顿！哪里都没有去！爬个山都要限时两个小时就必须折返！"

你被自己的怒气吓了一跳，摔门而去，跌坐在自己的房间里，哆嗦着发短信给Janet，不停为母亲的行为道歉。

她回复："没关系，我理解，我也是个母亲。"她这话也让你接不下去，你抬头看着窗外昏暗的雨，视野变得模糊。某种复杂的挫败感几乎要把你碾碎了。

9

你不得不承认，她要的清静，果然也不是你理解的清静。在阿拉斯加的每个夜晚，你有HBO和Kindle陪伴，在八个G的精神世界里,挑挑拣拣,看大量美剧,从《西班牙三棵树》到《荒原狼》再到《黑暗的左手》。

而她呢?她和在老家一样,慢慢做饭,慢慢洗碗,慢慢洗澡,慢慢坐下来,慢慢打开她那个严重卡顿的旧手机。时间汪洋中,她以近乎鲁滨孙般的无聊和寂寞,刷那些是中国人就转的骇人听闻,不得已因为眼睛干涩才关掉屏幕,因为在这里,在阿拉斯加,她连电视都没法看了。

你像个鸡娃的家长那样,试着让她读读Kindle,或者学学英语。她说,老了,不想看书了。你给我讲讲吧。

但你从来没给她讲过。

当你出去登山的时候,她就在车里放倒椅子睡觉,干等四小时。当你和房东去湖上喝酒聊天的时候,她就在床上躺着等天黑,为你的晚归而焦虑得眼皮直跳。

当她做完了所有的饭,洗完了所有的碗,太阳却还没下山的时候,她就枯坐阳台,油画模特一般一动不动。

那些时刻,她在想些什么呢?

她孤独吗?她无聊吗?

谁陪谁啊,你重新琢磨起来。本质上,你们性格酷似,谁也不用谁陪伴。可她太想和你多待一会儿了,至于是在阿拉斯加,还是在海南岛,其实没有区别,只要是和你待上一段日子就好,就像她口头禅所说的:"这可能是这辈子最后一次……"

傍晚时分,你在室内,她在阳台上。你看着她大熊猫一样寂寞而发福的背影,为几天前冲她大吼大叫感到一阵剧烈内疚：你们在阿拉斯加，在荒岛般的无聊里，共同生活，坚持了二十八天，和平没有吵架——但最后，你还是晚节不保，被拉爆了。

在阿拉斯加，马路边总是长满一种高高的草。八月，你们刚到的时候，那高草的茎秆上长着一串紫色的花朵。到了九月，你发觉那些紫色野花都不见了，全都化为白色的飞絮，漫天飘扬。

"Fireweed。它们叫 Fireweed。紫花从最下面往上开花，开到头，化成飞絮，夏天就结束了。"她坐在副驾驶上认认真真告诉你，"我来之前专门看了央视《野性阿拉斯加》那个纪录片，里面介绍了的。"她又重复了一遍："紫花从下往上开到头，夏天就结束了。"

你心下一折：她为这趟旅途期待了多久？

毕竟，那是除了"Halo"和"Sank Yo"，她说出的第三个英文单词：Fireweed。

第二辑

黑刃

1

这儿一切都没变,单调得像一张只勾勒了轮廓、忘了着色的简笔画。一只鹰在高处,漫不经心盘旋着,像一片黑色的刀刃,在天空上旋凿,刻下划痕。

阿尔德也没有变:坐在自家门口,呷着烟,望着远处;一只金雕站在他旁边的鹰架上,端静得像标本。

阿尔德看见我走近,脸上的皱纹突然波动起来,凝固成一面笑意——因此我想他应该还记得我。

走进他的家门,迎面还是那张照片——阳光热烈如瀑,四个举臂架鹰的男人,骑着高马,扬眉齐云,鬓发入风,手里拎着狐、狼、兔,笑得像神。那是阿尔德一生中最得意的一天,他带着三个儿子,在盛大的狩猎比赛上包揽了全部的荣耀。大儿子的金雕,干净利落地杀死了一只狼,尽管只是一只人工豢养的老狼。

照片是我拍的,我把它作为临别的礼物送给阿尔德,感谢他教我驯鹰。虽然我连第一步都没有坚持下来。草草学了几个星期，第一次放饵习猎，鹰就飘了。

当时阿尔德只说了一句："别告诉别人，我教过你。"

我很想说，我是故意放它走的，但我忍住了。毕竟，逼我的又不是阿尔德，是父亲拎着我去找他学驯鹰的，而我根本不想去。那时候我十八岁，满脑子只想着离开。我渴望自己变成一只鹰，或者一片黑色的刀刃，割破这个无色的世界，这个破麻袋一样的村子，远走高飞。

2

这儿的人们一生中有一半的财产是为客人准备的。从我坐下来起，阿尔德的妻子就不断地端来食物，没有停过。桌上的羊汤散发着热气，浓膻味儿闯来，像一群烈马，猛地把我拖进回忆。

十年来我只回过一次家，回来安葬父亲；从母亲幽怨的眼神中，我猜测父亲大概是被我气死的。我没法再待在母亲的注视里，只好出去透气；也就是在那天，遇上鹰猎大赛。洁白的雪地上，人们用黑色的毡子包裹着心爱的鹰，给它罩着鹰帽。鹰一盏盏站着，如黑色的流线型雕塑，静休蓄力。比赛开始后，诱饵从兔子到狼，都没有难倒阿尔德的鹰，连他的儿子一起，全家大胜，不愧于三代驯鹰世家的名声。我为他们一家拍了这张照片，离开村子之后，我把底片洗出来，扩印，装裱，寄回阿尔德的村子。

寄了一个月，他才收到。

我在浓烈的羊汤膻气中，端详着那张照片。阿尔德说："那次鹰猎大赛之后，儿子们成婚，分家，走的走，飞的飞。"

时间如滚石，从巅峰直落，把过去的日子全都砸碎了。后来我才意识到，阿尔德说的走与飞，是死亡的意思——阿尔德的大儿子意外早逝，只留下孙子别列克。

荒凉的童年，使别列克显得格外沉默，但那目光狡黠如鹰，有着独属于十四岁少年的精明与冷漠。听说他是神童，聪明极了；没上几年学，汉语却特别好，什么都懂，会背一整本《古兰经》，还会一些阿拉伯语。

我问别列克："你有鹰了吗？"

别列克抬了抬下巴——后院的鹰架上，站着一只小红隼。我很意外，阿尔德一直都只驯养最好的鹰，却把一只红隼给他孙子。

"不是我不想给他好鹰。这孩子，还不配！"阿尔德说得很大声，回过头盯着别列克，又添一句，"一天到晚，就知道撒马。"

阿尔德显然是故意的，当着别列克的面，很大声地跟我抱怨，说这小子在熬鹰的时候偷懒睡觉；也不好好练饵；一不留神就骑马乱跑，一去就是一天，影子都找不到。

我察觉到什么，等阿尔德的身影折进了门毡子，我贴近别列克。他正磨磨蹭蹭地挪向马桩，手里把玩着一截鹰脚绊子，扯来扯去。

我问："你为什么不喜欢鹰？"

"我骑着马,可以飞。我又骑不了鹰,只能看着它飞。"别列克好像生气了似的,扯过马嚼子,翻身跃上马背。他身姿柔韧起伏,渐渐变快,快得发狠,好像恨不得把自己吹成灰,化在风中,彻底消失。

孙子偏偏不爱鹰,这大概是阿尔德的心病。作为当地的驯鹰祖师,多少人奉牛献羊,上门求艺,络绎不绝。阿尔德的规矩很严苛,上来就问:"你最稀罕的东西是什么?"曾几何时,父亲拎着我去拜师学艺那一次,也被这问题弄得莫名其妙。

我想了好半天,说:"没有。"

阿尔德说:"必须说一个。"

我应付道:"一本世界风光图册,支教老师送给我的。"

阿尔德转向我父亲:"你呢?"

父亲回答:"是一个箱子。"

阿尔德说:"明天把它们都拿来。"

阿尔德翻了翻我最心爱的那本书,放到一边,又打开父亲的箱子。全是爷爷当年去麦加朝觐的纪念品:车票存根(每一程);几双磨破的鞋子(在清真寺门口摆放过);一只电子钟,每天会按穆斯林五次礼拜时间报时(在当地买的)……回想往事,父亲红光满面,一一介绍宝物。阿尔德冷冷打断,说:"你要想让儿子学鹰,得把这些全都给我。"

父亲问:"杀羊给你不行吗?"

阿尔德说:"不要你的羊。"

我把图册给了阿尔德,父亲献上了箱子。阿尔德收下了,说:"记着,每猎一只新的鹰之前,先要放归自己旧的鹰;不许舍不得,不放的话,会害得鹰群灭绝。还有,现在是繁殖期,我不抓鹰。你们过了纳吾鲁孜节再来。"

父亲认真点头。我也跟着点了。

搬走了箱子、图册,阿尔德便去净手,开始午祷。我们同他一起跪下。站起来的时候,阿尔德说:"……老天给我这么多只宝贝金雕,要是我调教的徒弟不放它们归天,真主要谴责我的。"

阿尔德回头看着我们父子,补上:"也要谴责你们。"

这儿的人全都崇拜阿尔德,不仅是因为手艺,更是因为阿尔德每次都能捕捉到最好的鹰。许多人一辈子都没见过"洞爪"这样的极品,而阿尔德捕到过三只。

老天赐什么鹰,全是命,好人得好鹰,阿尔德深信不疑。

但是后来我没有学成,鹰也飘了。阿尔德把箱子和图册都还给了我们。准确说是还给父亲。那天我走了二十里路,回到家,正想吃馕,父亲一把压住我的手,不准我吃。我看见箱子上面放着那本图册。

父亲说:"你真丢人。我没有你这样的儿子。"

我站在原地,费力地想,要不要跟他提起那件往事。

3

五岁，我们全家迁移牧场，父母拉着骆驼板车，我在后面拖拖拉拉地跟着。

一只金雕在空中盘旋，俯瞰我们。我从来没见过这么高贵、庄严的翱翔。它的翅膀伸展，身体铺成一片黑色的刀刃，裁剪着天空。那是连天空都不能装载的自由，它用羽翼擦拭云朵，抹过山巅，朝我飘来。

近了，越来越近了，一层层翎羽展开，从金棕色到白色，闪着光泽；柔韧的翼梢被气流拨动，一根根规律地微颤，像是神的手指在弹琴。

那片黑色的刀刃急速俯冲，削过我的头顶——然后被枪响打断了。子弹夺走了它的优雅，它像被塞进绞肉机一样，在空中混乱地翻搅，扑腾着坠落。

父亲手持土枪慌慌张张冲过来，号叫着，激动地追下山坡；我也跟上去了，看见一摊凌乱的羽毛，几乎没了本来的身形。我傻在原地，仿佛中枪的不是那只金雕，而是我。

父亲喘着粗气，在金雕尸体跟前站了一会儿，等那团羽毛的抽搐停止了，像捡干草一样，把那具尸体拎了起来……塞进麻袋。

那只金雕的尸体跟了我们好几天，我胆战心惊了好几天。夜里，我常常觉得那只金雕可能会化成一只黑色刀片，割破我的喉。我觉得我亵渎了神灵。

猎杀这样的濒危珍稀动物是犯法的，要坐牢，父亲可能也知道。一路上他神神秘秘地找不同的人接头，到了某个镇上，他把那个麻袋交给了另一个人。父亲接过钱的时候，叹着气——因为子弹破坏了羽毛，做标本的人出价很低。

长大后，终于有一天，我忍不住责问父亲："干吗要杀它？"

父亲迟迟没有回答，看上去不是在思索，而是想不起来这回事了。他哑口无言，躺在床上，活脱脱是一只糊涂的衰老动物。那一刻我彻彻底底地，耻于做这个人的儿子。

我起身离去，父亲却在我背后，用一种混了浓痰的模糊声音，虚弱地说："我是以为……它要叼了你……那年雪大，羊都少了。"

4

从小我就觉得我不属于这儿；所有被驯服的鹰，也都叫我心痛。它们生于天空，不该被奴役于大地。鹰没有选择，我有。在阿尔德家里聊了一个下午，我更加确认当初的离开是对的。

羊汤让我发腻，喝完一碗，到了说正事儿的时候了。就在这时，别列克也回来了；撒马飞驰，风吹得他面皮通红，皲裂掉屑。他撩开帘子进来，坐下就捧起一碗汤。

阿尔德无奈地看了看别列克，转过来问我："这次突然回来，想做什么？"

我说："我的外国朋友，想要请您去教他儿子驯鹰。"

别列克听闻,脸从碗口抬了起来。

阿尔德不屑地笑:"你的朋友不会到这儿来学吗?"

我不想跟他一一解释——那人也不是我的朋友,算是雇主吧,我到现在也只见过那人的秘书。雇主是真正的有钱人,隔绝于普通人的世界。秘书只透露了一个简单的名字,"查尔斯",过去很喜欢犬猎;在乡下,他有三十公顷森林,两百只猎犬。去年他在阿尔卑斯山度假,因为参加了朋友的鹰猎比赛,也爱上了鹰。

我没敢告诉阿尔德,他花了多么昂贵的价钱,买过多少只——但全都养死了。

阿尔德摇着头,显然不答应。

这是我意料之中的。我又说了几句好话,然后抛出了一个叫阿尔德彻夜难眠的条件:只要他肯去教一次,他们全家就可以得到一次麦加朝觐的豪华旅程。

我知道对于虔诚的穆斯林来说这个条件意味着什么。从抛出诱饵的瞬间,我就知道阿尔德不会拒绝了,因为他虽然没有立刻答应,却说:"朝圣不需要豪华旅程,只要一家人的车费饭钱就够了。"

"没问题。"说完我就知趣地赶紧离开。一掀开毡门,落日如血,风声啸。别列克好像有话要说,但终究没说,只是追着我出来,拽着毡子边沿,一直看着我。

我对他们挥了挥手。

一想到那晚上阿尔德会辗转难眠,我就踏踏实实地入睡了。

隔了两天，我主动上了阿尔德的门；但我对邀请的事只字未提，我只是说，我是来告别的。阿尔德的妻子照样为我端来各种食物，表达盛情，但她的眼神似乎也微妙了。

阿尔德问我："你的朋友在哪儿？别列克也想一起去。"

5

大使也是查尔斯家的朋友，他亲自把护照签证给我的时候，还祝我们旅途愉快。

外面的世界虽然是彩色的，但似乎在阿尔德眼里，显得有点可怕：爷孙两人从来没有出过远门。离开村庄越远，他们就不自觉地跟我贴得越紧。道路从无到有，从窄变宽，从土路变成高速；海关，机场……他俩一直都保持紧张兮兮的状态，活像刚刚被捉的野生鹰隼，被罩上鹰帽，一片盲，不断扇动翅膀保持平衡。我耐心陪着他们说话，用他们熟悉的家乡语言作为安抚工具——虽然这工具生锈了，不太好使，偶尔我也听不懂他们说什么，但不要紧，因为我介绍的好多东西，他们也听不懂。

别列克显然被周围的一切震惊了。他一言不发，惊奇地抚摸机场走廊的广告灯箱；盯着小便池发呆；困惑地找不到水龙头开关。

当我把他的手放在自动感应龙头下面的时候，水流触到他的手，他几乎触电般，一抖。

我在旁边洗手，看着别列克反反复复把手伸向自动感应龙头，又抽回，感受水流冲洗皮肤，好奇心令他嘴角流出一丝不易察觉的惊喜微笑。他很快不玩了。因为他被身后的便池冲水声吸引过去，神情显得困惑。

我猜想，别列克大概从来没有想到，洁净的水会被这样奢侈地使用。

头等舱很安静，我为他们订了清真餐。空姐轻柔地将食物呈上来，别列克面对刀叉有点不知所措，最后用了手。旁边的客人侧目，又礼貌收回。

6

查尔斯家的司机站在出口处迎接我们，袖扣，领结，端整得像假人；他礼貌而冷漠，将我们迎到保姆车上。

时差让别列克很疲倦，他新奇地看了一会儿窗外，转身小声地向阿尔德说自己头疼、耳鸣；这才发现阿尔德已经闭着眼睛，睡着了。

穿越一片幽荫的树林，抵达庄园。维多利亚风格，较为简素的外观与我想象的稍微有点不同。金色的家徽图案镶嵌在铁门中央，随着自动开门声，缓缓分裂成两半；进入庭院，车减速了，轮胎在碎石路面发出细微声响。我们的车停在宅子门口，管家已经站在那儿迎候。

阿尔德用疲乏的呵欠遮掩某种不安，别列克有点紧张，而且亢奋，目光警觉地游移，扫描着所有的事物。他注意到门厅的烛台上，摆放着一张精致的卡片。

管家把卡片呈给我，打开来，是查尔斯的手写问候信，用端庄的措辞和漂亮的圆体字，解释自己还有一门拉丁文的考试，抱歉不能迎接，祝我们休息得好。

"就只是查尔斯？"我想问……先生在哪儿，话到嘴边我才发现我还不知道他们的姓氏。

管家说："对，就只是'查尔斯'，姓氏很复杂……不必记忆。"

他们的神秘与低调让我也有些紧张。走廊的墙上，各种猎物标本盯着我。看得出这个主人很喜欢打猎。

我跟在管家后面，听他介绍："这是打猎季的别业……一切都按照你们的习俗经过了重新布置，油脂、食物，都很干净……您也是穆斯林，是吧？"管家回头问我，我含糊点头。"……这里离猎场很近，你们可以去散步……"

管家看了一眼手表，继续介绍下去："……祷告间就在二楼第三间……"

我猜想我没有机会见到这个家族的主人了；至于查尔斯，也不知道什么时候回来。我靠在门框上，看着阿尔德与别列克做晚祷；一时间，我为自己的不够虔诚感到愧疚，便走开了。

7

第二天一早，一阵急促的敲门声吵醒了我。等我爬起来打开门，管家一脸严肃地站在门口，说阿尔德跟人吵起来了。

我慌不迭随着管家赶去，上了车，赶到了庄园后面的林中小屋。吵吵嚷嚷的声音从外面都能听到。阿尔德愤怒地指责着饲鹰的用人，但没有人听得懂他在说什么。

阿尔德见我来了，拉着我一通大吼："看他们干的好事！"

一排笼子，五只鹰隼，有两只阿拉伯猎隼、一只金雕，剩下一些我也叫不出名字。那两只阿拉伯猎隼看起来很虚弱，羽毛杂乱，眼睑半闭，爪子缩成一团。阿尔德勒令那人打开笼子，他小心地翻开猎隼的爪子——管家立刻用白手套捂住鼻子，撇开了目光。

阿尔德愤怒地指着爪子的溃烂："又是脚垫病！"

野鹰被盗猎、偷运、驯养的过程中，被迫长时间站立，得不到飞行，它们被扣上头罩，在黑暗中不停调整平衡，直至脚垫磨破，肿胀化脓，感染败血症。野鹰依靠强大的免疫抵抗力存活，但被人类抓住后，困于室内，没有自然通风，缺乏运动，紧张焦虑导致激素失调，体内寄生虫爆发，很容易害病。

阿尔德心碎地流下眼泪，气得发抖。管家终于放下了捂住鼻子的手套，说："我去联系兽医。"

8

阿尔德坐在橡树下，看着那辆来回耕作的拖拉机。这儿太绿了，绿得令他茫然。阿尔德问我："这些田，是你朋友的吗？"

我点了点头，接着问："别列克去哪儿了？"

阿尔德根本没理我："……真够大的。"

汗流浃背地走回庄园找别列克，鞋子很脏，我站在门口，看着镜子一样的地板，不敢进去。用人经过，我问他看见别列克了没有。那人说："下楼，左拐，沿着走廊，一直到 George Frederic Watts 自画像旁边的那扇门。"

我有点蒙。那人说："我带你去吧。"

阳光透过一扇扇窗户射入走廊，形成光栅。雕像沿路默立。为了缓解尴尬，我与用人一边走一边闲谈。

"你来这儿很久了吗？"

"五年。从列宾美术学院肄业之后，就来这里了。"

"列宾美术学院？"

"我学习雕塑。"

"……来了这里？"

"这里有我所有喜爱的艺术收藏。事情不多的时候，我就喜欢坐在地上临摹。"

"……真不错。"

"查尔斯很喜欢和我一起临摹。而且你知道，他在伊顿的老习惯。"

"什么习惯？"

"伊顿人就是喜欢坐在走廊地板上。"用人一路朝我笑着，说完，不知不觉抵达一扇门。他礼貌地替我敲门，推开。

一排英式猎枪，整整齐齐地陈列在墙上，卡其色的帆布猎装整齐地折叠在玻璃柜子里。他们家的猎装设计师——一个少言寡语的英国人，正在宽大的台面上调整夏装打板的尺寸，时不时用怀疑的目光打量着别列克。别列克正要伸手摸猎枪，被那人冷漠地叫住了："小心，那是四万五千镑一支的家伙……离它远点。"

别列克没听懂，困惑地望着我，那眼神很无辜。我走过去拦住别列克的肩膀，带他离开了猎装室。

别列克问："他们有马吗？"用人说："当然了。"

走出长廊，绕过庭院，花香在阳光中浓郁如酒。走了很久，花香消失了，循着越来越浓的泥腥味儿，到达一座谷仓。八匹漂亮的黑马夺走了别列克的注意力。它们的毛色如黑缎一样闪光。别列克在它们面前徘徊，一匹一匹观赏。别列克越走越近。骑师多看了几眼，始终没有阻拦他，继续刷毛。

骑师牵着马匹散步的时候，看得出来别列克特别想骑马，时不时用眼神祈求我，而我装作视而不见。这里真臭，我捂着鼻子离开。

9

第二天的早餐，餐厅里安安静静。桌布像一片雪地，点缀着脆弱的瓷器，别列克小口报着。他盯着餐巾，盘子边沿，还有刀叉柄上的缩写，又尝了一口咖啡，皱着眉头，放弃了。

用人送来的食物符合穆斯林规范，却不合阿尔德的胃口,阿尔德吃了一口就放下了,问:"你朋友到底什么时候回来?"

"过两天。你再等等。"

马厩可以拴住别列克,但不能安抚阿尔德,老爷子什么都不习惯,像困在水晶屋里面的大象——地毯、瓷器、浴缸、床单——就连一把勺子都令他拘束,拘束又令他暴躁。他已经连续两天不来餐厅坐下吃饭了,我每天按时把一些煮羊肉、奶酪端给他,他关着门吃,吃完放在门口,等用人收走。

第三天早上,阿尔德还是不肯下来吃早饭。我上去找他,他在祷告室待着,看上去比前几天更郁闷了。

我问他怎么了,他的背影回答我:"那只鹰死了。"

阿尔德转过身,严肃地说:"你的朋友再不回来,我就要回家了。家里的羊还等着我。"

当天,我正无所事事,院子里响起了一阵车轮碾轧碎石路面的声音,接着是管家恭敬的迎候,用人也都出来了。更多不同寻常的声响,隐约从我的窗户中透进来。

查尔斯终于来了。他年轻得让我吃惊,也许刚刚二十岁;只穿着普通的衬衣,领结散开。他神情活泼喜悦,礼貌地站在我门口,轻叩木门,问:"打扰了,我可以进来吗?"

"当然……这是你的家……"我赶紧站起来,迎接他进来。

"休息得好吗?"

"很好,谢谢!……你的拉丁文考试如何?"我尽量让自己显得不那么紧张。

查尔斯笑了:"你记性真好。不过我的也不错。你知道的,拉丁文,记忆的学科。"

午餐的时候,我将阿尔德与别列克介绍给查尔斯。大概是语言不通的原因,气氛生涩,爷孙两人一丝笑容都没有。

我有些担心查尔斯不满意,没想到他在午饭之后,私下问我:"他们看起来不开心,怎么了?"查尔斯的态度显得诚恳,继续问:"有什么需要注意的吗?在他们面前。除了……"

我说:"别担心。阿尔德只是急于早点开始。"

10

只剩下四只鹰了。

我们站在笼子前面,阿尔德说一句,我翻译一句。

"这儿不适合训练。"

"为什么?"

"树太多了。"

"哪儿合适?"

"需要旷野。"

"……好……那我们从哪一只开始?"查尔斯问。

阿尔德蹲下,眼光穿过笼子栅栏,说:"先把它们都放走。"

查尔斯停了一会儿，反问："它们不好吗？"

"你觉得它们好吗？"

阿尔德的反问，我没敢翻译出来，自作主张解释了一大通，但查尔斯显然知道了，他用道歉来打断我，接着，一字一顿地对阿尔德说："我可以再买。"

"我不驯养贩子的鹰。"阿尔德头也没有回。

查尔斯脸色很平静，但我看见他双手背在身后，指甲掐着掌心，掐得发白。教养不允许他发火。他冷着脸朝我们说了声"抱歉"，就转身离开了。

他显然生气了。我急得把阿尔德拉到一边。"你这是说什么话？"我问。

"雏鹰极难存活；大自然用生存法则淘汰后，长大了的，才是好鹰。那些爬进鹰窝掏蛋、偷雏的人，不仅伤了鹰的心，自己也蠢极了。他再会挑鹰，挑得过老天爷吗？至于人工养鹰，那是贩子干的丧德事儿。人养大的，根本成不了好猎鹰；野鹰，才是最好的。"阿尔德说。

11

查尔斯在斯诺克桌台前打球。教练放了一只钢筒在桌面，直径刚好容纳一颗球通过。查尔斯不断精准地打直线，这只是热身。我用他腰部发力的程度判断他的情绪：练完直线，他开始练习角度，从七十五度，到九十度，到一百三十五度……

练了一会儿，他略显烦躁，放弃瞄准，走到角落，换了一个杆头。隔着精确的社交距离，他说："请你转告阿尔德，这件事我很认真。"说完，他重新站位、弯腰、瞄准、出杆、击球，随着清脆的声响，一粒红球被打入底袋。

"难道我就不认真?！我跑了这么远，羊都不管了……"阿尔德激动起来，声音之大让用人皱眉，侧目而视。我劝得口干舌燥，阿尔德却越来越不耐烦："树林里怎么驯鹰？"

"我们可以找块空地。"

"只有阿勒泰的雪地才是旷野！"阿尔德吼着。

我扶着额头，叉着腰。我也想怒吼，但我不敢。

别列克突然插话了："我跟查尔斯赛马。如果我赢了，他听爷爷的；如果我输了，爷爷听他的。"

"我们对赛马的理解肯定不同。"查尔斯说完，继续练习切线球。翠绿的斯诺克台面上，查尔斯瞄准白球，从对面看去，他的下巴被球杆分为两半，杆头像箭一样对准我。我尴尬极了，只好说："好吧……我知道了……"

但查尔斯叫住我。他放下球杆，走近了，才说："我五岁起就在练习骑术，伤了腰椎；去年起，医生禁止我再骑马，这是为什么我想转为鹰猎。如果别列克想赛马，我可以为他计时，要是他能超过我的纪录……我就可以听阿尔德的。"

"您的纪录是多少？"

"我知道就够了,不是吗?"查尔斯回到了球台边,补了一句,"他可以挑选任何一匹他喜欢的。"

12

"原来你喜欢'海饼干',"查尔斯是笑着把缰绳交给别列克的,"她七岁了。你不觉得她长得很像海饼干吗?"查尔斯笑着:"好莱坞的电影我只记得那一部了。"

我向别列克解释,它很像一个著名电影里面的马儿主角。

阳光将海饼干的脊背晒得发亮。别列克一跨上它,就笑了,我怀疑他只是想找个借口骑骑马,并不是想要比赛。他骑着海饼干溜达了两圈,彼此熟悉了之后,头一次用毫无拘束的声音问我:"可以开始了吗?"

"顺着这条路往前,看见红色的旗子,拔起来,原路返回。"我刚说完,别列克突然就加速,跑了起来,身影化为一道棕色的箭,蹿进绿林,只留下几片飞溅的草皮。

骑师很惊慌,跨上另一匹马,立刻追上去。查尔斯却并没有生气,似笑非笑地对我说:"在这儿的日子很无聊吧。你应该早点告诉我别列克这么喜欢骑马。"

至于计时的事情,查尔斯根本没当真。他连手表都没有戴。他问我:"你有手表吗?"我取下自己的手表交给查尔斯。查尔斯瞄了一眼,说:"不用,你记着时间就好了。就从现在开始算吧,嗯,十点十二分。"

我和查尔斯在湖边散步,雾色如绸,将满目绿野裹了一层糖霜。他零星说起在这个庄园度过的童年夏日,说起每年捡苹果酿酒,也说起华兹华斯的诗;田庄的雇农他都认识;童年时代的女管家十分严厉,让他很害怕。他的成长中充满了禁止。

时间过去很久了,别列克还没有回来。

我有点担心,查尔斯说,没关系,骑师跟着的。

过了一会儿,骑师回来了;我看了一眼手表,过去了半小时。查尔斯对于这个成绩付之一笑,骑师却说,他跟丢了,别列克已经拔掉了旗标,但没有返回,林子里有三条岔路口,他没法跟下去了,回来求援。

我们紧张起来;管家的步子也头一次略显慌乱,电话打了;司机出发了;查尔斯皱着眉头,但没有慌张。他凝视着阿尔德,说:"抱歉,我们会找到的。"

抱歉是他的口头禅,我知道他没有歉意,他只是下意识这么说。

直到午饭,依然没有消息。阿尔德没有吃饭,他一直在祷告室待着,关着门。

那一顿可真难熬。查尔斯一句话都没有说,管家弯下腰和他轻声耳语,但我听到了,他们是问律师在没在,有没有签署过人身安全协议。

我不敢抬眼皮。

过了一会儿,管家又回来了。耳语之后,查尔斯优雅地放下餐具,擦嘴,起身告辞;他用眼神示意我,我赶紧跟了出去。

院子里，阳光灿烂得睁不开眼；别列克双脸通红，海饼干打着鼻嚏，急促地喘气。别列克显得怅然若失，看上去仿佛受到了极大的惊吓。他的拘束彻底消失了，取而代之的是一种恍惚，他骑在马上，问我们："……那就是……大海吗？"

13

夜色温柔，银河在星空中流淌。庭院里，大理石雕塑并肩默立，曲臂垂颈，神情幽哀如苔，一池喷泉吐露着月光。

我从我的房间窗口，看见查尔斯在庭院送别律师。律师走了，查尔斯却没有立刻回到室内，他止步，站在阶梯上，抬头赏月。

过了一会儿，他才回到房间。

下楼的时候，查尔斯见到我，说："别担心，律师会处理的。"

我不知道他指的什么事儿，查尔斯解释："别列克骑马闯进了别人的私人领地。"

我说："严重吗？"

查尔斯说："主人并不知道，但我们必须道歉。"

查尔斯坐下，与我喝安神茶。他说，从别列克跨上海饼干的那一刻起，他就知道，别列克的成绩会超过他的。

"真是个天生的骑手。"查尔斯低声赞叹，"如果阿尔德坚持要回阿勒泰，我当然会同意，但那太可惜了。"接着，查尔斯好像怕我尴尬似的,转移话题说:"喜欢这个茶的话,我让人多送一些到你的房间。"

我把那些茶带给了阿尔德,借口来道晚安。别列克问:"查尔斯同意听爷爷的了?"

我点头。

别列克笑了:"可是爷爷听我的。"

我正困惑,他说:"我喜欢这里,我们就在这里开始。"

14

像一场庄严的梦境。俯瞰白色的山峦之巅,起伏如浪。原来这就是阿尔卑斯。雪线之下,有一层墨绿的针叶林,再往下,一团团不知名的野花,如艳丽火焰燃烧在河谷。

我坐在直升机上,脚底是一幅幅自然主义的动态油画;查尔斯大概已经对此习以为常,他刚刚考取飞行执照,显然更关心机长的操作,两人有一搭没一搭地讨论着机械问题。后面坐着别列克与阿尔德。

着陆之后,螺旋桨吹得我头皮都要被掀起来了,我塞住耳朵,抵抗引擎轰鸣,好在很快就静了。物资和人手略显杂乱,我原地四顾,寻找阿尔德,才发现他一脸苍白,一直晕机,不停呕吐,衣服也脏了。

狠狠剥夺了他的自尊,阿尔德连眼睛都不想睁开,他显得很虚弱。医生和助手跑过来,解开他的领口,放平;我们把他抬进猎人小屋。

猎人小屋，是查尔斯朋友的山间休憩站。他的朋友都很喜欢打猎，每到政府允许的打猎季，他们每周至少打猎一次。马匹和猎犬会被卡车送到这里集合；猎人们则聚集在这个小屋里，等待前方猎探前来汇报猎物的分布。在这个社交缝隙里，除了左右攀谈，有人会喝茶，有人会抽雪茄，查尔斯说他容易低血糖，喜欢在这个时候吃些银杏仁补充能量，因为打猎一旦开始，一整天下来马和犬都滴水不进，猎人也是。等猎探带来消息，他们会商定路线，从两百只猎犬之中挑出五十只状态最佳者；众人跨上马，向森林进发。

我好奇地问查尔斯，如何才能在一片马粪狗尿的气味中，煞有介事地品评香槟微妙的干度、年份……？查尔斯几乎笑了，说："这真是个好问题。"他说他从来不在打猎的时候沾染雪茄香槟，他只吃银杏仁——这个习惯是家族传统，他们家的医生是神经学专家，说这对大脑十分有益。他们家族有早发性阿尔茨海默病遗传，每个孩子从小笼罩在阴影中。

查尔斯又吃了一颗。他用白绢擦了擦手，起身，去看望阿尔德。

山间已经寂静下来了，只剩下我们几个人。别列克站在小屋外面眺望旷野，我问他这儿怎么样，他说有点像阿勒泰——又不太像。他最后还是否认了：不像。

15

这儿原始得让我感觉仿佛被遗弃了——好像已经是另一个星球,或者人类灭绝后的世界。入夜后,初升的月亮大得不可思议,几乎塞满了整扇木窗;山林鬼魅,黑暗中,每一棵树都显得更高大了,树梢锐利得像武器,包围了我们;狼的号叫似有若无,虽然查尔斯说我是幻听。

我盼着天亮。

阿尔德的捕鹰夹,是朽杉木做的,从阿勒泰带来的,看上去脆弱不堪,叫人很难相信它还能用。看得出查尔斯比我更怀疑,我向他翻译阿尔德的解释:这种特殊的朽木能保护鹰爪不受伤。

阿尔德的捕鹰设备还包括一张自制的灰色兔皮,楦成假饵,盖住捕鹰夹,远看还挺逼真。他在假饵周围罩了一层柔软的、几乎看不见的网,又放了一只金雕的标本在旁边,吸引同类上钩。

剩下的就是等候。

刚开始查尔斯每隔一个小时就来看看有没有鹰上钩,后来每隔两小时,再后来每隔半天来看一次。回来的时候,一次比一次沮丧。

我从没见过查尔斯如此焦躁。他说他拿到的捕鹰许可十分特殊,费尽周折,有效期只有一个月。我这才想起这回事,问:"原来你也需要许可?"查尔斯喝了一口茶,说:

"我们做任何事都遵守法律……"

他还想说什么,却用一口茶吞回去了,眼神微妙。

我猜测他的下半句是:"唯一区别在于,如果法律不允许,我们有能力让法律变得允许。"

自从来到这间小屋,阿尔德就回到了他具有充分权威的舒适领域,整个人也放松下来,就像在阿勒泰故乡那么悠然镇定。别列克也是。他整天骑马驰骋在山地,我们只能远远看着,马尾几乎飘成一条直线,鬃毛勾勒出风的形状。别列克的姿势柔韧而协调,随着马身起伏——用马术术语来说,这叫"打浪",我终于明白这个词有多么形象。

阿尔德凝视着孙子,安抚查尔斯:"一个月够用的。如果老天足够信任你的话……你有信仰吗?"

"我的家族是天主教徒。"

在等待的一个星期里,我们用聊天打发时间,说起童年往事,我将父亲杀死一只金雕的往事也讲了出来。那个夜晚,群山环抱,我们围着一团篝火,开了九瓶从庄园带来的酒,依次排开在岩石上,被月光染成一瓶瓶颜料。从香槟到白兰地,查尔斯亲自调酒给我们喝。

头顶上,漫天银华,云朗月明,我们沐浴钻石一般的星光,为生而渺小一再干杯。不知夜深几时,阿尔德、别列克开始放声唱歌,声音一老一幼,像夜间号叫、彼此应和的兽类;而我彻彻底底觉得自己变成了一粒沙子,在黑暗中,幽微得连自己的影子都找不到了。我因此不得不一再痛饮,用醉意抵抗这股决堤般的渺小感。

查尔斯也醉了,流露出年轻人的本色;他在阿尔德的歌声中,一口气背了好多诗句,都是被他写完又烧掉的。他不停和自己干杯,不知为何,渐渐一脸眼泪。

之后的一切都不太记得了,我彻底昏睡过去;后来我才知道,查尔斯没有睡,或者说,他睡不着。日出的时候,他一个人骑着马,又去看饵兔——粉红色的朝霞,沿着地平线点燃,一团羽毛在蠕动,不停发出凄厉叫声。

他几乎是狂奔着回来的,山野给了他某种特殊场合,不必再恪守礼规,他的酒气喷在我的脸上,把我摇醒,又冲进去把阿尔德也叫起来。

捕到了。

查尔斯几乎亢奋得失态:"就叫它'Black Blade'(黑刃)!多好的名字!"查尔斯高兴得手舞足蹈,像个孩子。

阿尔德见到黑刃,扑过去,跪下,伏在地上,双眼潮湿,朝着东方的麦加不停祷告,感谢真主又一次赐给它这么俊美的生灵;然后他轻巧地把一顶软牛皮制的鹰帽给黑刃戴上,将它小心地从网中取出来。

一点点剥开捕鹰夹子,阿尔德仔细地数着黑刃爪子上的凸起,高兴地说:"四岁了。最好的年龄。真主保佑你。"

16

我设法向查尔斯解释熬鹰这个过程——两根短木桩,中间架一根绳子，黑刃被戴上眼罩，放在软绳子上；它看不见，站不稳，为了维持平衡，必须不断扑腾双翅，叫得声嘶力竭。

阿尔德交代："从现在开始，你要在旁边守着，摇晃绳子，不能让它睡觉，你也不能睡觉。"

"为什么?!"查尔斯惊呼。

"为了变成它的主人。"阿尔德说，"如果你打盹，鹰也就会打盹，它会知道你软弱，你永远都不能驯服它。"

"一刻都不能?!"

"一刻都不能。鹰不能睡，不能吃，也不能喝。"

"需要多久？"

"越好的鹰，坚持得越久。有的两天，有的四天，我熬过最长的一次，七天。"

查尔斯一脸惊诧与怀疑，但也听从了。他坐下来，守着黑刃，陷入极致的枯燥：这既是熬鹰，也是熬人。到了凌晨，查尔斯受不了了，他连烦躁的力气都没有了，不断犯困。阿尔德却一再掐在这种时候闯进来，喊一声："别睡着了。"

如此第四次，查尔斯突然提高了声音："我不能这么做，太残酷了，这根本就是虐待。"查尔斯冲了出去，阿尔德见了，向别列克使了一个眼神。别列克赶紧进去，替查尔斯守着。

次日早晨，我刚刚醒，阿尔德就来敲我的房门，让我转告查尔斯："如果他觉得受不了，现在就可以把黑刃放了。"

查尔斯没来吃早餐，整个上午，他都没有起床——至少房间的门是紧闭的。我等了很久,最后只好将这句话写在纸条上,塞进他房间的门缝。

17

小屋里,别列克守着黑刃。

我问:"你们祖祖辈辈都是这么做的吗?"

别列克点头:"别人都是两个人搭配着熬鹰;白天一人,晚上一人;有时候晚上的家伙偷懒,鹰也会趁机睡觉;这样的鹰永远都成不了好猎手。但爷爷从来都是一个人熬鹰;鹰吃多少苦,爷爷也吃多少苦。鹰的嗅觉非常灵敏,换班的时候,它会知道。只有面对爷爷这样的人,鹰才会屈服。"

熬夜让别列克没什么胃口,他喝了一点我带来的羊奶。我坐下来,和他一起盯着黑刃。不知怎地我想起我的爷爷。"苏联人把他抓走了,吊在一盏一百瓦的灯泡前,每天喂他一点点水,但没有吃的,也不能睡觉……七天七夜。"

"后来呢?"

"后来他盲了。"

"再后来呢?"

"……后来,他去了真主那里。"

别列克沉默了,摇了摇鹰绳;黑刃扑腾起来,发出凄厉叫声。

"你爷爷为什么会被他们抓起来?"

"因为他们觉得我爷爷知道了一些不该知道的事情。"

过去我一直不理解，为什么连鹰这样自由的生灵，被驯服之后，主人一抬手臂，它就会飞来——原来野性也是可以被一分一秒剥除的。奴性就在我们的血液里，要么屈服，要么死亡。

我与别列克正聊着天，查尔斯来小屋找我们。

阿尔德问他："想好了吗？"

查尔斯没说话，他走近黑刃，摸了摸它的鹰帽；黑刃一抖，激烈地挣扎起来，查尔斯惊吓得大退两步，别列克笑了；查尔斯羞愤交加，但瞬间就控制住了，大概他从未受到这样的待遇。

阿尔德说："你要是想重新开始，还来得及；你不是哈萨克人，我不苛求你。"

查尔斯犹豫，别列克却突然用英文对查尔斯说："我们，一起。你，白天，我，晚上。"我都不知道别列克什么时候学会这些单词的。

接下来的四天当中，查尔斯与别列克一直在一起。我不知道他们怎么交流的，总之他们做到了。黑刃坚持了四天。了不起的纪录。它虚弱得从绳子上直坠下来。查尔斯用自己的衣服把它包裹起来，将唾沫涂在黑刃的鼻孔周围，这都是阿尔德教的，让鹰在未来主人的气息中昏睡过去。

阿尔德为黑刃准备水、肉。先开饮，再开食。他让查尔斯将自己的一些唾液一起混合到肉里，肉被切成手指粗细的条。"在阿勒泰我们用兔肉、狐狸肉喂鹰。我们不用牛羊肉，为了不让它养成攻击牲畜的习惯。你想要它捕什么动物，就用那种动物的肉。我猜你们……只有野兔吧?"阿尔德问。

查尔斯扬了扬眉毛,显然他还没有想过这个问题。

黑刃刚刚苏醒,又开始挣扎。但它很虚弱。阿尔德把鹰哨递给查尔斯,交代他:"用水沾染它的喙,动作,自下而上。你要在一边吹哨子。"

查尔斯戴上臂套,用一只小杯,小心翼翼送上水;黑刃毫无反应。

查尔斯用眼神向阿尔德求助;阿尔德用手指轻轻蘸水,浸润它的喙沿;又滴了一点血在水中,黑刃闻到气味,低头啜了一口。

除非口渴至极,鹰极少喝水。

开饮之后,阿尔德用备好的肉,一点一点喂它。"第一次的动作极为重要;要它学会用喙吃食,而不是爪子撕扯。"阿尔德把住查尔斯的手,仔细诱导,一边轻轻吹着鹰哨。黑刃大概饿极了,"开食"的步骤很顺利。

为了做到刚柔并济,阿尔德让查尔斯为黑刃沐浴。鹰很喜欢洗澡;用喷壶轻轻为它喷水,理顺它凌乱的羽毛。查尔斯一直跟黑刃说话,而它看上去很享受。

意外突然发生了——查尔斯第一次试图架鹰的时候,因为慌乱,黑刃突然抓了他的另一只手;查尔斯惨叫,挣扎,黑刃也更惊慌,鹰爪的倒钩陷得更深了;别列克扑上去,稳住查尔斯,要他别动,别动,千万别动。

"忍住!忍住!"阿尔德几乎是命令的语气,别列克机敏地将手套塞进查尔斯的牙缝，查尔斯死死咬住，一张脸因为痛苦而扭曲得变形。

黑刃安静了，阿尔德稳住黑刃，将鹰爪从查尔斯的虎口剥除……查尔斯面色惨白，几乎疼昏了过去。

这个插曲惊动了我们所有人。管家的眼珠子都要掉到地上了——查尔斯从小没有被任何事物伤害过。医生为查尔斯查看伤情，注射了破伤风疫苗。

休养的那两天，阿尔德忧虑地告诉我："野兔就是这样杀死鹰的——当它被鹰抓住，会飞快地跑，拼命窜入灌木密林，而鹰爪陷在肉里，拔不出来，鹰就这么被活活拖死。"

我说："我真担心他要杀掉黑刃。"

阿尔德斩钉截铁："我不会允许的。"

查尔斯竟然很快回来了，双手缠着纱布。别列克很紧张，它下意识地用身体护着黑刃。

我们担心的事情都没有发生。查尔斯眼中没有恐惧，面对黑刃，恢复了以往的端然与镇定。

此前，查尔斯始终不太敢摘下鹰帽。他知道鹰的喙能啄碎人的头骨，这让他非常担心。此刻，查尔斯却主动问阿尔德："我能亲自摘下它的鹰帽吗？"

阿尔德说："鹰能察觉你的恐惧。等你准备好了，再做这一步……你可以持续说话，这很管用。"

"对谁管用？"

"对你，对鹰，都管用。"

查尔斯一连深呼吸好几次。他鼓起勇气，仿佛巫师打开魔盒一般，专注而小心地，摘下黑刃的帽子，与它对视。黑刃锐利的目光仿佛勾住了查尔斯的魂灵。查尔斯右手拎着鹰帽，微微颤抖，惊呼道："上帝啊……你看它的眼睛。"

那是个奇妙的瞬间。黑刃与查尔斯之间仿佛达成某种尊敬。受伤的插曲让此后的一切变得顺利，黑刃绑着脚绊，查尔斯架着鹰，开始"闯脸"。

鹰是怕人的，必须在不断与人群接触、说话中，要它习惯与人相处。查尔斯架着黑刃到田野里散步，那儿有拖拉机，农民在耕作，各种说话声，对鹰来说，这一切都是新鲜的。闯脸之后，看得出黑刃对人类逐渐熟悉了；纯粹野性的部分，从它的血液里一点一滴流失。接着，阿尔德像做寿司一样，用切得很薄的肉，裹着草屑和兔毛，给黑刃"下轴"。这个过程是为了给它清理嗉囊，同时减轻体重。

黑刃吞下"毛轴"之后，夜里，难受得不停地甩头，呕吐，将嗉囊里的杂物全都吐出来了。停食一天之后，称重，黑刃已经从最初的二点二公斤掉到了一点七公斤。"吃饱的鹰是不会捕食的，而且容易飞逃……记住，要保持饥饿。"阿尔德嘱咐道。

查尔斯拆下纱布那一天，黑刃的训练也开始了。

18

一切都是关于条件反射——用饥饿控制它，用食物奖励它；一次又一次。用来训练的诱饵是一只楦得很逼真的狐狸皮；另外有一只电动风筝，是鸽子的形状，能按遥控升到空中，诱导黑刃固定在一个精确的起始高度。

别列克骑着马在一边做陪练，来回牵着饵狐跑。每次准备扑杀的时候，查尔斯用四分音符吹鹰哨，一声又一声；黑刃俯冲，用喙直戳猎物的眼睛。查尔斯奖励它的时候，把肉条从狐皮的眼洞中塞给它；每天练两个小时，保证体力刚好，不至于太累，也不至于喂饱。

训练结束之后，别列克很喜欢骑着海饼干散步，有时候他会把下午茶的司康饼带走，放在口袋里，一个人骑马出去，傍晚，爬到山顶上看落日。别列克对这里的一切越来越熟悉，也越来越放松；他已经学会一些英语了。他喜欢跟查尔斯一起喝茶、吃饭，而不是像阿尔德一样待在室内做祷告。查尔斯带他参观地下酒窖、藏书室；天气好的时候，别列克还会要求再去看海。

黑刃第一次实战捕猎，叼了一只野兔。鹰哨回荡在苏格兰风笛声中，查尔斯一抬臂膀，黑刃就优雅地落了回来。为了庆祝驯鹰成功，查尔斯当场开了香槟，泡沫飞溅到了别列克的眼睛里，他一边揉一边笑。那一个星期我们都在苏格兰高地，每到黄昏，旷野都是金色的。夜里，我们也会喝一点威士忌，但我们都不太喜欢。

去天空岛那天纯属偶然，查尔斯带我们绕了一点路，等到快天黑的时候才抵达，恰好游人散去了，一切都安静下来，我们赶去悬崖边看海。

壁立千仞，一道瀑布从峭壁飞跃而下，刺入大海，像一把剑。那真是终生难忘的美景，别列克站在那儿，他的瞳孔中闪烁着一片汪洋。

那一路上，别列克看起来很开心，但阿尔德始终皱着眉：孙子与查尔斯越融洽，他越不高兴。回到庄园的那天，晚祷结束之后，我听到阿尔德在房间训斥别列克，问他为什么讲英语，为什么要去四处溜达，为什么要吃饼干。

别列克一句话都没有说。他被骂完，一个人冲出来，脚步声又重又急，冲到马厩，把海饼干拉了出来；他一个人骑马跑到了海边，天亮了也没有回来。我们当然是在第二天早晨才发现的，开着车追去找他——别列克在沙滩上睡着了。见到我，他不理会，又翻身回去睡了；他满头满身都是沙子，被海风吹得抖落。

查尔斯走近别列克，却并没有劝他回去；他们俩坐在岩石上，望着晨曦中的海平面。

日出的光线，每一刻都在变化。朝阳像一只神秘的闪光飞碟，在破了洞的云层背后，透出一道道耀眼的射线。看完日出，查尔斯脱下自己的外套，扔在别列克身上，盖住他，起身走了。

查尔斯突然又转身，说："嘿，想不想和我去一趟伦敦？我的毕业典礼要开始了。"

19

阿尔德虽然不知道伦敦是什么意思，但他听到"大城市"这个词,当即暴怒,拍了桌子;幸好我们三个是单独吃饭,我紧张地看周围,没人在。

别列克被震得肩膀一抖,攥着勺子,悬在半空。他小心地偷看爷爷的脸色,但阿尔德的目光迎面压过来,像闸门一样斩断了别列克的希望。他埋下头,牙齿咬着嘴唇,手里的勺子渐渐倾斜,南瓜汤一点点流了出来。流干净的时候,别列克把勺子一扔,跑了。

别列克走后,阿尔德沉默了很久,对我说:"你去告诉查尔斯,我们要离开了。鹰已经驯好了。"

"你想什么时候走?"

"明天。"阿尔德冷漠而坚决。

查尔斯在房间挑选领结、衬衫。他拉开抽屉,在一排袖扣当中挑选着,拿起一对,又放下一对。

我说:"他们决定回去了。"

查尔斯回头看了我一眼,问:"别列克不想去伦敦吗?"

"不是他不想……"

"我明白了,"查尔斯一边在镜子里比对领结与袖扣,一边问,"那阿尔德呢,不想看黑刃参赛了吗?打猎季马上就要开始了。"

"他急着走,家里的羊很多,妻子照管不过来了。"

查尔斯戴着一只黑色领结,又拿着另外两只,问我:"你觉得哪一套更好?"

我耸耸肩,在我看来它们根本没有区别。查尔斯也没有等我回答,转身,把领结都装进了箱子,说:"我知道了,剩下的事情，管家会安排好的。祝他们朝觐之旅一路顺利。"

"他们大概不会直接就去麦加……"

"……好吧，那就祝羊毛丰收。"查尔斯显得冷漠，径直走到另一个房间，拉开柜子，挑选鞋子。经过窗户的时候，他站住了，盯着外面，问："别列克在干什么？"

我顺着目光望去，发现别列克在花园内，用一根枝条狠狠抽打植物。我赶紧追出去，只见别列克沿着碎石路盲目地往前冲。两旁的常青灌木被修剪得像墙壁一样整齐，别列克的左手哗啦啦刮过去，绿墙随之颤动。我追上去拉住他肩膀，他用力甩开我，闷头往前冲，被他刮掉的常青藤碎叶凌乱纷落，掉了一路。别列克的身影折入绿墙的转角处，消失了；我再次追上去，拉住他的手，不让他刮下去。

别列克回头，恨着我，说："我不想回去！"

"那你想什么？！"

"……我只是想骑马。"别列克几乎带着哭腔，再次甩开了我。

我觉得手掌很黏，很湿，低头一看，一手鲜血，混合着绿色的汁液；也不疼。是别列克的血。

夜里，阿尔德在房间收拾行李。其实也没有几件东西，而他胡乱抓来抓去，很烦躁。他敲开我的房门，问："你去看看别列克收好了没有。"

"他没有收拾东西，整个晚上都在马厩待着。"

阿尔德把箱子用力合上，嘴里骂了一句什么，我没听清。管家出现在门口,说:"查尔斯打电话找你。"

"毕业典礼怎么样?"我试着打招呼。

电话那头的声音异常低落,查尔斯问:"别列克还在吗?"

"在。"

"他什么时候走?"

"明天。"

"从伦敦?"

"对。"

"我会到机场送他们的。"

"你怎么了查尔斯……听着好像不对劲?"

查尔斯挂掉了。

20

别列克在机场的卫生间,双手伸到自动水龙头下面,发愣。水流哗哗地淌着;停了;他又把手伸过去,水龙头又吐出清流。

他站在水池边上久久不动,一遍遍放水,任其流淌。我记得他第一次见到这种水龙头的时候那种惊奇与羞怯,三个月过去,他再也不会对流不完的清水感到大惊小怪了。别列克的眼泪一滴又接着一滴,旁边的陌生人睥睨。我走过去,为别列克挡住了那人的目光。镜子里,别列克抬起头;我的双手落在他的肩膀上,感到他在颤抖。

走出卫生间,查尔斯在等着我们。他神情哀伤,我没想到他会为这次离别这么伤心。安检的队伍,一寸一寸地挪动着,缩短,缩短。阿尔德在最前面,别列克跟着,我排在最后。排到我们了。查尔斯挥手,和我们拥抱。没人说话。他最后一个拥抱别列克。他把头埋了下去,我觉得他哭了。

"欢迎登机。"穿红色制服的白人女子皱纹明显,挤出冷漠的笑容,撕下了阿尔德的登机牌。

就在这个时候,别列克突然转身,撞开我,向后面跑去。他像一只飞奔的牧羊犬那样,搅乱了温顺的人群。

阿尔德眼睁睁看着这一幕,站在廊桥的入口,眼珠瞪得像一头牛。

我疯狂地追着。

身后,阿尔德一声巨吼:"回来!"底气十足,回荡在候机厅,所有人都吓得定格了一秒。阿尔德在众目睽睽之下,突然泄气似的,颤抖的唇嗫嚅着:"回来,别列克,回来……"

警察们齐刷刷投来目光,纷纷跟上来,我追上别列克,几乎是扑过去似的,抱住他,紧紧抱着他,我贴着他的耳朵,说:"回家吧,回家。"

不知为什么我哭了,我仿佛不是抱的别列克,而是抱着十六岁的自己,把老去的糊涂的父亲抛下的自己……头一次降落在异乡的自己,惊恐得像羚羊一样的自己。

别列克拼命挣脱我,一直往回跑,跑出安检口。他慌张得发抖,在人群中大声呼喊着查尔斯。他像猎鹰一样追过去,吓到了查尔斯。他拽了一下查尔斯的袖子,说:"带我回去吧。"

查尔斯愣住了。

"带我回去吧。"别列克再次恳求。

查尔斯停了很久,看着别列克,说:"回不去了,别列克。我输掉了庄园。"

别列克没听懂。

"庄园没有了。不再属于我了。哥哥得到了那栋建筑,姐姐得到了田地。我只得到了葡萄酒公司。回去吧。"

别列克还是没有听懂。查尔斯自言自语地说:"我真羡慕你,你的爷爷这么爱你。"

别列克愣着。

"回去吧,别列克。你们那里的旷野,永远都是你的。"查尔斯说完,把目光放在我的肩上。那眼神有重量,不沉,但也不轻。均匀地,像手掌的敦厚力度,留在了我的肩膀上。

查尔斯转身走了。警察们跟了上来。

随着拔地而起的轰鸣声,舷窗之外,整个城市都倾斜了。空中望去,"伦敦眼"就像一枚戒指。别列克始终扭着头,死死望着那一扇小小的舷窗,只留给我一只耳朵的轮廓。阿尔德低着头,闭着双眼,无声地祷告着。

随着轰鸣与爬升,机身的角度不断转换,切入更高的云层;一道阳光突然闪过机舱,照亮了阿尔德,又迅速地消失。好像神看见了我们。

我对别列克说:"嘿,你在飞呢,感觉到了吗?"

二十九路公交车

1

蝉声催眠了整座小城,阳光覆盖着午睡的屋顶、街道。几座房屋,散落如遗弃的玩具。

下午三点的厨房,洗衣机、桌子、凳子、碗橱,都在沉睡,冰箱在打呼。墙上的挂钟睡不着,在圆周上一圈一圈踱步。水龙头漏着,一秒一滴,像吐出一列跳水运动员,排队挨个坠入盆子,一次敲出一星水花。

钟诚午睡刚醒,昏昏沉沉,赤脚迈进厨房,吵醒所有家电。他依次拉开冰箱,掀开锅盖,翻开绿纱罩下扣着的碗,捡了两份剩菜,懒得加热,就着余温吃。他吃着吃着,突然看见自己的影子——薄薄的,折成两段,一段铺在地上,一段贴在墙头,静如破损的皮影。钟诚一惊,停了筷子,花了一些时间去接受这就是现在的皮囊;人到中年,光阴从皮面上撤退,渗透到皮下、腹部、腿根,臃肿堆积。

上一次见这皮影,形状还是精瘦的:二十年前。

2

那天,一群知青堵在队长屋外,等候公布回城名单。一张张被烈日煎熟的头皮,渗出汗滴滚滚,每个人都心焦泼烦,踮着脚往里探。

钟诚也在等待的人群中。炎炎日头叫他晕眩,他盯着自己的影子——灰色的身形折成两段,一段斜铺于地,一段贴上了墙头,又瘦又窄,显得对一切都毫无还击之力。突然间周围骚动起来,队长刚拨开门缝,就被一哄而上的人们闯开。他手里那张脆弱的名单,滴着黏稠的糨糊,还没来得及被贴在墙上,就已经被人们抢去了;还没来得及传阅一轮,就被撕得七零八落。他们苦等已久的希望也被撕得七零八落。

钟诚后来才想明白,在名单上的人,自然是预知了结果,无须来看的;来看的,都是被既定的事实排除在外,不会出现在名单上的。

唯一的例外,是钟诚。

某只抓过糨糊的手,湿答答地照脸拍来:"龟儿子你凭啥子在上头!"

钟诚有点蒙,眼睛半睁半闭,瞥见一角撕碎的名单,有自己的名字。他感觉阳光刺得眼前一阵阵发晕,糨糊沾在眼皮上冰凉,绝望之底的光明,竟像久盯日光那样,容易致盲。

人们不屈不挠地擂着队长的门,声浪一波波涌动,把钟诚掀到了一边。钟诚恍惚怀疑自己的名字被搞错了，直到万红堵住了他，劈头盖脸就问："这下，你说话算话？"

"啥？"

"你想耍赖？"

"啥啊？！"

万红急了，压低声音，把钟诚拉到一边："名额是我让给你的！不然你凭啥能回城？！"

"我没叫你让给我啊。"

"你现在就想耍赖？！那晚上……那晚上你自己说啥的？！"

"我说什么了？！"钟诚明显慌张，一股不祥的预感令万红嘴角开始发抖："那些……那些……不要脸的女的追你，你以为她们是真看上了你？！只有我是来真的！你自己说的，我要是真敢让，你就真敢娶！"

"我没说……我没说叫你让啊！那不是喝……喝多了说着玩儿的吗？！"钟诚吞吞吐吐，拼命回想——好像是的，那晚上他们围着篝火，把最后一点烧酒都舔干净了，事后活活吐了三天下不了床，简直是酒精中毒——他只记得这些了。

万红的眼神像被扎破的脓包一样，喷出血汁，溅得他一脸都是。他害怕起来，丢了底气，徒劳地重复着："我……从来……从来没叫你把名额让给我啊……"

"……你……自己看着办……你良心要过得去，算你狠。"万红甩了一把鼻涕眼泪，转身跑了。

在此之前，钟诚从来没有在意过万红——无论是她黏在他后面叽叽喳喳，还是她雀跃于他面前嘻嘻笑笑。他想不通万红到底喜欢自己什么。难道仅仅是因为他更爱干净一些，更喜欢吹笛子一些，读过的书更多一些？她的主动是一览无余的；但钟诚以为那个泼辣的姑娘只是一时黏稠，糨糊而已，风干了就自然剥落。

他打破脑袋都想不到，她会把回城的名额让给自己；让自己扎扎实实地欠上了她，让两人的命运钉在一起。

而万红也没有想到，钟诚收了好处之后，翻脸不认人。回去的一路上，她哭得田埂都看不清，狠狠摔了一跤，跌跌撞撞爬回家，一进屋就蹲在灶边号啕。回想起这两年来，自己热脸贴着冷屁股，多少次深夜辗转，为这个赌注彻夜难眠；痛下决心之后，缠着队长，软磨硬泡，直到队长烦不胜烦，一见到她就躲，最后不得不答应了事，同意把她回城的名额换成钟诚……没想到钟诚竟然说："我又没有叫你让。"

万红哭到天亮，直到整张脸被泪盐腌成了腊肉，要出工了，才不得不打水洗脸。她憋住长长一口气，将红肿发烫的脸皮浸入冰水，想：赌局没有结束，人在做天在看，没事儿的，一切都会如愿的。他不会跑掉的，他那么正派、干净。

就这样她又一次跌进了那个重复多次的梦境里：一辆车，两个人，无穷无尽地行驶下去，无穷无尽地幸福下去。

那辆车是马车、自行车、拖拉机，还是卡车，都没关系。只要那个人是钟诚，就可以了。

3

钟诚也经历了很多个辗转难眠的夜晚,才接纳了回城的恩情,庄重地将双手伸向手铐。命运没有给他太多选择,他一度都死心了:凭自己的"出身",回城是永远别想指望的。万红根正苗红,掐准了他的软肋。

临走前,钟诚写了一封言不由衷的感谢信,塞进万红的口袋;趁她低头拆开,他赶紧转身把行李塞上回城的卡车,跳了上去。

钟诚回城后的那两年,所有人都等着看万红的笑话:"城里的女青年排着队找他相亲呢,你还是别等啦。"

万红又急,又气,又不甘。一腔心焦泼烦,熬得她坐立不安,只得把长夜写成一篇篇书信,寄给他。从钟诚心不在焉的回信中,她像沙漠汲水一样,一点一滴寻摸他的动向——他回城做了工人,还学会了开卡车,老母病了……诸如此类。

一个迹象给了她沙漠求生的希望——钟诚只字未提任何女青年。

虽然,他也只字未提结婚的事情。

钟诚回城,进了运输大队。单位里每个人都认定他"背后欠了一个女的",这个道德之绳绑架了他,逃脱的希望越来越渺茫。故事每繁殖一次,就变一个模样,到最后根本没了母本,离谱万丈,钟诚真是一点办法都没有。他捧着这个带有故事的饭碗,如影随形的心虚紧跟着他,迫使他上班下班只管埋头走路，贴着墙角，像个小偷。

万红的每一封信，千篇一律地含沙射影，重复着关于亏欠和良心的主题。信总是从不同的人手里转到他手中，每经过一人，就被拆开一次，又重新糊上一次；传到他手里的时候，信封口子已经鼓起瘢痕，散发着胶酸味儿，一闻就觉得恶心。

他不得不回信。每晚在台灯下，他摘下笔帽，厌烦地杵在纸前，悔怒交叠，下笔为难。

偶尔做梦，梦到自己撕了信，离开单位，逃跑，被抓回来，五花大绑，万红带着一大帮人在他身上撒尿，砸着石头骂：背信弃义，不得好死。他满头冷汗地醒来，盯着天花板，想，是啊，"不是娶这个，就是娶那个，有什么区别呢？反正逃不掉的。拖下去怎么办？"老母亲的话重复了一万遍，像雨滴渗透棉衣，他开始想：婚姻如果可以结算扣在他头上的亏欠，也算有了一点用处。

万红回城那天，他犹豫再三，两手空空去车站接她，却根本没认出来。相隔两年，她仿佛老了十岁。"还不是等你等的……"她连撒娇都带着微妙的责备，而未来的岳父就站在一边，目光像剃刀一样刮得钟诚头皮发麻。

当天中午那顿饭，万红一家三口加上他，干掉了他半个月的饭票。万红的母亲一言不发，带着某种理所当然的不满，埋头猛吃，像是要一口气把委屈全部吃回来似的，而她父亲每吃一口，筷子就习惯性地在碗口边沿敲打两下，敲得钟诚胆战心惊，总觉得背后另有玄机。他们说话也好，不说话也好，都像一万斤米饭，一勺勺扣到他碗里，他得一口口吞下去。

足足吞了一个月，才吞完。

一个月之后的洞房之夜，她如释重负以至于想哭，认定人在做天在看，老天果然没有辜负她；他也想哭，认为自己终于被什么东西强暴了，逃不掉了。这一天终于还是来了。

接着就是怀孕；再接着就是女儿小琪出生。除了时间很快，时间之外的一切都很慢。

满月酒席上，钟诚喝得大醉；感到双手被铐得死死的，而钥匙不知去向。生活像一条漫长暗淡的隧道，尽头似乎有光，似乎又没有。

4

作为一名运输卡车司机，休息很重要。但他经常失眠，又因为怕失眠而一再失眠。每天都很累很困。只有在开车的时候，滚烫而聒噪的引擎陪着他，散发重重的柴油味，一种喧嚣的平静，像某个贴心的老实人，坐在他身旁陪他默默行进。

他跑长途运输，每次一离开家，就不想回来。有一次在川藏线，暗无天日地爬坡，冷凝器开了锅，冒出焦臭的白烟，坏在路边。他操着大铁杆撬了半天，累得气喘如牛，一丝动静都没有。

那一刻他突然很想弃车逃跑，再也不回去了。他攥着这个念头，或说，是被这个念头攥住了，浑身突然沸腾起来。

他四下一看，青山静默匍匐，柔如美人，腰身上飘着一条不知是云还是雾的白缎；风从那腰身上飘来，耐心地抚摸着他，一遍遍，如此温柔，仿佛一个声音向他确认，走吧，没事儿。

他抓上车里的馒头，毅然徒步上路。一边走，一边忍住热泪，激动得手抖。那是他平生第一次觉得自己主宰了自己的人生。不欠任何人，任何人也不欠他。

他自己选的。

走着走着，三辆解放军军车迎面而来。钟诚不知为何心里有点打鼓。他突然发现自己因为过于激动，没有摘白棉手套，身上还穿着工服。

担心的事情发生了：军车车队整个停了下来，下来一个当兵的，朝他走过来，问，刚才路边那辆车是不是他的，是不是坏了。

也不知道何处而来的心虚，钟诚脑子里一片空白，后悔刚才沉浸在自我主宰的亢奋中，忘记给自己准备一套遁词。

他只能老实说，是坏了。

士兵们二话不说，热心地要载他回去，一起修车。钟诚坐上副驾，闻到刺鼻的汽油味儿与汗味儿。他感觉自己像越狱失败的囚犯，宿命钳掐着自己的脖子，掐得他窒息。好吧，反正都逃不掉……反正……钟诚瞟着旁边那个士兵的侧脸，那面孔又俊又硬，他几乎不敢再看了。他死死闭上眼睛，天灵盖下像有一把烙铁在搅动脑浆。他攥着车把手，真想扑过去把那个当兵的……把他……然后再把他……钟诚死死攥着车把，就在最后一丝理智马上要熔断的时候，车停了。

"同志！到了！"士兵停车，跳下去。几个人围着引擎捣鼓半天，眼看是修不好了，众人决定挂上链子，拖回去，反正下坡路过后就平了，快到了。

钟诚坐回自己的卡车，挂好空挡，踩着刹车，被拽着走。眼看着青山如美人和泪而辞，渐行渐远，眼前是越来越平直而熟悉的马路，命运一样无穷无尽，平铺直叙而来。他闭上了眼睛，头一次有种想要一了百了的冲动，松掉了刹车。但一切平静，等他睁开眼，单位大门就在当前。那灰色的铁门如冷水倾盆，"哧"的一声浇灭了燃烧的保险丝，整个脑子短路，断电，漆黑。

钟诚自己都被自己疯狂而混乱的念头吓坏了，一脸惨白地呆坐在车里。

5

回家后，什么都没变，一切都太乏味、太平静，可以忽略不计。钟诚一想就觉得恐怖，二十年，竟然一丝波澜都没有，可以忽略不计。

唯一不得不计的是，运输公司江河日下，苟延残喘，他能跑长途的机会越来越少,这也意味着,他只能越来越多地待在家里。

直到下岗潮前夕,失业危机与改革苗头并存,钟诚最后一次尝试挑战宿命,是这样一个计划:万红的单位是管理钢材配额的,他只要借钱,买辆货车,"然后你稍稍照顾一下,给我点优惠,我们就能跑钢材生意,这事儿绝对是赚"。

但她坚决不从。认定他投机倒把,心思不正。

钟诚苦口婆心地劝说:"这跟为非作歹没关系!更不是要你污!你就给我一个配额,不要优惠了,配额就够了,光明正大,我自己跑货,就能赚钱。"

劝到最后,钟诚觉得自己已经把三十年要说的话都说了,他从来没有这么耐心地跟她说这么多字数。

但她依然坚决不从。

吵得升级,她提着刀子比在手腕上;见钟诚还不肯罢休,万红急得当真一刀割下去,见了血。

她也没想到,钟诚见了血都不放弃,根本没有顾她的伤,还在说什么"改变命运的机会"。她寒着一颗心,以死相逼:"你搞这些歪门邪道,到时候脱不了干系!以后等着坐牢!你要判死刑是不是,我现在就死给你看……"

"这是干正经事儿!现在不干,以后就没机会了!"

"你也不看看你是不是做生意的料?!别人干啥你就干啥?!亏了喝西北风?!"

钟诚从怨她变成恨她,就是从那个夜晚开始的。过去,他只是怨她自作主张,拿回城这件事儿当筹码,硬生生把两个人钉在了同一本烂账中；现在，他感觉万红就像是他命运的死敌。而自己扣着一顶道德高帽，陷在她铺设的恩义泥潭里，一尺尺沦陷——而她居然无辜地说："我全是为了你。我什么都为了你做了，当初回城也让给你了，工作也帮你找……"

万红一刀刀割着自己，面对钟诚的愤恨，恨不得挖出心肝肺给他看。她的确每一句话都是问心无愧、天地良心的。

"老老实实就在单位干不行吗，东想西想，还想拉我下水。当初，当初要不是——"

钟诚最恨她说当初两个字。他一怒之下用暴呵斩断了她的话音："没单位了！没了！"

女儿在他们吵得你死我活的关头，光着脚丫走出来，踩到了碎瓷片，扎得一脚都是血，"哇"的大哭起来，掐断了他们的争吵。钟诚知道要把万红说动是没希望了，他沉默下来，一边给小琪包扎伤口，一边暗自盘算，即使不能出去做生意，至少要有正当理由常年不在家。

6

两天过去，他还在拉长脸跟万红冷战，她却下班买了一大把菜回家，欢天喜地说要做顿好的。钟诚有异样的预感。他麻木地帮着洗菜、切菜，因为心神不宁而比平时更加笨拙，被万红赶走："一边儿去吧，别添乱了，我来。"

厨房的烟火气呛人，万红连炒菜的背影都是快乐的，在嘈杂的排风扇和噼里啪啦的油星声中,她的整个后脑勺仿佛一张嘴,正絮絮叨叨什么。

饭桌上,就着魔芋鸭子和青椒炒肉,她把两人以后可以在同一个单位工作的消息当作惊喜,告诉了他。钟诚悬着筷子,感觉五雷轰顶。他没料到自己慢了一步,万红早就背着他积极走动,抢在运输公司转制之前,又一次自作主张,把他们两个人的工作换到公交公司。他们成为市里第一批公交职员,他做司机,万红做售票员。

她说:"你不是喜欢开车吗,跑生意多辛苦,别做什么钢材了,我跟你一起;单位特意安排咱俩就跑同一辆车。"

钟诚整个人都傻了。万红还在继续说着什么,钟诚一个字都没听进去,味同嚼蜡,一筷子一筷子把菜夹进嘴里,唯一的渴望是早点吃完,早点离桌。

当然早早离桌也意味着早早上床,他逃不掉的。万红甜蜜而温柔地握着他的手,挑逗半天,见他没反应,又说:"能这样天天一起,再苦也值得。"这句话像透明塑料布一样蒙住钟诚的头,叫他无法呼吸。

还好她也困了,没怎么折腾他,很快入睡。四壁也宁静下来,秒针在钟盘上踏踏实实走着,他每一秒都能听清,也能听见她规律地轻声打呼、翻身……她的安宁与愉悦让他痛苦。无缘由的嫌恶感,令钟诚内心仿佛一片沼泽,杂草丛生,满是闷热的泥泞,黑乎乎一团。

他背过身去,一想到未来还要跟这个同床共枕的女人一起上班,一起下班,一起午饭,一起午休,一起开一辆公交车，一起朝夕相处，没有一分一秒的单独空间……他真想死。又因为连哭喊都不能，便更想死了。

最后因为又一时不能死，便只能睡。

凌晨五点，她起身小解，看着这个男人在梦中磨牙。是的，钟诚也并不知道，在此之前，她有过多少个无眠夜，眼睁睁看着这个男人始终背对而眠，整个背影与墙壁融为一体，坚硬，无言无语，像一个冷漠的谜。

7

人到中年如过午。日头炎炎，既无婉转之美，也无可猜之趣。钟诚盯着墙上的影子，薄薄的，折成两段，一段铺在地上，一段贴在墙头，静如破损的皮影。他不知道自己愣了有多久。小学六年级的女儿小琪走出来，打断了他，他才回过神来，发现自己筷子还悬着，米饭掉了一桌，下意识地一粒粒夹起来吞了。

小琪跟同学李晶跑出门，说了一串什么，他一个字都没听见，也并不关心。

"你爸刚才发神，我看他站半天，动都不动。"李晶说。

"他经常那样。"

偶尔，小琪会跟李晶聊一句各自的父母。在她们看来，父母仿佛一生来就已经人到中年，无知，无趣。他们完全不配年轻过。一个人要是年轻过，怎么会变成现在这样？至少，小琪是完全没法想象自己多年后变成母亲那个样子的——黄着一张脸,眉头微皱,抱着一只早已磨得光滑发亮的木头票盒,用手指沾一下票盒角落的泡沫,捻起榆树叶片大小的车票,撕给乘客。

多年的颠簸让万红练就了一身水手般的平衡本领,双脚像圆规一样扎住地面,没有她站不稳的地方,也没有她挤不进去的缝隙,更没有她记不住的人脸——在她貌似心不在焉的眼神中,谁买没买票简直就像写在脑门上似的。更绝的是,谁要是想替熟人买票,只须稍稍一指点,万红就能准确记住。她会在挤到那人面前的时候,免收那人车票钱,如实说:"前面那个给你买过票了。"小恩小惠永远奏效,熟人们会隔着一车厢的人头,遥相致谢。

小琪曾经问母亲:"你怎么记得住谁买票了谁没买?"

母亲一边打毛线一边说:"这有啥。吃这碗饭的。"

小琪又问:"你以后一直卖票吗?"

母亲耷拉着嘴角,重起一行针脚,长长的毛线针在手里飞快跳动:"你妈最早,为了你爸,留在农村,整整多留两年。……后来,又为了你爸,把管钢材的位子都丢了。你爸……真是,你看他现在那个窝囊样子,还想去做生意……到时候,亏得你连饭都吃不起,还不是我来收拾。"

这几组句子伴随小琪的成长记忆,她几乎已能背诵,就像话剧演员熟记台词:一个固定扮演着牺牲者的母亲角色,一套固定围绕诉苦的台词。她没有听母亲说过甜蜜的部分,这部分万红从未对任何人说起,她心里一直有那么一个画面——一辆车,两个人,无穷无尽地行驶下去——这就是幸福的全部定义。

万红陷入那种畅想,像在脑海里上演电视剧大团圆结局。她第一眼见到钟诚,就觉得他填补了这个画面的空白——那张脸孔,以及那个结局里的角色。为此她牺牲过,焦灼过。老天不薄,万红这样安慰自己——她至少把他等来了;他回城了,也没跑,娶了她……还生了孩子。洁身自好,老老实实,没闹,没离。虽然……

虽然。

每次她用"虽然……"作为开头想要抱怨老钟,别人就会劝:"你还想怎样?"是的,连万红自己都答不上来,还想怎样?

她努力接受这个局面,万事总不会如意,总有那么一分欠缺;好像很饿的时候,求一碗饭,饭是来了,又馊又臭。是吃,还是不吃?是谢,还是不谢?她当初爱上他的原因——正派,干净——如今都让她烦恼万分:夫妻生活真的太少了,就连他的话也太少了。她总觉得他是在用沉默惩罚她。那些沉默锋利得像刀子,凌迟着她。从他眼里,她只能读到两种意味:无奈和烦躁,日更夜替。白天那眼神闪躲,恍惚;一到床上,那眼神就说,好累,真的累。快睡,快睡。

为了改善这个难言之隐,她想尽了办法,学做菜,学按摩,甚至连难为情的一些招数她都学了。她当然想到了药物,又怕他不肯吃药,而偷偷把药下进他的饭。

但还是没有用。

她忍不住唯一一次跟别人倾吐这件事儿，得来的反应依然是："老钟对你真的够意思了，你还想怎样？夫妻嘛，时间久了不都这样。"这也算了，没想到那人转身就一传十、十传百，单位人尽皆知，老钟"那方面有问题"，每个人都在"你谁也别说啊"的叮嘱下，毫无意外地把话传到了老钟耳朵里。

钟诚嘴上没说一个字，但她知道他知道了——不然那么老实沉默的一个人，怎会突然爆发，"轰"的一下掀了桌子，当着她的面，把一锅饭砸在地上，扬长而去。

她也想掀桌子对干，但忍住了。想到，这一地垃圾最后还不是要自己收拾，就省了。

8

这件事儿之后，他们冷战了好久。她觉得不是办法，又不知道什么才是办法。

直到有一天，他们照样出车，钟诚好像情绪不错。快到郊区尽头了，车里没有任何乘客，钟诚静静开着车，端坐如一尊佛。她在他身后聊天，没话找话，细碎地说些事情，而他时不时附和一句，看不出厌烦，也没有任何兴趣。

他很瘦，很少出汗，白衬衣那么干净，肩膀的线条也那么干净，不像其他那些邋遢的司机，叫她真是欣慰——全是她洗出来的，她抚摸过的——她真想再靠近一次。一次就好。

窗外的阳光被绿叶筛过，清幽流过窗外。公交车像一把剪刀，把风景裁成两半，抛向两边。远处一片山坡，开满山茶，热烈又寂静。她远望着那一片无人采摘的山茶，一股自怜之心油然而生。

此时公交车正驶过铁路桥下，光线突然一暗，恰逢火车经过，轰隆隆从头皮上刮过去。她突然忍不住，从背后紧紧抱住他，然后顺着他的小腹往下搓。没想到钟诚冷不丁被这一招吓到了，一脚急刹，车子狠狠一耸，万红差点摔了一跤。车门应声打开。

俩人吓得魂儿都被火车轰轰烈烈拖走了一丈远，差点就扯不回来似的。车门敞开：没有人上车也没有人下车，一阵清风从敞开的车门侵入，带回他的惊魂，重新嵌入身体。四下寂静，只有冰凉的风。他停了很久，低声警告："你不要这样。"

万红扶着栏杆勉强没有摔到地上，定定神，一个人颓然走回车厢后面，坐下来，深深的失落感覆盖下来，如窗外深深的青木幽阴。她几乎能听见钟诚深呼吸，关了车门，又缓缓启动了车。仿佛什么都没发生过。

之后的一路上，每到一站，不管有没有人，他都停一次。而且停很久。

9

小琪经常跟着父母坐公交车。她喜欢一家人在一辆车子里的感觉,像坐进了一块软软的面包,飘在风景中,甜美安稳。在公交车上,父亲的脾气就跟他开的那种老式"气包车"一模一样——巨大黑色天然气气囊,胶皮布满补丁。气囊用绳索捆住,里面是天然气,也可能是煤气。总之,加满了气就鼓鼓囊囊的,开快了,气囊像果冻一样摇荡,看上去整个车随时都会飞起来;没气了,就瘪下去,松弛的黑皮囊随着车身颠簸,有气无力地甩动——像宫崎骏笔下的巨型软体怪兽。

父亲话很少。但小琪和所有人一样,看不清父亲沉默的本质,只觉得他脾气好,温良老实,天再热也戴着麻布手套。考试成绩不理想的时候,他也不骂人。出车之前,父亲会给她买根冰棍。

像那个年代的一切业务熟练者,父亲开车手艺一流,不快不慢,换挡积极,硬把一辆破烂公共汽车开得像航船一般顺滑,行停之间,节奏是巴赫复调式的稳实。路线的熟悉形成某种条件反射,小琪觉得父亲有时候神情不像在开车,倒像在入定。

多年的司机生涯,父亲依次用肾结石、腰椎间盘突出和糖尿病表明了他对得起劳模称号,无论多么拥挤、混乱的场面,无论母亲多么咋咋呼呼,都不足以让他情绪起伏。他一言不发,就这么沉默地开车。死寂的头班车、末班车,车站没有人,父亲也会停。小琪问他为什么停,他头也不回地说:"车没有人坐,不也是一样要开?站没有人,一样要停。"

小琪觉得这个解释站不住脚,正想反驳,父亲又说:

"就跟人一样,生下来又没有用,还不是要生下来?"

小琪莫名其妙:"那我呢?我也没用吗?"

父亲没说话,再次躲进了沉默里。

每站必停的父亲也有犯错的时候,但只有唯一一次:当时万红也在。两个做钢材生意的乘客站在钟诚后面,有一句没一句地聊生意经。他们说得唾沫星子飞,老钟一边开车,一边听着,陷入无边的嫉妒与懊悔:如果当初他真的再狠心一点,丢开这个家去做生意,那么现在他也会跟他们一样了,噢,不止,肯定比他们做得更厉害,这两人有什么好吹牛的,混到现在也不过坐公交车……钟诚一边想,一边彻底走神,连过站了都没有发觉,直到要下车的乘客大呼小叫"停车呀!怎么不停站啦",而万红拼命从车后面挤到前面来,连连拍他的肩膀,他才突然回过神。

此时都离站半公里了。

晚饭的时候,万红问他今天为什么跑神,他顾左右而言他,突然教训起小琪:"学习认真点,小琪,我都是为了你。我这辈子就完了,就看你了。"

小琪再次莫名其妙:"活得好好的,什么叫完了呢。"

父亲再次躲进沉默里,令她觉得父亲既令人费解,又有点可怜。他的一生好像都活在某种逼迫里,从吃饭、睡觉、到上班。包括在母亲的逼迫下,父亲每天在领导经过的时候赶紧积极打扫车身,过年过节送礼送烟。如此内外兼修,坚持数年,成效卓著,领导要晋升他,让他坐办公室,但他沉默了一阵,说,不了,我就在一线开车就好。

万红在买菜途中遇到领导的老婆,才得知此事。气炸了。回到家,她一边做饭一边埋怨,把一锅老话像豌豆那样翻来滚去地炒,而钟诚始终一言不发。

小琪埋头吃饭,不敢出声。她看着母亲用顽固的追问不断叩击着父亲的沉默之墙:"你到底为什么?开车这么累。能坐办公室你为什么不坐?!嗯?!"

父亲忍无可忍,塞回一句话:"还不是把机会让给你了!"

母亲悬着锅铲,突然噤声。关了煤气,灶头静了,豌豆也静了。屋内静静飘着一股饭菜香。

她又气,又感动;又内疚,又窃喜。老钟松了一口气:总之她安静了。

钟诚对这一寸难能可贵的安静感到如释重负。这么多年了,他头一次能安安静静地,安安静静地吃顿饭。

真是一举两得。他终于可以有一点自己的空间了;而她还很感激。上天对自己还是很好的,他想:先别死,再活着看看吧。

10

万红告别了售票员生涯,坐进了调度室办公室。领导赏识她那个仁厚的丈夫——如今有几个人舍得放弃晋升,而把坐办公室的机会让给妻子?领导越想越感动,决定照顾他日益衰退的身体,调换他开一条轻松一些的线路。

就这样钟诚变成了二十九路公交车的司机。

没过两天,万红就后悔了。她宁愿不坐办公室,也不愿意让那个更年轻的女售票员代替自己,跟丈夫搭档。孤男寡女日久生情的后果,她可承受不起;一想到俩人开着车,捻着票子,轻快聊天,她就心如猫抓,天天在调度中心坐立不安,抖着腿打毛线,嗑瓜子,或者聊天,总之不能闲。一闲下来她就忍不住想找丈夫,想查一查他在干吗。

就在这时,钟诚似乎察觉到了这一点,主动要求换搭档。

夏凉就这么来到了他们的生活中。夏凉刚刚从子弟校高中毕业,还不到十九岁。作为钟诚的学徒,要想成为司机,得从打扫卫生、跟车、培训、考证、实习,一一做起。在妇女售票员队伍中间,他简直像一条丝缎领带,被错误地捆进了拖把的布条中。

小琪第一眼见到夏凉的时候,是在公交调度中心。她正百无聊赖地趴在母亲的工作台上玩印泥,抓得一手鲜红。夏凉进来,以为是出血,吓了一大跳,窗台上的蓝鸟也应声惊起,发出清脆的啼叫。而夏凉那张明亮的脸庞,轮廓竟比鸟鸣更清脆,迎着光线,皮肤细嫩得透明,身影单薄得几近不真实——小琪几乎看呆了。

母亲对夏凉的到来几乎心怀感激,欢喜得长舒一口气。父亲更是如此,他几乎感谢老天让这个年轻人出现,并在心底说:下次再想死的时候,念及老天待他不薄,会再多活一次试试。

小琪至今都记得，他们搭档的第一天晚上，父亲是七点钟到家的，比平时晚了一个小时。他换鞋，进门，洗手，坐下吃饭，显得很高兴，浑身都散发着微笑。那笑容并不明显，但又一目了然，从脚趾到发丝都是愉快的。原来父亲愉快起来是这个样子，小琪暗自吃了一惊：以前从未见过。

父亲连胃口都比平时更好了，笑意与米粒一起沾在嘴角，筷子夹着过去从来不吃的炒丝瓜，说："那孩子居然晕车。"

"谁？"母亲把沾在父亲嘴角的米粒粗暴地捻掉。

"夏凉啊。"

"噢。"母亲无动于衷，坐班后她每天按时下班，但今天多饿了一个小时，血糖低得心情烦躁。她脸一黑："我还晕呢。"

父亲笑。

小琪见父亲心情这么好，趁机小心翼翼拿出试卷让父亲签字，想要蒙混过去。但她担心的事情还是发生了，母亲一把抓过试卷，审视着："又考试了？第几？"

卷子被抢走，父亲捧着的双手空空地，无奈地松软下去，捡起筷子吃饭——小琪的计划落空了，她恨父亲怎么这么屁？都不反抗一下。

母亲果然又开始数落小琪没考好了。一顿饭又不得安宁，父亲烦躁起来，草草放下碗筷，坐到了一边去，留小琪一个人面对母亲的言语鞭笞。骂到后来，母亲突然来了一句:"狗日的还觉得自己是天才,我看你屁股翘天上去了,天天东想西想,你看人家李晶,踏踏实实,回回第一!"

此句一出,偷看隐私与侮辱人格的双重伤害,像两根钉子扎向小琪。她气得两眼发黑,咬牙问道:"为什么要偷看我的日记……"

——她只在日记里写过这句话:"我觉得我是天才。"

母亲底气十足:"关心你才会偷看你日记晓得不?!我咋不去看人家李晶的日记?我哪管得了那么多?!你是我女!我不看你日记看谁日记?!天经地义!"

小琪再次把目光投向父亲,父亲充耳不闻,坐在一边抽烟,盯着电视画面,一声不吭。小琪觉得他太窝囊了,真的太窝囊了。小琪的眼神大概刺激到了父亲,父亲突然说:"好了,别说她了。你就不该看人家的东西。"母亲提一口气,眼看马上要发飙,不料父亲一反常态,颇有骨气地说:"明天周六,小琪跟我出车,我带她去看看天坑。"

因为太意外,母亲一时没反应过来。抓住这一丝空当,父亲趁机走进了厕所。小琪则跑进了自己的房间。

她拍亮台灯,愤然撕下日记,眼泪猝然滴落,洇湿字迹。

那个夜晚,老钟在阳光灿烂的梦境中,停下了无人的公交车,与夏凉一起奔向一万朵山茶的山坡。阳光把他们洗得干干净净,赤赤条条……洗成流动的翠绿,化入漫山遍野,再不用回来。

11

二十九路公交车是郊县旅游线，老钟一天开四趟，就算完成任务。人少，不堵，单程大约两个小时。坐这车的大都是农民，背着背篓，进城卖菜，晚上回来。途中经过一段清幽的峡谷，翻山，到达景区门口。这个地方就是云底天坑。

云底为地名，天坑壁立千仞，白雾缭绕，植被葱郁，从空中俯瞰，满目翠绿中突然塌陷一块，就像神话中的巨人脚印。更诡谲的是，天坑入口不远处，峭壁上有几处悬棺。年代已久，悬棺与峭壁融为一体，不仔细看不易发现。

是葬的谁？是怎么放上去的？工匠是谁？每个游客都在仰望这些不解的疑问，然后回到山脚下的农家乐，吃饱喝足，围坐于麻将桌，骰子一甩出去，他们就把刚才的好奇抛却到九霄云外了。

即使从小就在这座小城长大，小琪也很久没来过这里。父亲开车端坐，好似半尊佛，她站在他身后，行车蜿蜒于层峦叠嶂。破旧的车厢，车窗缝隙腐朽，玻璃松动了，不断发出规律的震动，风景的新鲜感消失之后，那震动令小琪昏昏欲睡。

突然几只山羊跳过马路，父亲急刹，夏凉一个趔趄倒在了小琪身上。

他的鼻息、脸庞、皮肤，在那一瞬间几乎是嵌入了她，犹如灵魂附体，叫她浑身一激灵。他身上竟然很好闻。小琪又清醒，又恍惚，依稀听到父亲跟夏凉说了什么，叫他别站那么直，脚分开，要像水手那样；最好找个柱子靠着背，这样就不会摔了。

夏凉哎哎应着，显得很不好意思，一紧张，票盒又掉地上了，夹子摔坏了，零钱、车票散落一地；夏凉跟跟跄跄追逐四处滚动的硬币，更狼狈了。

父亲微微抬头，从后视镜看了一眼，嘴角无奈一笑。

小琪依然还停留在刚才的那一幕里，脑子里燃烧成一片白色的火海。她佯装欣赏窗外，内心莫名激切，反复回想刚才那个瞬间，手心冒汗。

父亲说："去帮着捡啊。"小琪这才回过神。

她把杂碎零钞捡起，塞给夏凉的时候，对方似乎为了掩盖自己的笨拙，突然说："我之前读过一个小说，好像叫《断指》。"

她顺着问："讲什么的？"

"就讲一个造悬棺的工匠，技艺精湛，对徒弟也很严格。后来……好像是他徒弟还是怎么，不对，好像是工匠老了，造最后一个悬棺的时候，木料就差了半寸，放不稳。他吊在悬崖上特别后悔，名声不保嘛，所以就当即砍下自己半截手指，塞进缝隙……作为血的教训。"

小琪脱口而出："那……手指腐烂了，悬棺不就掉下来了？"

夏凉跟着说："就是，我也觉得。"

"你哪儿读来的？"老钟竟然也在听，语气略带责备地问。

夏凉愣了一下,说:"我喜欢看小说……看得比较杂。"

老钟接着说:"小琪啊你看,所以就是要仔细,那个美国飞船,不也是弄错了小数点,降落伞打不开,就掉下来了。"

"好像是苏联联盟一号,"夏凉有点讨好地说,"小琪一看就没问题,成绩好的那种。"

这句话让小琪很不高兴。什么叫"一看就知道她成绩好",是说她长得不好看?穿得土?她也不知道自己怎么会这么想。

终点站到了。卖门票的大爷在售票亭里酣睡,一群游客模样的中年妇女远远站着。大家为了不买门票,全站在栏杆外面眺望悬棺。有人说看见了,有人说没有;反正小琪什么都没看见。夏凉跟她一样困惑,两人坐在石头上仰望黛色的峭壁,只见一线飞瀑。

小琪根本不关心什么悬棺,她的心就是悬着的,被钉在了半空,好像夏凉一个眼神,她的心就要坠下来。

那天晚上,交完车,他们三个是一起回去的。从调度中心走出来,昏灯如月,蚊虫绕舞。卖冰棍的小贩闭着眼睛摇蒲扇。小琪说:"我要吃冰棍。"

老钟问夏凉要吗,夏凉摇头,说不要。

老钟走过去,小贩的眼皮动了一下,那眼皮简直像嘴唇,等于说了声"自己拿"。老钟拣出一支奶油雪糕,掏钱给小贩。小贩根本懒得伸手去抓,更别说找零了。

于是就只好买了两根。

就这样,她跟夏凉两人一人一根雪糕,边吃边走。父亲牙不好,从不吃冷食。每次她试图分享,父亲都嫌恶地撇嘴,她也就不问了。

夏凉嘴上说是不吃,现在却明明很享受,眯着眼,探出舌尖舔舐着奶白色的圆角,如此灵巧,似乎在故意撩拨着一座积压已久的、摇摇欲坠的想象力的雪山。那舌尖精巧地勾住了老钟的目光,不断拉伸,拉伸,绷紧……

夏凉的舌尖突然不动了。老钟被勾到尽头的目光,像弹簧断裂一样猛然缩回,想象力的巅峰终于雪崩。

夏凉冷不丁地问老钟:"要尝尝吗?"

老钟偏过头来,咬了。雪糕已经融化,奶白色沿着父亲的嘴角往下滴,汗水在额头结露,夏凉帮他抹了。

小琪目瞪口呆:"你不是不吃吗?!"

父亲讪笑:"化了就不冰了。"

快走到家门口的时候,老钟叫小琪自己先回去,语气里完全是打发的意思。小琪敏感地捕捉到了。

那个夜里,小琪被父亲醉酒而归的动静吵醒。父亲极少喝酒,即使逢年过节要陪领导尽兴,也不过是敷衍了事,从未醉过。恍惚中,她听见母亲压低声音埋怨他喝醉晚归,而父亲一言不发,渐渐有了鼾声。母亲的怒火碰上湿柴,只好独自生闷气。

小琪翻了翻身,回到了那个带有夏凉气息的梦境,不愿意醒来。

12

她看见父亲搬来凳子，从书架最高处的某个角落拿出了口琴。墨绿丝缎拂过镜面一样的琴身，在父亲脸上划过一道冷光。

从此，口琴声偶尔犹犹豫豫地从他的房间响起，一开始生疏而羞涩。很快，那口琴声变得熟练、自信。像看不见的窃笑，在帘子后面雀跃着。

又不知道什么时候起，父亲的柜子旁边突然多出来一把没有弦的吉他。

后来吉他的弦悉数生长出来了，六根，崭新。

一瓶白酒不请自来地造访了玻璃橱柜，又迅速不辞而别。

几件礼物曾经先后也来过，虽然她没逮住它们，但包装纸的一角就在垃圾桶里。

墨水用得越来越快了。

台灯越亮越晚。

父亲的红皮日记本撞击抽屉的声音，必然伴随着上锁的声音。

小琪像勤恳的私家侦探一样搜集着蛛丝马迹，虽然她根本不知道雇主是谁，也不知道案件是什么，但某个声音在告诉她：这样下去不行——只有她才是父亲的唯一光明，父亲的温柔与慈爱也只能属于她。他的快乐也只能来自于自己。夏凉不可以这么轻而易举就……就……篡改了什么。某种无法言说的预感令她不安：在夏凉面前，父亲好像变了个人，这不寻常。

幽暗的嫉妒像藤蔓一样疯长，小琪专心致志地在草稿纸上乱画，演算着这场关系，这可真复杂，她揣摩着难度，想，一场毫无预兆的军备竞赛已经开始了，至少小琪是这么觉得的。她觉得事态急迫，因为不论与谁相比，她都觉得自己实力悬殊——这样绝对不行。

母亲频繁地请夏凉来家里吃饭。她对夏凉的喜欢是显而易见的。她总说这小伙子有文化，有气质，一点都不像"一般的小毛头"，到底是北方人。

母亲问及夏凉父母情况的时候，夏凉忧郁地沉寂了一瞬；父亲赶紧在桌子底下踢了母亲一脚，目光责备。母亲有点困惑又马上歉疚，生硬地掉转话头："对了，还听说你吉他弹得挺好的？"

"哪有哪有，钟师傅才弹得好呢。口琴也吹那么好。象湖公园的人都听得着迷。"

母亲奚落道："他啊，也就谈恋爱那会儿还鼓捣几下，现在……咳……"

父亲筷子一撂："我什么时候给你鼓捣了？你自己非要来听的。"

气氛一时尴尬起来，小琪眼看着三个大人为了掩饰，佯装吃菜，结果同时伸出筷子，朝同一盘菜夹去，就更尴尬了。

小琪反复过滤刚才的对话，捕捉到"象湖公园"四个字。象湖公园……他们去那儿干什么？她一边琢磨，一边用全部的余光,饥渴地吸纳着每个能瞟到夏凉的瞬间。她记得他坐过哪一张凳子,用过哪一双筷子。她在饭后积极收拾碗筷,抢在母亲之前,把夏凉用过的勺子偷偷藏进自己口袋;等回到自己房间,她迫不及待地拿出勺子端详起来,把玩一番后,不由自主咬住,轻轻舔舐那冰凉的、略带腥味的金属。仿如热吻一般的快感,令她浑身仿若过电。

就连走进卫生间洗澡的时候,小琪都会突然想起,饭前,夏凉也曾来上过厕所。一想到他曾在此裸露,她就莫名亢奋。小琪浑身赤裸地站在那儿,不觉得冷,只是盯着白瓷,想,他的某些痕迹曾留在这里。

13

临近期末,学业忙了起来,期末要是考不好就完了。但小琪想念夏凉。她很久没见过他了,只能在吃饭的时候,向父亲打听一些关于他的消息;又不能做得太明显,还得小心控制提问的分寸和频率。

那天周五,她在晚饭的时候宣布:"爸爸,明天我要跟你们一起坐车,我还要去象湖公园。"

父亲一口回绝:"马上就考试了,乖乖在家待着,哪儿都别想去。"

她对父亲的拒绝并不意外。在直觉中她已经预料到了这一幕。"果然……"她盘算着,"事不宜迟。"

小琪想到了日记本。主意已定。她找来一把扇形的角度尺，在每次把日记本放回抽屉的时候，都测量了本子的底边与抽屉形成的度数——三十度整。而母亲果然上当了——每次小琪重新打开抽屉，角度都改变了。

小琪几乎为自己的聪明激动得发抖，确信自己果然是天才。她总算抓到了控制阀，可以把控偷窥与嫉妒的流量。她要惩罚母亲的偷看；不仅如此，她还要赢这场军备竞赛，既不能把父亲输给了夏凉，也不能把夏凉输给了父亲。她写些鸡毛蒜皮的事儿，佯装和过去一样，看起来依然还是一本真实的日记，但总会在结尾有意无意地编造一句："今天象湖公园人真多，我被蚊子咬了很多包，爸爸还不走，给夏凉弹琴。夏凉一直说妈妈做的菜难吃，人又土，话又多，老爸还哈哈大笑……"

只需这么一句话，当晚父母就甭想睡觉了，俩人能一直压着声音吵到深更半夜。也奇怪，过去小琪嫌他们吵架很烦，现在被逗得直乐，觉得太好玩了。

她以为父母是在为她的日记吵架，然而她错了——那些痛苦的夜晚，老钟艰难地反抗着万红的攻势，大多数都失败了，觉得自己一再被强暴。他一次次想到死，又一次次因为想到夏凉，而决心不去死。在白天，他用越来越坚固、越来越锋利的沉默惩罚万红，间或插入一道嫌恶的寒冷目光，腮帮子咬得紧紧的。

眼看父母整日冷眼相对，却不开热战，小琪觉得哪里出了差错。局面更加复杂了，小琪走神越来越频繁，吃饭时麻木地嚼着菜，做作业时心猿意马地在草稿纸上乱画，盘算着——必须利用这个暑假控制住这个局面。黄金时间，是的。她必须珍惜现在,集中全部的无聊,打造一艘战舰,航于假想中的波涛。

14

暑假一到,父母上班前脚走,她后脚便开始在家翻箱倒柜,一遍又一遍地打开他们的信件、影集、本子、证件……什么都翻。

父亲的字体太草了,她看不太懂,好多字也不认识。翻到无聊的时候她还会玩上一会儿,一上午就打岔过去了;午饭必然会中断这项工程,想要继续的时候偶尔想不起之前翻到哪里了,于是又重头来过。

每次她开始翻箱倒柜之前,都会确认反锁了房间门;一听到门外的脚步动静,她就飞快把东西归还原位,跳回自己桌前佯装在写作业。直到有天,她装着装着,突然不寒而栗——在她翻箱倒柜的时候,大人都去干什么了?一想到父亲跟夏凉可能正在象湖公园开心地吹口琴,吃雪糕,她突然嫉妒到慌张起来——自从放假,她更没见到夏凉了,真想再见见他。父亲越拒绝,她越想跟车。一想到这儿,她更生气了。

那个晚上小琪脑子一热,顺笔就写:"夏凉今天又摸我了。我非不让,他还要摸。"

她盯着那句话,感觉双脸发烫。她想撕掉,最终没有撕掉;合上日记本,又打开,补了一句"真坏",再合上。

她把日记本放回抽屉,角度尺量了两遍,底边与抽屉呈三十度整。

一天过去了，第二天也过去了，没有动静。就在小琪快没耐心的时候，她突然意识到天才也有失策的时候：现在暑假，母亲白天上班，晚上自己又在家，母亲是没机会偷看自己日记的啊。

小琪立刻向母亲声称，从今天起要每天去李晶家做功课；而母亲不出意料地默许了。紧接着的那个周末，母亲在家做腌菜，厨房里摆满坛坛罐罐。小琪跨出门，大大咧咧背起书包去了李晶家，走之前故意给抽屉留了一条缝，仿佛召唤：快，快来偷看。

也就在当天晚上，熟睡后的小琪被一声巨响吵醒。她竖着耳朵听，是父母压着声音在吵架，好像摔了椅子。

他们的声音模糊，小琪只听见最后一句，父亲狠狠说："不可能！"

15

第二天父母一早就出门上班去了，小琪醒来，家里没人。她觉得很饿，开始煮面条。

她盯着沸腾的锅，守着盖子；沸水泛着泡沫满溢，她立刻揭开，泡沫就蔫下去了，她又盖上，泡沫就又鼓起来，眼看要溢出来的时候，她又赶紧打开锅盖……如此往复，她感到自己能精确地控制着泡沫的起伏，玩弄它们，要它们沸腾，又不要它们溢出：太爽了。

父亲突然出现在背后，吓了小琪一跳；那个瞬间她忘了掀锅盖，面水沸腾了，"哗"一声溢出来，浇灭了炉火，狼藉一片。父亲一把关掉灶火，端起锅，放进水槽。

两人对坐吃面。

父亲呼啦吸了一大口，吐出一句："别以为我不知道你在搞什么。"

小琪立刻装傻："什么啊？！"

父亲一边撒辣椒粉，一边说："警告你，别跟你妈学那套啊。天天胡思乱想。"

"什么胡思乱想，莫名其妙。"小琪装作不屑，心里慌得想哭，只能低头吞面条。

她痛心疾首的是，父亲的温和与慈爱已经荡然无存了。他变成像千万父亲一样，烦躁，暴戾，连看自己的眼神都是嫌弃的——至少她这么觉得。

父亲两口就吃完了一大碗面，小琪还没吃完，在他的审视下加快咀嚼，浑身不自在。父亲洗碗的时候，动作粗暴，碗盘铿锵，噼里啪啦。她听着，有点害怕起来。

梦境激烈，把小琪的睡眠烧得千疮百孔。每个火星都是夏凉点燃的，他抱她，抚摸她，梦境燎原，醒来后觉得浑身无力，像是身体被烧成了灰烬。

四下漆黑，墙的那一边，两个声音还在交战——

"我跟你说了，这不可能。"

"你怎么知道不可能？！"

"我就是知道。夏凉不可能碰她。我知道他。"

"你怎么知道?!嗯?!你天天跟夏凉在象湖公园搞什么?你凭什么知道他不会?"

万红连珠带炮,让老钟彻底失去辩解的欲望。僵局来了——这件事儿的每个可能性,对老钟而言都是残酷的打击——他没法对万红说,夏凉不可能摸女孩,全是你女儿在瞎编,那样万红肯定要问,你怎么知道他不可能?!

其实老钟自己也不能真的百分百确认,夏凉……到底是不是……?他要是真的动了小琪……那该怎么办?!就算阿弥陀佛,一切只是女儿瞎编……老天爷,她才那么小,就会这样瞎编,那还怎么得了?

他用力闭上眼睛,真想哭喊。又因为不能哭喊,又一次真想死。

墙的这边,小琪由于屏息聆听太久,憋气憋得头晕。天花板上的暗影在黑夜中轮廓不断改变,一会儿像鳄鱼,一会儿像狮子。她觉得害怕,闭上了眼睛。

她想,这事儿已经没有回头路了。比起乱编这么害臊的东西,还不如让这事儿变成真的,至少,受害者总是容易被原谅的。

16

她不断在脑海里谋划着,排练着——跟踪夏凉,追到一个合适的角落,冲上去,往他身上蹭,这样谎言就变成事实了；只要她死咬住这个谎言，它就会变成真的。

但是，父亲和夏凉的密切相处，让她的计划难以实行。他俩总是一起出工，一起收工，不是一起吃饭、打球、洗车，就是一起去象湖公园……她不敢跟太近，稍不留神，就又跟丢了，而她无论如何都再也找不到他们了。

她着急起来。在日记里胡乱编了几句夏凉如何猥琐，赶紧把本子塞回抽屉，量好角度，又从储蓄罐里掏出一些零钱，出了门。

在李晶家里，小琪心不在焉地做作业，冷汗涔涔，一目了然地焦躁不安。李晶问："你怎么了？"

小琪开始哭，说不出话。其实那哭声的确是真实的，这段时间她快被自己弄得喘不过气来了。自己编织的谎言，必须自己穿戴，犹如一件紧身衣，随着她不断编织，紧身衣不断收缩，越发箍紧了她，箍得她快要喘不过气来了。

真后悔，她真希望自己从未写下那句话，真希望自己从未迷恋过夏凉，真希望母亲从未偷看……全怪母亲偷看！……不然事情就不至于像现在这样了……

小琪越想越委屈，放声大哭。

李晶吓坏了，连问怎么了。

小琪说："我告诉你一个秘密，你千万不要跟别人说啊。"

"什么秘密？"

"你先保证你不告诉别人。"

其实到那一刻她都不确定，她是要向李晶忏悔，还是要把这个谎言继续编织下去。但李晶追问得这么紧，叫她更喘不过气了,小琪脑子里一片空白,只能按照之前设定的剧本,脱口而出:"夏凉乱摸我。"

"夏凉是谁?"李晶瞪大了眼睛。

"我爸爸车上的售票员。你见过的。"之前的排练犹如一种下意识,她流畅地顺着自己编织的谎言连滚带爬地跌了下去。那件紧身衣永远都脱不下来了。她想到此,心一横:"这种事儿,你可不要告诉别人啊。"

李晶半天没说话。小琪这时候清醒一些了,她故意塞给李晶五十元钱。那是她全部的压岁钱。

李晶拒绝。

小琪说:"你必须拿着。"

李晶依然拒绝。

"你不收,我没法信你。"小琪坚持。

李晶难为极了,说:"好吧,我收着。但我只是替你保管。我不会说的。你相信我。"

小琪没想到李晶拒绝得这么决绝,她显然对拿到的钱毫不在意,随手放在一边,继续做作业。李晶这么决绝,看来可能真的会守口如瓶——可是这不行啊,李晶要真的守口如瓶,这个谎言就得不到进化,只能停滞在现在的瓶子里了。

这下小琪心情全无,借口说肚子不舒服,抓起书包就走。李晶还没反应过来,小琪就已经出了门。刚下半层楼,小琪迎面撞上李晶的妈妈正回来。"小琪你脸色……你怎么了?"李晶妈妈问。

小琪急中生智,说:"阿姨,我掉了压岁钱……我觉得是……"她本来想说:"我觉得是掉在李晶那儿了,但李晶说没有。"这样阿姨就能顺藤摸瓜,摸出那个亟待被进化的秘密谎言,孵化成她想要的结果。

可是这样编下去真的有点狠……进展也太快……小琪一时拿捏不好要不要这样讲,就在犹豫的一瞬间,她突然看见父亲穿过马路,心事重重地往前冲。更叫她意外的是,夏凉就跟在后面,踉踉跄跄地追着。

这一打岔,叫小琪忘了台词;她不知如何收场,干脆慌慌张张跑开了。

李晶妈妈一头雾水,回到家里,狐疑地打开房门,立马撞见李晶正垫着板凳,使劲掰开存钱罐,手里捏着五十块钱:"你在干吗?"

"我……我整理东西。"李晶显然慌张,把钱捏成一团藏在身后。

"你钱哪儿来的?"

"我就是收拾起来啊……"

"你说清楚你。你偷人家小琪的钱?"

"没有!"

"到底怎么回事,我刚遇到小琪下去,她说钱丢了。"

"明明是她给我的!"

"她没事儿给你这么多钱干吗?!"

17

随着女儿的日记不断更新,万红提心吊胆,又暂时没想好怎么办,只能每时每刻唠叨老钟:"女儿还小,名声重要,赶紧去弄清楚,然后大事化小,小事化了。"

最后通牒就是今天了,老钟再不去,万红就要自己出马了——那时候,事态就真的由不得他控制了。

下午三点的厨房,一切都是安静的,老钟焦虑得像笼中困兽,转了两圈,闯进厨房,饿意袭来,他吵醒所有锅碗瓢盆,哗啦打开冰箱:十多个鸡蛋挤在一起瑟瑟发抖,无辜地望着他;一堆剩菜剩饭装睡的装睡,装死的装死。

老钟意识到自己的暴躁如此荒唐,像内疚的狱警一样,沮丧地关上冰箱门。他其实比谁都更急,恨不得立刻就去找夏凉问个明白。在象湖公园自己天天和夏凉聊天散步,吹笛子、口琴……夏凉分明是享受的。不然这么久了,他为什么从来不拒绝?

烈火在胸腔燃烧,煮着一锅脑浆,渐渐沸腾。明明一切进展这么顺利,老钟每一天都对自己的直觉更加确认:夏凉是他的同类。他们像是两个人在漆黑的、漫长无望的隧道,彼此相向而行,注定是彼此的光明。但女儿的日记,就像隧道内迎面驶来的卡车,粗暴的射灯堵住了尽头的光。

就在脑浆快要沸腾到溢出头颅的那一刻,老钟冲了出去,奔向夏凉的宿舍楼。咚咚咚上去,一推门,赫然看见夏凉正跟几个朋友打牌,笑声不断。

大家吓了一跳。老钟直说:"小夏,你出来……"

夏凉捏着牌,一脸发蒙:"怎么了?"

老钟急得大吼一声:"你出来!"

老钟一路冲在前面,夏凉莫名其妙在后面追着;两个人都不知道,小琪在他们后面偷偷摸摸尾随。

小琪的心都快蹦到了嗓子眼儿,眼看着父亲跟夏凉又往象湖公园的方向去了。可他们走得太快,小琪很快就跟丢了。

她筋疲力尽,脑子里一片空白,就着本能,魂不守舍地回到家门口。母亲劈头就问:"怎么这么晚才回来?!"

小琪本来不想说话。可母亲拼命摇撼着她的肩膀,摇得她散架,终于她"哇"的一声大哭起来。

母亲一惊:"是不是那人把你……那人把你怎么了……?"

小琪哭着点头。没说话。

母亲的脸突然像一张着了火的相片那样皱了起来……变黑。变皱。蜷缩。火势好像蔓延到她全身,她一把搂住小琪:"跟妈说。都跟妈说!"

小琪还是死咬嘴唇不说话。

母亲咆哮:"在哪儿?!"

小琪声若游丝:"就在象湖公园。"

18

象湖公园的密林,幽静如一场阴谋,蚊虫群聚飞舞,叶下人影恍惚。老钟背对着夏凉,站定。隔了好久,夏凉试探地问:"钟哥,你……怎么了?!"

是老钟让夏凉叫自己钟哥的,他一直觉得,这样很亲切。每次夏凉叫他"哥",他就跌入关于未来的畅想,如此顺滑、甜美……几乎令他想要好好活下去。

老钟咬着腮帮子,问:"你是不是……喜欢小姑娘?!"

"什么?"夏凉没反应过来。

"你到底是不是喜欢小姑娘?"

"啥……啥意思啊?!"

"是不是!!!"

"没有啊?!什么意思啊?!谁喜欢小姑娘啦?"

老钟松了一口气,如释重负,好像卡车错肩而过,隧道重现尽头,那个光斑足以点燃他余生。就在他激动地转身,扑过去,想把夏凉揽入怀的时候,夏凉一把推开他,跳出好几步,惊恐地说:"你要干吗?!"

老钟脱口而出:"你不是……不喜欢……小姑娘吗?"

两人都愣了一瞬。

老钟定住了,夏凉也定住了。夏凉回想起这么久以来,老钟一再跟他走近,走近……近到他也觉得有点……奇怪;但又碍于老钟是他师傅,又是领导,是未来的铁饭碗,只能一再耐着性子奉陪——没想到老钟另有居心?夏凉突然反应过来,眼神一瞬间剧烈闪变:"你?!……"

老钟愣了。

夏凉一脸吃了苍蝇的表情:"……操,搞半天……你想……"他呸了一口,唾沫星子像子弹一样,击中老钟的额头。

老钟感觉双腿正在融化，他强迫自己回归正常的逻辑，但那个逻辑却彻底抽空了他。

万红披头散发地追上来，她的声音吓得两个男人一抖："姓夏的！你把我女儿怎么了？"

夏凉还没反应过来，万红就扑上去掐他："你说！！你把小琪怎么了？！"

"谁把你女儿怎么了？有病啊你们？！"夏凉一边挣扎一边骂，"你打我干什么！你有病啊！你们全家都有病——我操，你他妈住手！你家那口子还想——"老钟扑上去按住了夏凉的嘴，死死按住。

除了按住夏凉的嘴，老钟没有退路了。他混乱而悲哀地意识到：是时候了，人言可畏，指指戳戳脊梁骨，叫他弯着缩着藏了一生。他死死按住夏凉的嘴，不给他机会开口——反正许多事儿，他已经瞒了一生了，不能白白地，瞒这一生。

等一切恢复安静，老钟已经筋疲力尽。万红披头散发地颓坐下来，手抖得像刚触过电。

周围彻底黑暗下来了。树林像一群沉默的鬼影，审视着他们。

万红不敢看夏凉。人窒息后原来就是这样的……她害怕到想尖叫，又不敢出声。她哆嗦着朝老钟爬过去。老钟破天荒地接纳了她的靠近。他以一种解脱般的语气，说："你回去吧。交给我。"

万红几乎是勒着老钟,说:"不,我跟你一起。"

老钟说:"不用。你走吧。交给我。信我一次。"

万红摇头。钟诚说:"回去吧,小琪还在家呢。"

多年以后,小琪再次来到天坑入口,和不买票的人们一起,眺望着根本看不清的悬棺。

人群中七嘴八舌,说这里还发生过一个鬼故事:多年以前的一个凌晨,有人见到一辆空的二十九路公交车,一骑绝尘,疯狂地驶上尽头。车上只有司机跟售票员。他们一直朝着悬棺开过去,但没有人见到车子坠下悬崖的瞬间。也没有看到他们回来。

三途川

1

手机薄如发光的刀片,照亮你一动不动的脸,声响轻微,嘈杂又稀薄的欢乐。在这座城市的夜晚里,千千万万人在千千万万个夜晚,都在这样无痛自刎。

在等待衣服洗好的那一个多小时里,你在黑暗中刷手机,困得快要融化,但还是舍不得睡。也确实睡不着。你捏着发光的刀片,仿佛一个迟迟对自己下不了手的人,拖延着什么。只要醒着就是赚了,把白天亏出去的时间全部捞了回来。只有这点时间是自己的。

孤独像一条不认人的狗,亲手养了多年,还是会时不时突然咬你一口。那种咬伤,疼,但又不出血,也看不见伤口,尤其在夜晚,比如此刻。你太困了,就这么睡了过去,发光的刀片扣下就熄灭了。

你梦见世界还很热火朝天的时候,给过你热火朝天的幻觉:你可以实现任何事儿,做任何人,可以活得无比尽兴、酣畅淋漓；可以既是登山家，又是冲浪者，既是飞行员，还是马拉松冠军；创造一家伟大的公司，挣很多很多钱；还能做导演，拍下一部很火的电影，赚很多很多眼泪；可以站上舞台中央来一场脱口秀，让人捧腹大笑，又可以徒步穿越山川湖海，被风云烘托……你尝过最好吃的食物，睡过最甜美的觉，你可以鼻梁挺拔，小腿修长，个子高高，面孔清爽，就像一头刚刚洗过、青草般蓬松的黑发。

世界热火朝天的时候，这些幻觉也是热火朝天的；但是茂盛的季节过去了，一切渐渐变得意兴阑珊，愈加涣散，那些枝繁叶茂的可能性全都枯萎了，你觉得自己变成了一棵被砍光了所有枝丫的树干，孤零零地站着。你还活着，但没有叶子，也开不了花，只剩近乎野蛮的平庸。

站了几个季节过后，你发现光是这样站着已经很辛苦，哪怕是平庸地站着，也比周围那些被伐倒的要好了。你意识到，那些枝繁叶茂的可能性本来就不存在，它们只是一堆互相冲突的机会成本，一簇火苗那样闪烁不定的谎言，你只得一生，做了这件事儿，就没法做另外一件事儿。恰如同一根树干，做成了屋梁，就做不了独木舟，去漂流江河了。

这个梦让你流泪，你光溜溜地醒来，怅然躺在一间过分熟悉的房间里，墙壁白得那么坦荡，家具都是老样子，床单、枕头上的气味也是老样子。你已经过了三十五，一事无成，而且大概还将一事无成下去。

洗衣机里的衣服被忘了整整两天，再打开的时候，都有了股怪味儿。那天你睡着了，忘了晾。就连这么小一个错误都有惩罚：如果忘了洗衣机里的东西，衣服就会有味儿，还皱。但你顾不上了，急着出门。不然迟到扣钱，那种惩罚更具体。你跑向地铁站，昨天也这么跑过。车厢里的情形，昨天也是这样的：静静地，挤满了低头刷手机的头颅，一根根折成直角的颈椎，沉默肃穆，是谁说的，像一场"当代人的弥撒"，教徒们手捧屏幕，满目荒唐，茫然默诵。

越过很多头颅和垂折的颈椎，你从吊环的圆圈里看见地铁隧道里飞逝而过的炫丽广告，从炸鸡到演唱会，模糊成一片，你觉得没错，世界就是一个草台班子，巨大的鸡肋。你以前也在其中，也曾努力吹奏、表演，后来发现声音被人海乐团淹没，多你一声少你一声根本无所谓，于是开始滥竽充数。充着充着自己也觉得很没意思，想早点下台，但舞台太大了，望不到边，你既找不到下台的出口，又不知道下台了还可以干什么，只好暂时继续。

你买的面包、咖啡，昨天也买过，吃过。坐下来，电脑的开机键还是那个，一年前，三年前，都是那个。等待屏幕亮起的那瞬间，你忽然感到意兴阑珊，一种食之无味弃之可惜。今天又和昨天一样，没什么不对，但又好像什么都不对。

你能折腾一些事儿，但不多。你能爱一些人，但也不多。从长痘到长皱纹，用不了多少年。你揪出第一根白发，在某年立夏那天。那个夏天热得你发疯，什么也干不进去，你想，到了秋天就好了。秋天到了你又感冒了一场，鼻塞到失眠，打喷嚏打到头晕。冬天还没到呢，你已经憎恨起那种没完没了的阴雨天了，你想，下个夏天还有多远？

中午你下了楼，去买份便当。其实往常你都不下楼，只是今天刚好被一条手机推送提醒说久坐无益，应该多下去走走，于是才起身。你看见商场楼下的巨大灯箱：雪山那么壮观，湖泊那么蓝，但这和你有什么关系？旁边是奶粉广告，一家人细皮嫩肉，喜笑颜开。那三张笑容过于开心，以至于几乎让你伤心。你站在他们的笑容下面愣了一会儿，听见一阵巨大的轰鸣，那声音突然"吱"的一声。

那一刻，时间停止了，世界静止在一片大雪中。

2

过了一会儿，你醒来，周围一片天荒地老，眼前横着一条河流，河水非常宁静，光滑如皮肤。河边很多很多看起来像云朵的东西，挤挤挨挨的。与其说它们在漂浮，倒不如说它们在排队。

其中有一朵突然冲了出来，直奔上前；另几个一愣，想把那家伙摁住，但既然都追上了，也就干脆往前一起冲，后面的也一哄而上，乱成乌云密布，眼看就是一场暴雨。

你被这阵仗吓到了，躲到了一边，就这么撞到了我。不怪你，你那茫然的样子，一看就是新来的。

你："这是哪儿？"

我:"你看着像哪儿?"

你:"……"

我:"你是刚来的吧?"

你没有回答,但我已经什么都知道了。这里不再有语言障碍,因为没有语言。我们都没有嘴,没有面孔,没有身形……不管是什么国籍、性别、年纪,都没有了。我们只是……记忆,说白了,一团灵魂。这里无处可藏:思想对思想,灵魂对灵魂,念头你心里一闪过,我就知道了。

"那它们又在排队干什么?"

"领剧本。"

"什么?"

"排队领命运剧本,等着回到人间。"

"那刚才那个突然冒出来插队的,是什么?"

"是个想抢剧本的,估计是人。"

你一时愣了,心说,都到天堂了,还得抢啊?我这是到了东亚天堂吗?

你这心思一冒出来,我暗自大喜:终于遇到一个"人"的灵魂了,还是个自己人。

我刚到这里的时候,和你一样震惊。那时候我才刚死,对这里一无所知,抓着身边碰到的每个灵魂打招呼,试图弄清楚这里的状况,可一直没有碰到过一个"人"。

第一次见到的那个灵魂,也是在一次剧本大会结束之后。它从混乱的队伍里走出来了,用自己整个形状包裹着那薄薄一沓剧本，从我面前飘走。从来没见过这么干净的灵魂，像一朵真正的白云，看上去几乎可口——我赶紧喊住它："等等，你领了什么剧本？"

"一只鸟。"

"什么？"

"一只游隼，可能要出生在英国东海岸。"

"给我看看？"

它一点都不害怕我把它的剧本抢走，大大方方递给我看，第一页上写着：

  外景　海边　日
  一只浅棕色的游隼蛋正在海边岩石的缝隙中孵化。

没了。

我下意识地想翻下一页，但页面竟然是连着的。

"别急，一天只能看一页。裁神说每到午夜才会裁开下一页。"

"剧本可以不做人？"

"当然啊，石头、河流、鸟、兽……树……都行。"

"风呢？雨呢？"

"也有吧，但估计很难拿到，毕竟世上只有一场风。"

它把意思给到了，转身就要飘走，被我一把喊住："等等，你怎么上来的？"

"被砍死的。"

这死法可惊了我一刀,心说:"谁……砍的?"

"人呗。我活了三百五十二年,没办法,人要修寺庙,瞧上了我,说适合做顶梁柱。"

原来它前世是一棵树,我明白了。有点意思:原来一棵树也有欲望,也许它生前吹过许多风,淋过许多雨,但只有一只鸟的停留,让它记忆深刻。它身上有那只鸟的巢,它们共同生活很久,所以这棵树来世也想做鸟,能飞,或者与那只鸟做伴,总之不再困于原地。于是它抢到了下辈子要做只鸟的那个剧本。

"你死前,是人吧?"它突然没头没脑嘀咕起来,搞得我心里一惊:这都能看出来?我……是有多丑?我突然有点担心,真想找块镜子照照,一面湖水也行。

"只有人才会想这么多,"它说,"我可没有想做鸟,剧本也不是我抢的,就是我拿到了而已。"

"那你……恨人吗?"我问它。

"什么是恨?"

它可把我问住了。我心里成了一片空白,它也就飘走了,头也不回朝着对岸走去,一点留恋也没有的样子。我不知道它知不知道,一旦越过那河流,此岸的记忆就要全部消失了。它会留恋吗?它会问"什么是留恋"吗?

这时我才意识到,世界上除了人,还有那么多活过的事物,它们都有记忆,也有感受,只是和人类不一样而已。比如:世界上第一个雪人是谁?它融化的那一刻,心情如何?那只声音频率和同类不同的鲸,它会感到孤独吗?银杏在秋天掉落一身金黄，像浑身剥落金币的快乐王子，它会不会疼？

怀着这种好奇，我想和每个看上去很漂亮的灵魂打招呼，想知道它们是谁，从哪里来，要到哪里去。第二朵被我拦住的灵魂，形状是那么地小，透明，几乎就像一只水母，我好奇它生前是什么生灵，于是问它："你是谁？"

"什么叫是谁？"

"你怎么来到这里的？"

"不知道。"

我发现不能这么提问，于是换了一种说法："来到这里之前，你最后记得的是什么？"

我们本来好好的呢，都在吃东西，结果突然一阵大乱，四周降了一个巨大的水母一样的东西，但又不是水母，可能就是传说中的那种恶魔，总之就是一下把我们全都困住了，我们在上升，然后渐渐呼吸不上来，动不了了，感觉越来越干，越来越干，然后就没有知觉了。

我开始猜测它是一条鱼。于是问它："你是生活在海里的，还是淡水里的？"

"什么是海，什么是淡水？"

"那这么说吧，你的一天是怎么度过的？"

"什么叫一天，什么叫度过？"

原来即使越过语言，我还是无法抵达一条鱼的生活，就像它无法抵达我的生活。因为很多概念在它们那里不存在。

也许它的有些概念，在我这里也不存在。它们的世界里没有时间，也大概不知道什么叫度过。一条鱼会把岸上的世界看成是什么？一个去了会死的地方？我甚至只能猜测它是鱼，但它也可能是一只虾、一只螃蟹，被渔网捕捞了上来。

那一刻我感到无限孤独，头一次如此渴望——如此深切地渴望，遇到一个人。一个懂得什么是"淡水"，什么是"一天"，什么是"度过"的人。

但等啊等，还是没能遇到人。和人相比，死去的其他事物太多了：青草、大树、蚂蚁、恒星。我无法问一只母鸡：你是谁，你从哪里来，要到哪里去？你孤独吗？也许一只虎鲸能明白什么是孤独和无聊，可我要怎么才能在这茫茫魂海中分辨出哪一朵云是一只虎鲸的灵魂？

但就在这种剧烈的挫败与孤独中，我知道自己的猜测没错：这里既不是天堂，也不是地狱，这里只是此岸，而眼前这条河，在人间的传说里有很多个名字，忘川河，三途川，古希腊叫 Lethe（Λήθη）……都差不多是同一个意思。我突然意识到，之所以遇不到人，是因为我只挑干净漂亮的灵魂去打招呼。而这样的灵魂，往往不是人。

也许我应该去接近那些看上去很恶心很可怕的"乌云"，它们很可能是人——可我始终鼓不起勇气。因为说乌云其实不恰当，它们更像是……一摊蠕动的秽物，像《千与千寻》里的河神，黑乎乎软塌塌，令我不想也不敢接近，同时担心自己的模样大概也好不到哪里去。也许孤独的来源终于被我找到了：人是这么地厌恶人，可又是这么地需要人。所以当你出现的时候，我心里有多欢喜，你知道吗？就像一个游泳渡海的人，突然发现了岛屿，可以暂时栖息。

你一时无法接受自己来到了此岸，满心惶恐和惊讶。当初我也一样：目瞪口呆看看岸边那些灵魂彼此倾轧，你争我抢，仿佛暴风雨夜高空堆积的乌云，一个个急得电闪雷鸣。满天都是翻飞的剧本，被翻来覆去撕扯，有的破了，有的飞了，有的到了一个灵魂那里又被另一个家伙夺去。一整天下来，有的欢喜，有的忧愁，下辈子变人的、变狗的、变石头的、变风的、变雨的……各自散去了。

你说你记得一句谚语："命运是雨点，有的落在田里，有的落在宫殿里。"这一回，你总算是看见命运的雨点是怎么落下的了。

我说，珍惜你的记忆吧，在此岸，这是我们唯一拥有的东西了。

你一时心潮汹涌，拼命向人间望去，寻找你的家人，你的亲朋好友，你的旧爱新欢……你突然走了，他们难过吗，痛苦吗？他们要多久才能发现你不见了？他们此刻在做什么呢？是迟迟无法接受你的离开，还是葬礼一结束，照旧回归自己的生活？无论是哪一种可能性，都让你不堪细想。毕竟此岸的一天，等于人间一年，我们从昨天坐到今天，人间已经过去了一年。你无比害怕看到他们仍旧继续生活，好像从未遇到过你，好像人间多你一个不多，少你一个不少。还有那个肇事司机,你真想把他拎出来,狠狠揍他,但是人海茫茫,你谁也找不着。

那天,我们俩就这么坐在此岸,晃动着看不见的腿,靠着看不见的肩。脚下就是一个热火朝天又意兴阑珊的人间。他们卖力出演各自的剧本,看起来好忙碌啊,好无聊,好痛苦,好欢乐啊。

3

"你是谁,你从哪儿来,你要去哪儿。你来这里之前,过着什么样的生活……"这一万吨问题我憋了好久了。

"你先说你的。"

"我的已经忘得差不多了……"

"借口。你问,就代表其实是你很想说。"

好吧,来了这里真的什么都藏不住。我急于告诉你关于自己的一切:比如最讨厌的事情就是等待。小时候长期头痛,经常晕倒,一直以为脑子里有东西,查来查去,没结果,进出医院比进出学校还勤,等看病,等做检查,等出报告拿结果,等拿药。我的整个童年好像都在等待中度过,直到查出病因是"卵圆孔未闭",一种先天心脏异常,简单说就是左右心房之间本来有个瓣膜,像个单向阀,正常人三岁就闭合了,偏偏我的这个瓣膜没闭合,动脉血静脉血老串门,搞得整个人总缺血,躺下还好,一站就晕,还剧烈偏头痛——简直活生生的"缺心眼儿"。

手术是有办法的,但费用十几万,父母没钱,东拼西凑,硬是还差一点。妈妈在医生面前下跪,哀求,哭号,都没用,医生直接不理我们了,打了电话叫保安,然后呼叫下一位病人。

下一位进来的是个阔太太,带着一个苍白的孩子。那孩子的病其实更严重,要心脏移植,但阔太太连焦虑都是优雅而轻柔的,反复跟医生纠结:"缝合刀口就没有别的方案了吗?不能做微创?要不我们就换去国外做了吧,毕竟在胸口欸,女儿长大了穿比基尼不好看啊。"

医生都快翻白眼了:"您这是移植,我怎么微创?把心脏变小了塞进去然后再一摁,让它膨起来吗?"

一个连手术都做不了,一个纠结刀口不好看,影响穿比基尼。这段记忆我其实没什么印象,我只记得后面那个孩子姓"虎",名字灯牌就亮在医生诊室门口,和我的挨着。很奇怪的姓,对吧,我还偷笑:虎同学。

"这你就错了,虎做姓氏的时候,读作猫。"你立刻纠正。

"是吗?!好吧,读什么不要紧,反正这事儿被母亲记住了,念了半辈子,每次一念,总是提醒我这个世界没有公平。出生就是掷骰子,有人出生就虎虎的,我呢,却是个伪劣产品,缺个心眼儿,随时随地都可能挂掉。"

"然后呢?"你追问。

等父母终于凑齐了钱,手术过程竟然非常快:从大腿的股静脉插入一根导管,一直送到右心房,安一个封堵器,塞那个豁口里，左右一撑开，就堵住了。这叫"PFO封堵术"，俗称"一把小伞，堵住小心眼儿"。父母也没想到手术过程这么快，我被推出来的时候，他们一度面色怀疑而茫然：前后折腾几年，费用十几万，就这？！

以为总算做完手术一劳永逸呢，却没想到后来刚刚工作，有一天上厕所，正蹲着，右手突然抬不起来，动弹不得，感觉头晕，马上要倒下去，我太熟悉这种感觉了，但屁股还是光着呢，我赶紧抓住最后一点力气想提裤子，刚站起来，眼前一黑，倒了下去。醒来的时候，又是在医院。医生说估计是小时候做的支架，产生了血栓，掉了，跑到了脑子里，缺血性脑卒中，也就是俗称的脑梗。

"就这么挂的？"你问。

不是。那次不是。那次我被救回来了，住了很久的院。哪儿也去不了，什么也做不了。时钟的指针，能把我戳麻，千疮百孔，时间从身体漏出去。整个人被悬置，被吊着。一根无形的绳子，半口气，勒着脖子。我对我自己内疚，对父母也很愧疚，好像我一出生就成了他们的负担。

出院的时候，楼下的杏花都开了，那天天气特别好，我突然就对自己说，我可是"缺心眼儿"的人，随时都能挂掉，余生每一天，都是赚到了，管他什么，要活出一个爽字来。出院之后，工作也弄丢了，我就去玩了一把滑翔伞，那是我第一次体验飞翔的感觉，永远都忘不了：整个身心融化在空中，自由，舒展，凌风驭云的快感，上帝视角，体验过一次，就再也没法装作没有体验过。我实在着迷，一发不可收拾，就开始学滑翔伞。

每次到了空中，看着世界在脚下变小，我就觉得自己快乐赛神仙。但是日复一日，年复一年，当爱好变成了工作，人也就渐渐麻了：上去，下来，上去，下来。后来我不得不承认，那句话没错："世界上只有三种类型的工作：说好听点，垄断、苦力、中间商；说难听点，强盗、卖身、拉皮条。"哪怕我都会上天了呢，也不过是个空中打工人。

滑翔伞教练这种抬头听起来挺酷，本质上，其实就是"上钟"——几个教练排着班，等客户；人来了，就得上钟；终于轮到自己了，出卖自己的时间和劳力，伺候客户，让他们舒服、开心，感觉这钱花得值。双人滑翔伞，教练带飞体验一趟还真不便宜，像我工作的这个场地，标价888一趟，一趟飞下来也就不到十分钟，热气流好的时候，最多二十分钟，已经是本市高度最高的起飞场了；所以教练在飞行中总会故意做一些毫无必要的惊险动作，搞出刺激一点的失重感，免得客户下来觉得不值：就这？

我一直觉得这招很荒诞：就像司机开车——明明开得平稳丝滑，后备厢里的豆腐都不颤一下才是高手，但为了让乘客觉得刺激，非要平地一脚急刹车，弯道来个急转弯，逗他们尖叫。最糟糕的是，滑翔伞是看天吃饭的游戏，经常眼巴巴等着周末来些客人，结果下雨，或者反风，飞不了，一群人就只能傻坐着，干等。你也知道，我最讨厌等待了。客户也是。虽然能退钱，但客户多半不爽，反手就要上网打差评。一条差评扣一千,我带飞三趟都挣不了一千。

"你好像说了不止一件事了,我就想知道你到底怎么挂的?"你在心里犯嘀咕,再一次追问。

那天天气是好的,刚下过雨,空气很润。我记得是四月,云柔日和,大地布满丘陵,微微发蓝,蓝到了天上去。人间一个好日子,风对了,猪都能上天。风不对,谁也插翅难飞。两个小时过去了,风向仍然没有转正。客户明显不耐烦,开始闹,发脾气,不肯回去,也不肯退钱,只是不停问我什么时候能飞,搞得我心烦意乱。搞得好像我很喜欢等待,是我故意要她等待似的。

我从一开始就不喜欢她,莫名其妙不喜欢;被闹得实在受不了了,我决定给她一点颜色看看,于是趁着一个静风的当口,强行起飞,把她带上了天。结果一上去,空中气流特别好,俗称"傻挂天",能明显感到一股抬升的力量把我们快速往上提。上升的势头猛烈、确切,哪怕从来没有飞过,她也能感觉到每盘旋一圈,我们就上升一些。当时一只鹰正在朝我们迎面飞来,吓得她缩起双腿——眼看近了,那只鹰倾斜左翼,来了一个锐利的急转弯,翅膀几乎擦过她的脚下,飞镖一样旋开,飘走了。

她有点害怕,开始大叫,乱叫。看她刚才还那么凶,现在害怕成这样,我心里一阵暗爽,就干脆继续盘旋上升。天空在倾斜,空气在变冷,她叫得嗓子都干了,有点哑,终于安静下来,我能听见头顶上滑翔伞翼摩擦气流的声音,嗖嗖的，像一条蛇在嘶嘶吐信子。那瞬间上升速度变得更快，我意识到发生了云吸现象：因为湿度原因，云层上下密度不同，底部的上升气流带来强大抬升力，就像游泳的时候遇到洋流那样，几乎无法抵抗，只能被带着走。

我有点慌了。云底变成一个巨大的吸盘，一个倒悬的漩涡，方向朝上，把我们往更高的虚空中拽去。当时的上升速度快要达到每秒八米，情况不妙，我开始操纵伞绳，让伞翼倾斜，转弯，螺旋消高，这是一种最有效的快速下降技巧，能让滑翔伞像一片落叶打着转飘落，但此刻竟然不顶用了。你小时候坐过游乐场的流星锤吗？就是那种把你甩起来的机器，会让人头晕，失重。螺旋消高了几圈，客户当时肯定已经晕了，视野黑盲，吐了出来，呕吐物沿着唇角朝着左后方甩开，连叫都没有力气了。

消高失败了，我们无法逃逸头顶的云吸，仍然在上升，进入了云团，视野模糊，周围变成一锅牛奶。没有了参照物，我甚至不知道头上是天还是脚下是天，在一片混沌中，四周越来越冷，还在上升，一片混沌，灰中带黑，像是云朵的尸体，散发一股潮湿的诡异气味，直冲鼻腔。紧接着是一道凶光就在不远处炸裂，我还以为是自己的幻觉，花了眼，过了一会儿传来巨响，震耳欲聋，摇心荡肺，仿佛耳朵贴在音响震动的鼓膜上，这他妈的是打雷吗?! 客户大叫起来，嗷嗷地哭，快下去，快下去，我不想死。

恐惧深处原来是这样的：完了完了完了……什么脑海中出现一生碎片悉数回顾等等全是扯淡，我脑海里只有一片空白的黑暗，从来没想过自己可能死在今天，完了完了完了，这两个字凌迟着我，一遍又一遍。云吸现象将我们卷入雷暴云里，我抛了副伞，也就是降落伞，就像飞行员坠机之前那样，跳伞求生。主伞副伞差点绞在一起，面料发出稀里哗啦的声响，听起来简直是狂风在撕咬我们，一会儿上一会儿下，高空的寒冷让人手脚发麻，呼吸痛得像是尖刀捅进了肺，又被剧烈的失重感一把抽出，如此往复。地面正在无情地接近，有那么一瞬间觉得太好了终于下降了，但眼看着自己要砸地上去，又立刻后悔，恨不得刚才就留在云朵里。我们不是感到恐惧，而是变成了恐惧本身。

地面突然就近了，成堆的树，枝叶像是一张黑网盖到眼前，一切就完了。

4

你听完我的心声，好久一阵没反应，内心洪流一般嘈杂，我听不清。

最后你问："讲了这么多……跟你心脏先天异常那个事儿，有啥关系？"

"因为，这个客户的保险单上，我见到她名字，也姓虎。"

"所以……你觉得，是同一个人？"

"其实我不确定。但说实话……我确实冥冥之中觉得就是同一个，姓虎的那么少，都是那么漂亮、优越，大工作日的不用上班可以来玩滑翔伞的那种命，我觉得她就是当年医院遇到的那个阔太太的小孩,潜意识里就不太喜欢,想给她一点颜色看看。"

"结果搞砸了。"

"是的,搞砸了。"

"那你要是在这儿遇到她,你要和她说点什么吗?"

"我哪敢遇到她?!立马转身就跑啊。"

"但你没跑。"

"啥意思?"

"我就是那个人。我就姓虎。"

此话一出,我们都结结实实地沉默了。过了好一会儿,我才反应过来不对:"如果是我那次害了你,你怎么才到这儿?"

"所以不是你害的啊。"你大度地笑着,如果有手的话,大概会拍拍我的肩了。

"那……又是怎么回事?"

5

这么说吧:你小时候,从来没有觉得家里不错,直到后来有了同学,你才发现原来自己家境不错。幸福跟痛苦一样,都是对比出来的,而且是跟你身边的人对比出来的,不是跟远处的人。在老家那个城市,教学楼都是你家捐建的,所以你在学校里横着走,总觉得这个世界就是你的自助餐,你想拿什么就拿什么。高中时你就被送出去留学了,出去之后，你才发现，原来还有人比你更不错，你成了他们的自助餐。

进入语言预科班，同学第一顿聚餐，去了当地最好的餐厅，结账的时候，丢信用卡跟丢牌一样，暗地里攀比的是哪张卡来自哪个银行，如果卡"不够漂亮"，连买单的资格都没有，拿出去"丢了咱的脸"。你就是那个丢了他们脸的。你记得那个家里不知道做什么的男孩，竟敢用食指一下下，猛戳着你的锁骨，说："我一双鞋就能买你一辆车，信不？"

不到一个月，班级里就分化出了帮派，或说阶级：北方的不理南方的，老钱的看不起新钱的，子弟的不混所有其他人的……每一场派对都是残酷的攀比，你每一分钟都觉得煎熬，但又没有勇气离开。其实派对上没人理你，已经是最好的状况了。糟糕的时候，那帮人修理你。所以你转了学，远离那帮人，后来同学就都是白人，他们也搞歧视，但不敢那么明目张胆。

后来你就开始拼了，各种卷。卷到毕业后，进了一家很厉害的公司实习，遇到一起大型并购案，团队里的主干病倒了，甲方又突然要再加一次尽调，要飞一趟欧洲。你一个实习生临危受命，被叫来一起出差，顶上去。当时你正愁没有机会出头立功，只想着死死抓住这个机会，留下来。那段日子你也病过好几次，发烧三十九度照常加班，熬了几个通宵，直到被甲方接去机场的前一刻，都还在电脑上整理材料。

也没想到是私人飞机。而你出发太匆忙了也没顾上找点好的衣服，在一些衣着光鲜的白人同事面前，你突然意识到自己有多憔悴寒碜，当即恨不得钻到行李舱去。还没来得及平复一下心情，飞机就起飞了，你攥着空姐递来的橙汁，看着对方的蓝眼睛，突然意识到一件事，整个人瞬间发晕，有如五雷轰顶——护照呢?!

你强装镇定，放下橙汁，小心翼翼搜索自己的文件包，没有。偷偷站起来，摸遍了行李，没有。机舱里每个人都在闭目养神，只有你走来走去，坐立不安，惹得空姐频频侧目，走过来关切地问你，怎么了。

你推说没事，把自己关进卫生间，对着镜子发抖。想哭又不敢哭，怕眼睛发红发肿。你感觉呼吸不上来，手心冷汗发凉，心跳狂乱，你现在才知道那状况叫惊恐发作。几周以来，你的全部心思都放在材料不能出错、电脑不能宕机上面了，结果竟然彻底忘了自己的护照。长这么大，你从来没有这么惊慌失措。从来没有。

你在卫生间里对着镜子狠狠扇了自己两个耳光，埋头洗了一把脸，刚洗完，眉头一皱，又哭了出来。那一刻，你真的有点崩溃了，你觉得上天一定在玩你，怎么会忘记带护照?!

你盯着镜子里的自己，攥着胸口，等待惊恐发作的心慌感平息。空姐开始敲门。第一次。第二次。十分钟后，你只好硬着头皮，走出卫生间，挪到老板耳边，蹲下，先是一通道歉，铺垫了半天，最后支支吾吾说自己没带护照……

但没想到对方一笑："护照?……噢，没关系。"

"……可是，没带护照，过不了海关，恐怕只能原地回去了……"

"放心。没有人要看你的护照。"

你哑口无言。老板见你如此紧张，几乎笑了，安慰说："放松点。不要紧。生意是没有国界的，更何况海关？对吧。"

你这才意识到，对啊，登机前也没有人要看什么护照。你勉强回到座位上待着，悄悄深呼吸，努力让自己平静下来。八个小时的飞行你一刻都没有睡着，熬到了落地，忐忑不安地尾随众人，最后一个下飞机，直接被车接走，离开机场，进了酒店，确实也没有谁要看护照，一帮人已经掀开电脑，准备干活。

事后回想，除了护照这个在别人眼里根本不重要的插曲，那次出差很顺利，并购案很成功，你也拿到了奖金，但那也是你从公司拿到的最后一份奖金。实习一结束，你以第一名的业绩——被淘汰了。

其实从进来的第一天起，你就隐隐约约对这个结局不意外，毕竟竞争对手就是重要议员的儿子。换了你是老板，恐怕也会做同样的选择。何况，这不是你第一次遭遇不公平。唯独忘记护照那段插曲，"天都塌了"的那种慌张狼狈，心慌到惊恐发作的感觉，至今想起来都刻骨铭心，那是你第一次见识金字塔顶尖的阶级，见识到那不仅意味着财富，还意味着，有些规则在他们那里是可以不存在的。

6

"但你有没有想过,你的命已经比大多数人好太多了?"我问。

"当时想不到这些,当时只剩两个念头,要么,干掉这种人解恨,要么,变成这种人。"

"所以你选了哪样?"

"当然选了第二条路,主要是干掉一个人也太麻烦了。"

"说得好像第二条路就很简单似的……"

没错。之后你就开始费尽心思琢磨怎么才能爬进他们的圈层,琢磨久了,你发现这个议员的儿子其实也是"亿元"的儿子。怎么会有人这么幸运呢?出生在世界上最富裕国家的最富裕阶层,还长得帅,又很努力,而且确实也很优秀,简直就是六边形命运。你觉得他的人生没有丝毫破绽了,够完美了,想不出他们还能追求什么了。他们那个阶层的人,说白了都是近亲繁殖,不是什么创造财富,而是繁殖财富。你知道比被别人当作自助餐更惨的是什么吗?是你连桌都上不了,连被吃的资格都没有。你根本不在他们的食谱上。

你了解到他是个工作狂,特别上进,唯一的爱好是越野跑,恰好你也非常擅长长跑,所以就摸清了他喜欢去的那座山,伪装一次故意偶遇,在跑步时和他又见面了。他有点惊讶遇到你,但还是很友好地和你打了招呼。你们一起跑,他真的很快,你有点跟不上,而他竟然还时不时停下来等你,说这里很荒凉,要注意安全。你没有想到他竟然还是个友善的人，起码看上去是这样。

跑着跑着，你们在山坡上发现一个墓穴坑，已经挖好了，废弃太久，已不再是齐整的长方形，四周挖出的土堆上长满杂草，枯了。要是按照老祖宗的说法，这山坡绝对是块风水宝地，靠山，望水，南阳高照，明堂开阔。这样的归处，让人想到"往生"，而不是"死"。墓穴旁边一块大理石十字架墓碑，正面朝下扣着，背面的墓志铭是"Here lies one whose name was writ in water"，"此地长眠者，声名水上书"。你告诉他，这句话是济慈的墓志铭。他挑了挑眉毛，说，interesting。

他忽然说，真想看看这块墓碑上写的是谁。你说你也是。于是他搬动那块墓碑，把它翻了过来，几只小虫和蚯蚓爬了出来，草地上留下泥土的十字印。但是墓碑的正面，没有名字。你们都有点失望，一时没说话，往前走了半步，能一眼看到穴坑底下。那底下很干净，长着草，但也枯了。

"荒了挺久了。"

"嗯。"

"坑都挖好了，怎么就没埋人呢。"

"可能挖好了，人没死。"

"或者等人死了，路已经断了，再也运不过来了。"

"或者全家都死了，没人送葬了。"

他说完笑了，走到坑沿，蹲下，屁股坐上头，手撑着地，两脚探进去。坑比他想象的更深，他站在坑里，坑壁及胸口，大小出奇地合适。他看上去有种迫切想要躺下来的渴望。也就真的这么躺下了。

天空突然坍缩成一块长方形，边框泥黑。太阳挂在额头上，强光照脸一砸，他皱眉闭眼，侧着脸，一手遮开阳光，一手摸出身下硌背的石块，丢到脚那端。至此，他彻底躺舒服了。

在一种依然透亮的盲中，他闻到微微泛腥的泥土，苦味的杂草。死亡如果就是这个味道，相当不赖。什么都准备好了，坑都挖好了，就差一个人的死亡。

他说这就像：墙还空着，不挂点画吗？

或者：时间还早，咱就开个会吧。

再或者：活都活着了，做点什么吧。

世界上许多事情就是这样，墙空着，所以才挂幅画。活都活着了，所以得做点什么——而不是因为要做点什么，所以才活着。

他就这么躺在里面，自言自语起来：之所以喜欢越野跑，就是因为喜欢一个人待着。但他的工作需要每天见一吨人，说一万吨话。他可以轻松扮演一个完美的人，英俊，健谈，优秀，富裕，端着鸡尾酒，和慈善派对上的富人们聊着游艇、高尔夫、艺术品收藏，开某个大人物的玩笑，但每场表演中至少有一次，中间或结尾时，他必须马上去到洗手间，找一个隔间锁上，爬上马桶，不能让别人从门缝里发现有脚在地面，就这么坐在水箱盖上，缓一缓。

你在脑海里想象这个完美的人坐在马桶盖上缓神的样子。那一刻他大概扶着额头，衬衣的腋窝被汗湿透，甚至散发一点体臭，就像个普通人那样。你不知道他为什么突然要对你袒露这么脆弱的细节：怀疑这有点像皇帝在侍从面前更衣，不会不好意思，因为根本没有把侍从当作人。

接着他说他很小的时候就被教育，自己的使命就是要守住他们家所拥有的。而他们拥有的太多了，实在守不过来。想象一个人只有一只羊，靠着挤羊奶、剪羊毛过日子，紧巴巴，每天发愁；然后变成一百只羊，刚刚好，养一条牧羊犬来看管，生活不愁；最后成了一亿只羊，要养一千万条牧羊犬看羊，然后再雇用一万人来看管牧羊犬……然后他管人。能想象那也是一种辛苦吗？他感慨他一出生，就已经是世界上最幸福的人了，再也没有"更"幸福的东西让他追寻了，余生的活着只是漫长的死去，被时间融化。他渐渐清楚，自己的诅咒就在于生在很多人一生的终点上，生在命运的顶点。而万物的熵增，大概率只会让他从抛物线的顶点下滑，这是自然规律。普通人看着自己拥有的一点点变多，这种感觉会很不错；而他一出生就拥有太多，只能看着它们一点点失去，尽力让它们失去得慢一些。人是有损失厌恶的，他对他所拥有的城池，守得很辛苦，尤其当他已经是个命运的宠儿，没有人会相信他还会辛苦。

你不能完全领会他的感觉，你只是暗地里想，看一个有钱人也这么不开心，真开心。

他躺在那个坑里，问你："如果真的像你们东方人说的，人有来世,你想做什么?"

当时你答不上来。当时你都忘了你来这里的目的,你只是看着这个完美的、有着六边形命运的人,躺在一个虚拟的坟墓里,说他社交过度时要把自己锁在厕所隔间里,缓一缓……你觉得他也一定很孤独。你想起你小时候,大概在别人眼里,已经是有钱人家的小孩了,同学的鞋子只有一百块,而你的鞋子就是一千块,你并没有觉得什么特别之处,一双鞋子就该是一千块,这没有什么好奇怪的,只是当你后来看到更有钱的人,他们觉得一双鞋子就该是一万块的时候,你忽然意识到,一百块等于一千块等于一万块啊。

7

"可你知道最大的问题是什么吗?"

"嗯?"

"问题是,人在只有一百块的时候,是不会相信,未来有一百亿的时候,痛苦依然会有的,依然将和此刻是同质的。"

"是啊",你说,就在你拿着便当,站在路口发愣,突然想清楚这一点的时候,车就把你碾碎了。

"所以我们这些命数,是不是都是剧本早就写好的?"

"也许吧。"

"那你现在能回答他的问题了吗?如果有来生,你要做什么?"

你平静了好一会儿才平复好心绪,靠近我,只那么一下,你看不见的肩膀挨着我看不见的肩膀,我就把你的答案感受到了。

哇……好美……我在内心惊叹道,没有想到你会选择那样的答案……那就祝你能抢到那样的剧本吧。

怀着这样的愿望,我们此刻内心平静,凝视着眼前的河流。在传说里,三途川的水流在每个人眼里都不一样,善良的人看见河水平静如丝,罪恶的人看见河水沸腾如魔。

我不知道你看到的河流是什么样,也不敢问。这也许是我们共度的最后一个黄昏了,漫长的日落将人间点燃,像一片火红的云海,沸腾又宁静。那云海下,有人在打羽毛球,有人在骑车,有人在吃饭,有人吃不下饭,有人在笑,有人笑不出来。该死去的死去,该出生的出生。那种浩瀚突然让我感到孤独。一个问题突然涌来:那个已经被我活完的剧本,去哪里了?它的开篇几页,大概足足有一两年那么长的几页,裁开,大概都写着:

日　内
主角在婴儿床上睡觉

夜　外
主角在婴儿车里睡觉
……

然后是更漫长的醒来，吃饭，上学……放学……如此重复印刷。这么无聊而漫长的剧本，天哪，要足足翻十多年，都是同样的内容，才能迎来一个渺小的情节，也许仅仅是遇见另一个人，并感到心动。

"天，太无聊了。"

"是啊，太糟糕了。"

"明天的剧本大会，祝你找到你期待的剧本。"

"你不去了吗？"

"不去了。"

"为什么？"

"人的故事听多了，好无趣啊，我还是想会一会别的事物，雪人、石头、树叶。万一来世我就成了它们呢？"

说是这么说，大概瞒不过你：其实是因为我眼里的河流沸腾咆哮，巨浪滔天，让人根本不敢渡过。还好我也不着急，上一世好累，正好多休息一会儿。河水哗啦啦从我们眼前流淌而过，你看见的是什么？

第三辑

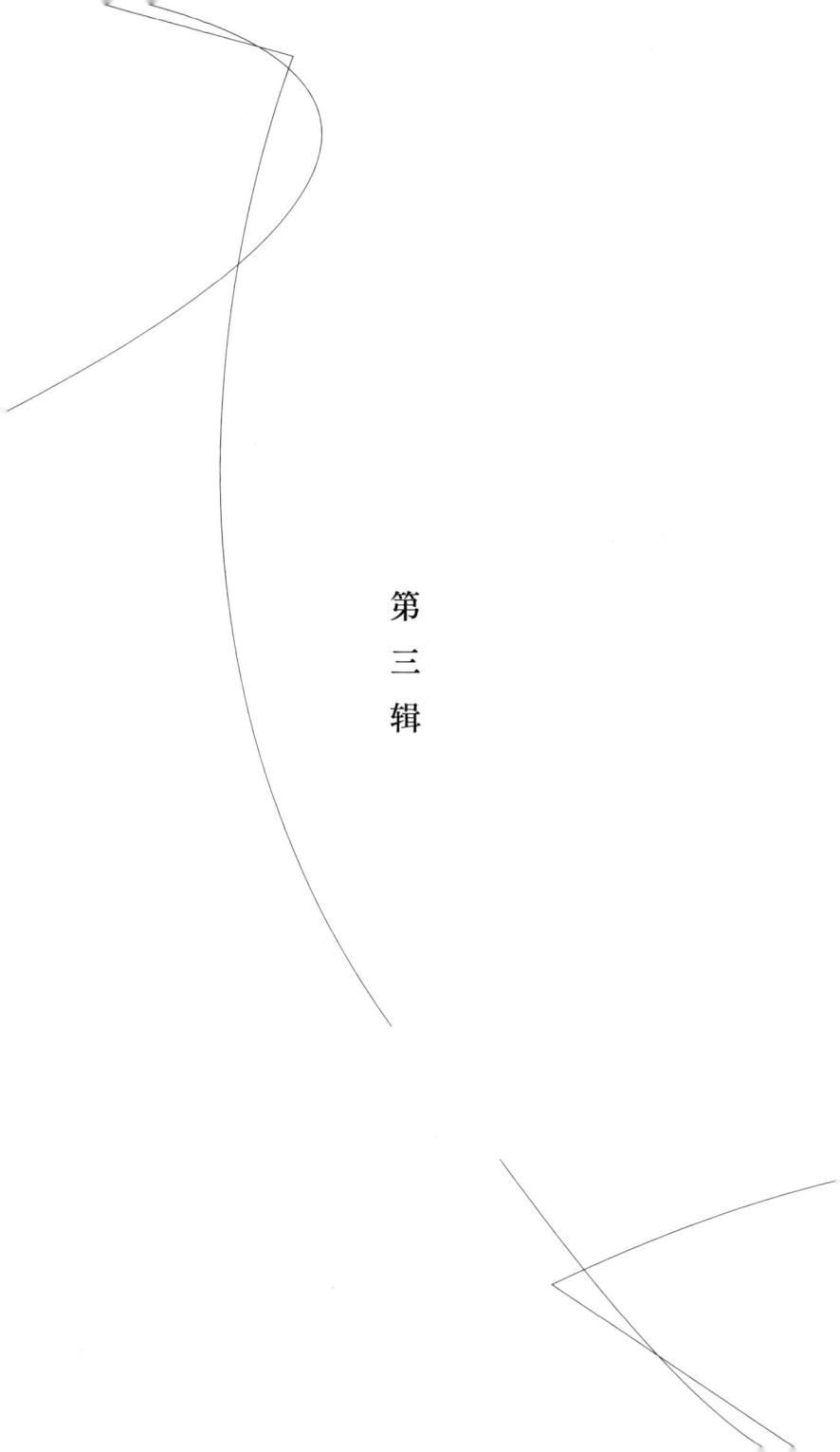

火空海

1

他又梦到了那个场景：一只鲜红色的吊帐，悬挂在峭壁上，远看似一片枫叶，贴上墙头。

拉开吊帐的拉链，迎来峭壁上的第一道曙光：天空蓝得发脆。空气冰冷，刺入呼吸道的瞬间，几乎是坚硬的。风一过，如冰凉的飞刀，贴着岩壁，削过头顶。

轻微的细小落石声不时传来，石粉尘末落在吊帐的防水层上，嗖嗖滑落。乌鸦的嘶叫声碰撞在万丈岩壁上，反复回荡。胡兀鹫展开阔翼，沉默盘旋着，在遥远的地面投射微小的移动阴影。

强烈的暴露感能一把抽走呼吸。向下俯瞰，岩壁的裂缝几乎是直直插入万丈深渊，就连从不恐高的阿斗，也不免感到心跳加快，手心渗出毛汗，肾上腺素涌动。他不得不收回目光，抬头望去：上方的岩壁呈轻微的仰角，仿佛城墙将倾未倾，压迫下来。再往上，就是那道结冰的瀑布了——宛如绽放的透明烟花,炸开一道道冰白的流苏,在空中凝固着;瀑布中段,微微收拢,俨然一架巨大无比的枝形吊灯;再往上,瀑流变细,仿佛一道升向天国的水晶天梯,直抵苍穹。

梦境戛然而止,天已大亮。晨光锋利,扎穿了帐篷那层薄薄的面料,闭着眼睛都感觉刺眼。阿斗醒了,一瞬间有点想不起自己在哪里。眼睛干涩,花了好久才能睁开。同伴刘白早已经起身了,不知去向。阿斗摸出手机看了看时间,七点,该起了;他钻出帐篷,走到几米开外去小解。

气温零下两度,深呼吸时,冷空气仿佛钢丝捅入鼻腔,刺得阿斗清醒过来。

回到帐篷门口,他发现昨晚接的那一桶水已经结冰,便抄起冰镐,走向水源的上游,凿冰取水,但冻得太结实,厚到凿不破。他只好走到更远的地方,舀干净的雪,压实,装满一锅,带回营地,点燃高山炉烧水。雪化了只有一点点水,他来来回回舀了好多次,才能烧满一小锅。

在高海拔,再小的事也格外费力。舀雪的间隙,阿斗停下来喘气,仰望眼前这面大岩壁,感到某种冰晶一般纯粹而锋利的美感,如慢箭,缓缓刺穿身心。大岩壁仿佛一座宏伟的神殿之门,俯瞰着他,也拒绝着他。这是他的庙宇,可他像一位虔诚的信徒,不得门入。一再尝试攀登,一再失败,一再回来,多少年,多少次了?他都有点记不清。

第一次来到这座大岩壁跟前,阿斗就被迷住了。他确信自己要登上它,也许是世界上第一个,很可能也是最后一个:与永恒的岩壁不同,冰瀑是短暂的,往往只有一个冰季。几个月前,这道奇迹还不存在;而几个月后,这道奇迹就将融化消失。而来年、后年,谁也说不好它还会不会再有:随着全球变暖,降水量变化,即使冰瀑再次凝结,也不可能一模一样。这就如同世界上没有两片相同的树叶一样,世界上也没有两道相同的冰瀑——即使同一道冰瀑,每年也都不一样。若说岩壁是山川的掌纹,那么冰瀑就是山川的垂泪。独一无二的,凝固的垂泪。

2

远远地,阿斗看见了刘白的身影:脸色苍白,走得很慢,上气不接下气,双腿打晃,好像地上长满了看不见的手,在拽他的双脚。

"他妈的吐了三次了,太难受了。头巨痛,靠,"刘白抱怨,"你睡得跟猪一样,打呼打了一晚上,太过分了。"

"高反都这样。吃药不?"阿斗冷冷地问,"我这儿有乙酰唑胺。"

"有用吗?"

"看人,"阿斗翻出急救包,"副作用是全身要发麻,我估计你现在才吃已经迟了,爬升前就要开吃;要不你试试他达拉非,韩版的伟哥,等于让血管膨胀,促进血氧含量……"

刘白目瞪口呆:"这都是啥偏方?!算了吧,我就知道红景天,有吗?"

"别信那个。其实药都没啥用,最主要的就是海拔适应。待上几天,就好了。"

"几天?!一天我都受够了,"刘白摇着头,"说真的阿斗,要挣钱,做什么不好,做领队,到这儿来受罪,辛苦不辛苦啊?"

"不辛苦,命苦,"阿斗低头自嘲,"算了,我看你就吃一颗 EVE 吧,但含有丙戊酰脲,会减少血小板,不能多吃。我先给你测测血氧。"他拿出便携血氧仪,一个比橡皮擦大不了多少的玩意儿,夹住刘白的食指。等待结果的间隙,他倒出刚烧好的热水,兑了葡萄糖,递给刘白。

"你带队,遇到过我这种高反的吗?"

"肯定啊,多多少少都会高反。严重的,马上就下撤,你这种,适应一下再说,"阿斗看了一眼血氧仪,百分之七十八,"好得很啊,比我还高。"阿斗放下心来。面对这样的大岩壁混合攀挑战,没有搭档,是几乎不可能完成的。阿斗心中最理想的搭档当然不是刘白,但有一个人总比没有要好。

3

吃完早饭,收拾完帐篷,俩人出发比平时时间晚了许多。把所有的攀登物资运到岩壁根部，俩人来回两趟，时间已经过午。

"这就是火空海？你说多少个绳距来着？"刘白问。

"差不多二十个左右。"

俩人稍作休息，拆卸驮包，建好大本营。为了减轻负重，一支牙刷柄都要掰断，但有一件东西是不能省略的。刘白拿出一只银色的轻质铝盒，正要放进自己的背包，阿斗转身看见："不行，这个放进公用的。"

刘白察觉到阿斗眼里的坚决，没有多说，顺从了。他刻意转换话题："咱们吃的，最多够十天，对吧。你觉得搞得定吗？"

"搞不定也要搞定，"阿斗说，"别担心，我来领攀。"

刘白没吭声，他按照阿斗的意思，解开一捆绳子，一把一把将顺，放入绳包。理绳的过程过于单调，让他走神：这些绳子、装备、景色，甚至自己现在这个搭档的角色，都曾经属于叶子。阿斗曾和她度过这么亲密的时间——一顶帐篷，一整座山，一片岩壁，只有他们俩：会发生什么？

刘白因为没有亲历，而只能展开想象。那种想象令他不安。在他赶地铁、上班、吃饭、下班、洗澡、看电视、不断刷手机等她消息的时间里，他不知道他们会在山上经历些什么。他逐渐意识到，人其实可以忍受任何现实，唯独没有办法忍受想象。

现在叶子不在了，他的想象死无对证，更绝望了。想象变成一张钉板，令他日夜煎熬，非得亲身体会一次，亲自走一遭，否则总觉得没有了结。也许亲自确认了他们只是受罪，没什么浪漫可言，这样就可以放过自己。他最终想要的，也只是放过自己。

阿斗清点着装备，余光瞟到那一堆绳子，脸色突然严肃起来："这样不行，记着，一定，一定，一定要记得打绳尾结。这不是玩笑。不然……"阿斗特意将绳子尾端择出来，拿起保护器比画了一下：绳子"嗖"的一下从保护器的管槽中滑出——这就是末端不打结的后果，直接掉落，粉身碎骨。"你知不知道每年，有多少人因为没打绳尾结而出事？"

"不好意思，生疏了。"刘白说着，眼皮垂下来，不看阿斗。

阿斗没有像过去那样发飙骂人，只是叹了一口气：一个连绳尾结都会疏忽的搭档。可他除了刘白，也找不到别的搭子了，更何况，他们共同的理由是叶子。过去那么多年，除了叶子，他没有任何别的固定搭档、朋友，连喝酒的哥们儿都没有。他一个人就是一支队伍，独来独往。没有人教会他如何与人交际，他好像也不需要。一种毫无来由的失败感，提前笼罩着他。

4

与其说攀登危险，不如说是攀登救了他。阿斗不止一次想过，如果没有攀登，自己的生活现在会是什么样子？还会有生活吗？或许已经死了，或许生不如死。可能像一把糜烂的枯草，蜷缩在某个暗无天日的游戏厅，像"那个人"一样，死于一针致命剂量；好一点的话，或许一辈子待在农家乐的后厨杀鱼，闲来被老板派去送外卖。在农村长大，他没去想过太多的可能性。整个童年在提心吊胆之中度过，最想要的可能性，只是离开那个人，或者，那个人离开。

那个人的皮带不是用来系裤子的，家里的吊扇也不是用来吹风的。他的暴力根本不需要理由，手边任何东西都可以是刑具。筷子，遥控器，晾衣架，扫把。那个人喝多了的话，家里的墙壁、地板，就会变成刑场。他将妈妈揍得鼻青脸肿之后，还会扯掉她的头发，塞进她嘴里。这不是人干的事儿，阿斗内心默默把那个人称作"它"。学校里，老师一遍一遍纠正阿斗作文里的错别字：爸爸，第三人称，男，"他"。

不，"它"。

妈妈逃跑过两次，一次带了阿斗，另一次没有，但都失败了。"它"会当着亲戚和公安的面求饶，忏悔，扇自己耳刮子。但是每次她被哄骗回来，"它"只会变本加厉。有天放学回家，妈妈不在。很晚了，她还是没有回来。阿斗以为妈妈又跑掉了，有点发蒙。"它"也不问，独自喝闷酒，打发阿斗去喂猪，结果这一出去，他才在后院墙外的那棵桂圆树上看见一个人影，吊着。

这一幕明明是亲历，但记忆一定发生了某种自我保护机制，将它虚构：仿佛这一幕是电影里看来的，跟自己无关。这一幕成了他自己的切尔诺贝利：灾难发生了，被否认，被遗忘，人们离开，遗弃现场，建一座混凝土盖子，封起来。长大后，阿斗依然害怕大树。绝对不吃桂圆，也不吃猪肉。他不解释为什么，别人就默认他有信仰原因，他从不辩解。

他也不太想得起自己是怎么度过那一幕之后的许多年的：妈妈走后，那个人的火力就转移到自己身上。阿斗当然不喜欢学校，但更害怕回家。放学后，他只能在路上东逛西晃，拖延回家的时间。被迫只能与那个人共处一室的时候，阿斗每时每刻都提心吊胆。他睡觉时在枕头下藏着一把刀，吃饭狼吞虎咽，以求自己赶紧长大，变得健壮，这样"它"就打不过自己了。在家里，阿斗将两只眼球交给天花板、电视机，或者作业本、墙壁、地板，这些都比较安全，但绝对不能与那个人对视——就像丛林中遇到野兽，切忌与它对视。他只能以一种近乎耐心的仇恨，日夜祈求那个人离开，彻底地最好。

后来那个人去了外地打工，阿斗被送去爷爷家，他才松了一口气。但很快，他发现老头喜欢虐待村里的每只野猫野狗，并与菜园里那只母羊关系诡异。冬天冷的时候，母羊被拉进屋来，老头与羊同吃同睡。夏天，则每晚都去羊圈，有时候白天也干。终于在暑假的某一天，大中午烈日炎炎下，老头暴毙羊圈，死于激动过度心脏衰竭，裤子尚挂在脚踝。

阿斗想过，要不要把老头的死讯告诉那个人。转念之间就抹去了这个念头，因为自己既没有联系方式，也不想联系。到了办丧事的时候，阿斗才知道，这是一场两个人的葬礼：早在一年前，那个人就死了。至于死因，由于实在太不光彩，大人们在阿斗面前说法含糊。从牌桌上七嘴八舌的唇语中，阿斗猜测跟针头有关。

丧事是六姑带着亲戚们一起操办的，在老家院坝搭起棚子，吃吃喝喝，烛烟不绝，棋牌喧喧，一地狼藉，花生、瓜子、鞭炮的碎纸屑，除了色调黑白，跟喜事没区别。花圈上竟然写着怀念之词，叫阿斗看了想笑。

守灵七天，人们就打了七天七夜的牌。一种诡异的热闹氛围笼罩着葬礼。他听见有一张牌桌上传来一个声音，没有被洗牌声掩盖："狗日的这家人尽是变态，你看这个儿娃子，老汉儿死了，一滴眼泪都没得。"

阿斗听到后，径直走到那张牌桌跟前，扑上去，猛地一把掀掉了每个人的牌，然后死死盯着牌桌上的每一双眼睛。麻将牌铿锵有力，滚出十几米远，把周围几桌都镇住了。四个大人吓了一跳，看到这孩子眼神生猛，咬牙不吭声，不晓得还干得出什么事儿来，都有点怕。阿斗心里涌起一股不可告人的窃喜，强忍笑意，控制嘴角的弧度——这份死讯，他实在等待太久了。

他的目光越过六姑高耸的假发，望见后院那棵高大的桂圆树。他转身离开牌桌，拼命奔跑起来，大口呼吸，像是想要吞噬一点什么东西进去。但什么也没有。没有难过，也没有高兴。空气的尽头还是空气，他只知道生活还要继续，到处都是大树，他得避开。

5

读书当然是没有兴趣的，阿斗考不上高中，给六姑开的鱼火锅当伙计。他脾气暴躁，客人但凡多喊两句添饭、加碗筷、上菜快点，他不仅不耐烦还会骂脏话，弄得生意都没法做，只能去后厨洗碗；又因为动作粗暴，掼碎了太多碗盘，被六姑派去做墩子，学杀鱼。

鱼鳞黏糊糊，下水血淋淋，弄得他浑身上下又湿又臭；去鳞机隔三岔五就会堵，要掀开不锈钢齿轮盖，一把一把地往外掏；切记打开盖子之前要关机，不然要被鱼鳞血污喷射一身，这就是他第一天干活儿学到的教训。这差事人见人嫌，但有那么一丝不可解释的着迷，让阿斗竟然干了下去：鱼刺，菜刀，都是狠东西，那种锋利能强迫他专心，而专心能让他偶尔有一刻平静。当他割下鱼头，就好像割断了那个人留下的隐形锁链，割掉了一点怒与躁，丢进下水道。

杀鱼一年后，阿斗手艺精进，菜刀越来越像延伸的器官，长在了虎口，再怎么震也不痛不麻了；鱼能被他片成两毫米那么薄，捻起来都是透明的。他经常熬夜打游戏，直到凌晨天快亮，再一口气杀完鱼，扔进冰柜，然后倒头睡觉，下午才醒来，晚饭当成早饭，日子就这么混下去，还不坏。

那时候的阿斗对攀岩这两个字当然是闻所未闻，去到岩场完全是偶然：当天，送鱼的皮卡车坏了，堵在路上，六姑派他赶紧骑电瓶车去接；就这样他到了被当地人称作"龙岩"的岩壁下面，看见皮卡和一辆面包车堵在一起。从面包车上跳下来一群年轻人,大学生模样,光鲜朝气,背着大包小包,一到岩壁下就卸下,拆开来,有各种各样的奇怪装备。阿斗努力忽视他们,又做不到。他们跟自己同龄,但除此之外,什么都不同。

等他把两箱鱼从皮卡卸下来捆上电瓶车,那帮大学生中已经有人爬到了岩壁上。路过的村民纷纷停下来围观,看稀奇,有人喊:"要不帮忙爬上去取一下上头那个蜂箱嘛。"

阿斗偏着头往上瞧,眼睁睁看见那些大学生像一块块腊肉那样,吊在绳上,挂到岩壁高处去了。

"这是在干吗?"阿斗问。

刘白刚好站在一旁打保护,他戴着头盔,听得不真切,便回头看了一眼。那是他对阿斗的第一印象:人字拖,脏T恤,头发乱蓬蓬,额头汗涔涔,浑身散发着一股鱼腥味儿,但是他妈的长得够帅的。刘白心想,这棱角,这身板儿,要是出生在大城市,大概能上表演系。

刘白解释了一句:"这是一项运动,叫攀岩。"

阿斗感到困惑:好不容易进化了几万年,从猴子变成了人,现在又要比赛谁爬得高?"这是……有奖吗?"阿斗忍不住问出口。

刘白的背影耸了一下,像是在笑。阿斗总觉得那背影有点嘲笑的意思,又不确定。他也听不懂场地上的人都在喊什么,简直是在说外语:侧身,折膝,反肩,顶胯,上高脚,重心推过去……

阿斗再往上一看,有个女生正翻上一处屋檐般凸起的岩块:这怎么可能是人能爬得上去的?!他内心大为震惊,眼看着她轻巧得像只猫,轻柔敏捷,一眨眼就翻了上去,简直跟手脚上都装了磁铁似的。

阿斗从小在这面岩壁底下长大,从没觉得这地方还能用来攀爬,只有老一辈采药人挂着麻绳降下来过,说是猴子都上不去;而眼前,半根烟不到的时间,那个女孩子就爬到了顶。阿斗感到难以置信,就这么死死盯着看,连烟蒂烫到了手都没有察觉;他心里直痒痒,恨不得立刻也上去爬一把试试,但又担心自己爬不上去,丢人现眼。

六姑来了好几个电话,催得慌,他只好回去了。那一上午阿斗心神不宁,不知道是惦记岩壁还是惦记那个女生,杀鱼的时候一刀割破了左手,整整五厘米的口子,血流如注,滴了一地,分不清是鱼的,还是自己的。

晚饭时候,那帮攀岩的大学生突然出现在鱼火锅店,一群饿狼似的,有人直奔冰柜,拿可乐,拧开就喝;有人直奔厨房,大吼大叫,让店家赶紧来点菜。

六姑在厨房忙不过来,敦促阿斗赶紧去招待。阿斗反常地主动起来,殷勤倒水,上餐具,拿纸巾,逮着机会,趁机问那帮人:"你们是哪里来的?"

"地质大学的攀岩社,我们刚刚在这里开了线。"

阿斗不知道开线是什么意思,也没敢问。等他们风卷残云吃完饭,那个翻屋檐的女生叫住阿斗,他正暗自高兴,没想到对方只问了一句:"老板,一共多少钱?"

"鱼怎么样?好吃不?"阿斗没话找话。

"还可以！以后我们要经常来这儿，都吃你们家。"她说。

阿斗心里一喜，脱口而出："没问题，给你们打折。"

他们走后，阿斗才想起忘了问那个女生的名字。他有点懊悔，打游戏也心烦意乱，实在忍不住，偷偷骑上电瓶车，溜去岩壁底下。天已黑了，他没有头灯，没有绳子，叼着一支电筒，站在岩壁下看了看，咬咬牙，挽起袖子，凭着一股蛮劲儿就往上爬。

才到了三四米高的地方，就卡住了，找不到继续往上的抓点，脚下不停地滑。阿斗咬着电筒的嘴突然被一只飞虫叮了一下，他一甩头，电筒就掉了，眼前突然漆黑一片。他回头一看，地上躺着一束电筒的光，自己什么时候爬这么高了？他突然慌张起来，不敢上又不敢下，热汗冷汗湿了一身，蚊虫在耳边嗡嗡绕着，他战战兢兢，小臂紧锁，酸痛到发胀，撑不住了，踉跄摔下来——还好没受伤。

6

盼了一周，他们没来。第二周，还是没来。

阿斗非常失望，连着两周都低落沉闷，估计他们也就是郊游一次，再也不会来了。他不知道只是因为期末邻近，大学生忙着考试，约好暑假再爬。

第三个周末，终于来了，还是浩浩荡荡那帮人，路过鱼火锅的时候，问能不能借一下插头，给电钻充电，说是开线要用。阿斗顾不上跟六姑打招呼，杀完鱼就跑去岩壁下，眼巴巴望着他们攀爬。

虽然从小在这儿长大,但阿斗还是第一次这么近距离观察这些自然岩壁:闻上去有种青草般的苦味,泥和雨的气息。有的地方看起来光板一片,只有指甲盖那么小的轻微凸起,但他们的脚尖咬上去,仿佛磁铁粘住冰箱门一样,一丝都不滑。阿斗看着那些同龄人如此快乐、放肆,上上下下地挂在岩壁上,心里羡慕得又酸又痒。

刘白见阿斗眼巴巴望了一上午,有点于心不忍,午休的时候跟他打了招呼。阿斗对刘白的第一印象,是"城里来的大学生":戴眼镜,圆脸,显得有点婴儿肥,皮肤白得像女生,一口标准的普通话。"想试一下吗?"刘白这么一问,阿斗心下一喜,没想到叶子上前打断,质问刘白:"攀岩有风险的,你怎么随便让人试?"

阿斗一眼认出这个会翻屋檐的女生,心里紧了一下。叶子的提醒只是出于谨慎,而在阿斗看来这等于高傲。他对此很敏感,脸色变得难看起来,把目光投向刘白。

"这是我们队长……叶子。"刘白怵了,不再吭声。

"都有头一回嘛,试一试嘛。我就住这儿的。你们不是电钻要充电啥的吗?去我家充电,随便充;我那儿还有民宿,你们要是多来,吃饭住宿都可以打折。"

"这不是打折的问题。"叶子嘀咕着,低头给磨破的手指缠上绷带,"主要是风险高,我们都买了保险的;还要装备……"

"买就买嘛,不就是保险嘛?多少嘛?"

"不是这意思……"刘白拉住叶子，小声凑上耳朵跟前提醒她，"跟当地的要搞好关系，我们才好在这里开线……"

刘白声音很小，还是被阿斗听见了。他琢磨出一点什么，立刻说："这片岩壁就是我家背后的，信不信说不让你爬就不让你爬了？"

"好啦好啦，没说不让你爬，一会儿你就体验一把，穿我的装备，你脚多大？"刘白问。

"不用，"阿斗嘴硬，"光脚就给你爬了。"

7

叶子手把手教阿斗如何将安全带穿戴在腰胯部，带子的长短怎样调整。头一次和女孩子这样靠近，阿斗紧张到不敢呼吸，仿佛胸口突然开了一家夜店，心脏在蹦迪。当她贴近阿斗，伸手在胯部帮他打8字结的那一刻，一种恐怖的甜蜜迎头泼来，激得阿斗本能地闭上眼，深呼吸，拼命抑制自己的勃起，几乎想逃。她发现了吗，靠，千万别；阿斗赶紧蹲下来，蜷缩在地上，装作换鞋，窘迫之中祈求它快点过去。也没想到攀岩鞋这么小，简直是三寸金莲，根本穿不进去，阿斗龇牙咧嘴地把脚趾硬往鞋里塞："这鞋……没有大的吗？"

刘白说："攀岩鞋就得这么小，你穿的还是我的，算大的了。"

费了九牛二虎之力穿好攀岩鞋，脚尖疼得钻心，阿斗被这一打岔,激动的小伞总算消停了,勉强能站起身;叶子拉了拉阿斗的保护环、攀登环,检查了8字结,确认都扣好,"去吧",她说着,站在下方拽着绳子,亲自为阿斗打保护。

就像每个第一次爬上岩壁的人那样,她知道阿斗正在过度紧张:死死抠住每个手点,拼命锁臂,顾不上看脚点。眼看阿斗肌肉发胀,因过度发力而轻微发抖,叶子忍不住喊道:"手臂拉直,拉直,不要弯曲,像青蛙那样蹲下来,对,把身体的重心放下来!对——然后用腿发力!好多了——对,就这样!摸左边那个点,对,别急着引体向上,先出脚。脚尖,是脚尖,不是整个脚掌……"

叶子边喊边教,刘白在一旁看着,嘀咕了一句:"没见你对我这么耐心。"

"那是因为你本来就爬得很好了啊。"叶子说。

一股不甘心涌上阿斗的脑门,他越想表现,越是笨拙:反复脚滑,脱手,掉落。阿斗心里窝着一股无名火,执拗地一再要尝试一个难点,但那明显超出他的能力范围,掉得狼狈极了。阿斗忍不住破口大骂,脏话连篇,好像突然变了一个人。

"别急啊,慢慢爬。"叶子喊了一声。

"这也就5.9,简单得很!"刘白也高喊着,转头却悄声对叶子说:"你够狠的啊,一来就让人家爬5.9,都不带热身的。"

"这儿最简单的就是5.9,"叶子耸耸肩,"他这算好的了。"

第一次攀爬,挫败感与爽快感仿佛一张双面砂纸,来回摩擦着阿斗的内心。下了岩壁，他大汗淋漓，总感觉自己没发挥好，丢了人，而刘白拍拍阿斗的肩："第一次就搞定了5.9，怎么样，爽不？"叶子也补了一句："不错！天赋型选手！"

当时阿斗还不知道5.9意味着什么，也从来没有人对他用过"天赋"这种词，这一切对他来说都很陌生。他只是感到一种前所未有的新奇召唤，完全来自另一个世界。

当天傍晚，照例是一帮人去六姑的店吃完鱼火锅才走，阿斗自作主张给他们打了折，然后厚着脸皮问刘白要借一套装备，说是想自己练习。刘白被他的天真和无知给逗笑了："给了你装备也没有用啊，攀岩是需要搭档的！谁给你挂绳子，谁给你打保护？白天要是没有叶子拽着你，你早就掉下来摔死一百次了。你以为你是Alex，一上来就free solo啊？"

阿斗突然窘迫起来，倒是叶子安慰说："这样吧，那套旧的抱石垫，每次搬来搬去也麻烦，就放在你们这里吧，没事的时候，你可以从抱石练起。"

这一练，阿斗几乎上了瘾；也不知道是为了挣回面子，还是真的喜欢，发了狠，每天清晨杀完鱼，一溜烟就跑到龙岩底下，铺上垫子，在矮处抱石，化身一部攀岩机器。村里人都觉得他疯了，不知道中了什么蛊，成天爬石头，耍猴。阿斗的日常作息来了个一百八十度转弯：早起，杀鱼，攀岩，吃饭，睡觉。岩壁简直成了他的餐桌，他的睡垫，他的庙宇。

他要的是那种镇静：只有到了岩壁上，那种出于本能的恐惧——对高度、死亡的警惕与恐惧——才能让阿斗全神贯注，忘记过去，忘记自己。那种专注的浓度，比杀鱼要爽上一万倍：唯独在死神的俯视面前，他内心的狂躁才能平息。与其说热爱攀爬，不如说他需要攀爬。他需要攀登过程那种最纯净的专注力，镇压内心的风暴，换来平静。阿斗越来越确认，若不是因为攀岩，生活将是毫无指望的。

8

大岩壁上的第一天，高气压晴，却有七级大风。岩壁上的水流被狂暴的横风吹成烟雾，沿着水平方向飞散，如同一面巨大的白色旗帜。刘白生生被帐篷的剧烈摇晃给吓醒了："这还能搞吗？"

"试试呗。"阿斗用一种冷淡来掩饰紧张，照例穿戴装备，准备出发。

攀爬并不顺利：强风被岩缝挤压，发出一种怪叫；风阻化作好几双手死死拽着他，拉扯着他。细小的砂石总是被吹进眼睛里，烦得要命。

艰苦地推进了两个绳距，效率很慢。风力没有减弱的迹象，等刘白跟攀上来，时间已经有点晚了。阿斗一拿到回收的绳子，赶紧又继续向上爬到了第三个绳距，然后趁着天黑前，下到大本营。

大岩壁长距离攀登就是活生生的西西弗斯：每天向上推进一两段，然后又下来，回到营地休息；第二天先回到前一天的终点，再继续往前突破。随着高度提升，中间需要往上"搬家"，也就是在新高度重设吊帐营地。这是整个攀登中最痛苦、最枯燥的部分：搬运日。他们得拖着接近自身体重那么沉的物资，手持上升器，一寸一寸沿着绳子往上挪。

为了稀释掉落的冲坠力，攀岩使用的动力绳具有极好的延展性；即使是用作路绳的静力绳，在一定长度下，依然有弹性。在绳子上爬升，就像踩在沙丘上：上三步，掉两步。他们就像空中的纤夫，在峭壁上拉拽驮包，而重力和延展性，让这活儿比在平地上更难上十倍。更可怕的是碰到屋檐状凸起，驮包被卡住，根本拽不动。即便脾气好的刘白，也被这烦人的状况搞得毛躁不堪。一整天过去了，从清晨到日暮，太阳都已疲倦下来，俩人总算把大本营搬上了岩壁，建了第一个吊帐。

天边发亮，第二天看起来会晴。阿斗将自己扣入保护站，然后一屁股坐在平台边缘，两只脚吊在空中晃荡着，点了一根烟。在这峭壁上抽烟，够潇洒的，刘白看着他的背影，心里有点复杂。他至今没有告诉过阿斗，自己有多么严重的恐高。从第一次野攀开始，他就努力不让叶子发现这个弱点。那种恐惧不由自主，令他双腿发软，呼吸不上来。但他挺过来了。

刘白看了看这狭小的吊帐空间：天，这就是未来几天俩人的容身之所了——比一张桌子大不了多少,背包就是枕头,绳索铺开就是床垫,装备和补给品则塞满另外两个驮包,固定在帐篷外的平台上。

阿斗抽完了烟,随手在石头上摁灭,接着他在刘白瞠目结舌的注视下,径直脱下了裤子,蹲在平台边缘,屁股冲着背后,面不改色地上大号。

"你倒是换个地方去啊?"刘白背过去,别开脸。

"这地儿就这么大,我能去哪儿?"阿斗满不在乎。

十足的野人,刘白心想。这就是叶子经历的吗?一男一女挤在这么狭小的空间里,吃喝拉撒。刘白强迫自己不去细想,但又控制不住自己去细想。那种想象一旦发作,仿佛猫爪挠心,他忍不住猜测他们到底有没有……有没有……一想到那画面,刘白就感觉心里被什么捅了似的。他想知道答案,又不想知道。

俩人各怀心事,沉默不言。天黑了,都没胃口,懒得做饭,草草吃了些能量棒、巧克力,钻进吊帐就要躺下。空间太小,他们局促得仿佛是两只刺猬挤在同一个气球里,诡异又安静。睡前,阿斗只说了一句话:"可能有落石,你睡觉最好把头盔戴上。"

9

吊帐里的第一夜完全睡不实。刘白又梦见叶子了,梦里她还如此清晰地活着,他能确切地感受到她的鼻息与温度,以至于醒来的时候,刘白怅然若失,搞不清楚自己在哪里,在干什么。某种压抑的心情,迫使他想要拉开天窗,却一下子被高空的视野彻底惊醒:他在半空中,在云上。浓雾如稀粥一样弥漫着,空气冰冷、清冽,隐约有微风。刘白缩回帐内,搓揉着眼角,对着手机屏幕上的影子,看到自己脸上压出了一个头盔带子的褶印。

阿斗也醒了,拉开门帘,背过身,撒起了晨尿。刘白实在受不了:"下次你能不能打声招呼?!"

"是女的我还回避一下,你矫情什么?"阿斗尿完,大大咧咧地翻出早餐,"一人一包脱水饭,咖喱跟番茄的,你吃哪个?"

"手都没洗,别碰我的!"刘白大声说着,捡了一包番茄味的,"叶子最爱吃西红柿炒蛋了。"

"啥?!她跟我说最讨厌番茄味儿的,一闻到就想吐,"阿斗说完,发现刘白面色难堪,找补了一句,"好吧,可能就是她在家吃多了。"

气氛倒是松弛下来,自在多了。在等待炉头烧水的间隙,刘白又是查看天气,又是查看路书,仔细研究岩壁照片,不停询问每一绳段的难度和状况。

"干就完了,怕什么。"阿斗察觉到刘白的紧张与犹豫,但说不出什么安慰的话。阿斗越是满不在乎,刘白心里就越是打鼓。但是看在叶子的分上,他咬牙不吭声,硬上。

从第八段绳距开始,线路的难度突然增加。苔藓与杂草覆盖着手点、脚点，踩上去更滑。霜化成水，岩壁很湿。刘白的手被植物的刺扎到了，生疼。常年的抱石练习不是白搭的，他的基本功扎实，技术动作细腻，难度本身不在话下，但这两百多米的高度，让他的每一步都处于战栗中。一想到此刻自己在七十层楼高的地方吊着，他的身体便不由自主僵紧，每一步都倍加小心，爬得很慢。

阿斗为刘白进行上方保护，他吊在保护点上，安全带勒得他的腰椎都快断了，大腿缺血发麻，只能局促地换脚，让缺血的双腿缓一缓。汗水早已被寒风吹干，阿斗冷得瑟瑟发抖。日影已经从他的左肩移到了头顶，阿斗等得不耐烦，焦躁不安地换着脚，骂骂咧咧。

仅仅是跟攀，刘白已经倍感吃力。每到一处难点，他都掉几次，再重来几次，才能通过。粗粝的岩石不断磨损指尖，手皮一破，再爬就疼得像是火烤。频繁的掉落，一次一次重来，渐渐耗尽刘白的耐心。等他终于气喘吁吁跟到了阿斗的位置，已经累瘫了。狼狈地爬上小平台，还没来得及把气喘匀，阿斗就毫不客气地抱怨："他妈的冻死我了，怎么这么慢?!"

"你急什么急？"

"不是我急，这是大岩壁，不是在空调抱石馆啊，效率优先啊，你那脚，跟雕花似的，打太极啊？"

刘白听了十分不爽，嘀咕着什么，摘下腰间的装备，交给阿斗的时候草草一甩，阿斗还没反应过来，一根扁带连着两把主锁直接滑下平台，掉入万丈深渊——这种低级错误最是大忌：掉装备不仅会带来麻烦，如果下方还有攀登者，还容易被砸中。

"我操你大爷的！干吗呢这是？！"阿斗突然发火，"有你这样做搭档的吗？！"

刘白突然自知理亏，又很憋屈："有本事你找别人做搭档啊？！找得到吗你？！混成这样，就你这臭脾气，知不知道你们每次爬山回来，叶子都跟我吐槽——"

"——行了你别再提那个人了！没了！人已经没了！全他妈怪你！"阿斗像是突然被什么扎了，拔高嗓门，"从现在开始，我他妈的不准你再提她一个字！一个字都不许提了！"

刘白没见过阿斗发起火来的阵仗，吓了一跳。他不想在这种地方吵架，这太危险了……刘白拼命深呼吸，攥着拳头，咬着牙，看着万丈深渊，云海升腾，一阵恐高袭来，令他微微晕眩，徒升一种抽离感：人类真是蠢啊，到了这种地方，还要吵架。不能这样……叶子在天上看着，也会笑话的。

"阿斗，我来这儿，不是为了跟你吵架的，"刘白的声音很平静，"想当初，你腰上这条安全带，还是我送的。"

阿斗听他这么一说，也闭了嘴。

10

整个暑假，地质大学在龙岩开线，刘白懒得每天往返跑，干脆住在了六姑的农家乐。阿斗担心他不适应农村，专门把最干净的一间留出来。刘白一直以为六姑是阿斗的妈妈，喊错了好几次，阿斗实在听不下去了，开口纠正，这才顺便带出了父亲的事儿、爷爷的事儿……那天晚上，阿斗有点喝多了，交了底。刘白听得胆战心惊：从小到大，还没有哪个人这样对他突然敞开心扉，包括内心暗无天日的角落。但阿斗这座博物馆确实有点少儿不宜，刘白一时找不出话来安慰，只能闷不作声，一杯又一杯地灌自己。

刘白一句话不说，阿斗反而松了一口气：这是他最想要的反应——没有反应。不要点评。没有评判，也不需要同情，他只是想把内心见不得人的那一面，翻翻土，挖出来晒一晒，不然它快要在自己身体里腐烂发臭了。

就这样阿斗一口气越说越多，刘白默默听着。他想起自己小时候家境拮据，同桌是个生意人的小孩，要什么有什么，而自己连想要换一个文具盒，都必须用考双百分来交换，语文差一分都不行；每次交完学费后，父母都要对他强调账单，仿佛欠了他们巨大的债务。偿还的方式是要用功读书，考个好的大学，找份好的工作。这三句简直成了顺口溜，隐形的紧箍咒，从小念着、戴着，勒进了他的头骨。

刘白逐渐接受自己没那种富贵命，直到他遇到阿斗，才发现原来还有人的命更不好。某种隐形的优越感，居高临下的怜悯，令刘白有点暗爽，又有点难以启齿。只有在阿斗面前，刘白才感觉自己不需要竞争，因为他生来站在起跑线前面,这让他可以松一口气:终于,他是更幸运的那个了。但隐隐地,他又有点羡慕阿斗:没有被严苛地期待,做什么都可以,他的未来是一片旷野,他可以像野草一样生长,风一样自由。那样的人生,他想要,但又不确定是否敢要。

酒精从脑海翻腾到肠胃,刘白跌跌撞撞去了厕所,吐完,扶着墙,直起身子,对着一块肮脏瓷砖,语无伦次地说:"其实吧,有父母,也没好到哪里去……我还挺羡慕你的,没人管,做什么都可以……不需要天天听他们念叨,满足他们的期待……真的,挺好的……"

阿斗感觉那应该是真话,暗地里吃了一惊:还有人羡慕自己?!

那天刘白最后的记忆,是依稀感到背后有人在拍他肩膀。下手很重,带着鱼腥味儿。那股味道把他托起,放上床;而他什么力气也没有了,也不管了,世界熄灭,他昏睡过去。

11

毕业前夕,刘白邀请阿斗去他们大学吃散伙饭,顺便尝试学校的人工攀岩墙。阿斗感到莫名紧张,一周都睡不着觉,郑重地向六姑请假之后,就开始辗转反侧,愁到时候穿什么去——因为刘白说了,叶子到时候也一起。

没有一件T恤是新的、干净的、没沾染鱼腥味儿的。阿斗提前一天就不再杀鱼，反复洗澡，刷手指，还去了镇上理发。他还是不放心，专门去买了一身新衣服；本来是白T恤，黑裤子，又担心万一吃东西弄脏了白衣服会尴尬，付钱了又倒回去，和小贩好说歹说，换成黑色。

出发当天，阿斗对着镜子反复打理头发，偷了六姑的发胶抹在头发上，想做点造型，结果搞砸了，滑稽得像顶着一头猪油，于是又洗了一遍。确认没有瑕疵，干干净净，才出门去等公交车。那趟车里大都是菜农，阿斗害怕衣服皱了，沾染什么东西，就一直站着。但是T恤胸前是一个硕大的logo，字母还拼错了。他穿着一身山寨毫不自知，走进校园，刘白和叶子见到他的那一刻，立刻就笑了。谁也没有说为什么，但那种笑容显然不只是欢迎，背后有什么不对劲，让阿斗察觉到了，开始不自在。

不自在的还有周围的一切：错肩的每个男生都那么高高在上，每个女生都这么目中无人。没人看他，他觉得是别人看不起；有人看他，他又怀疑对方看穿了自己，只是一个高中都没有上过的后厨伙计。大学那种氛围不属于自己，他既不喜欢，也没兴趣。好看的女生很多，大大方方穿着超短裙，那种青春与性感几乎是进攻性的，他无力招架，看也不是，不看也不是，于是只能盯着地面走路。

到了大学的体育馆里，刘白就像到了他的地盘。他在攀岩墙前呼朋唤友，变了个人似的，不像在自然岩壁上那么拘谨。人工岩壁上的手点脚点全是固定的模块，犹如固定的编曲，只有固定的跳法，但阿斗习惯了自然岩壁，自己按自己的方法来，对固定的手点脚点不适应，感觉那手感纯粹是"爬塑料"，不舒服。

岩馆的氛围就像一场派对，房间里穿梭的大学生，令阿斗感到格格不入；刘白不断和周围的同学插科打诨，叶子也是；唯独阿斗谁也不认识，只好借着自动保护器，默默爬完一条 5.10b 的线，他兴味索然，下来就再也不上了，坐在垫子上一声不吭，玩手机。

刘白和叶子察觉到他的不对劲，提前结束，带他去学校后门吃烧烤。周围都是在吃毕业散伙饭的大学生，他们的举止和话题，和农家乐鱼火锅的氛围大不相同，让阿斗有股莫名的坐立难安。他不知道能用什么掩饰那种不安，只能抄起菜单，认字一样顺着叫下来，点了一大桌串儿。

盘子套着塑料袋，一股几乎刺鼻的辣香，冒着热气端上来，五花肉、兔腰，啤酒哐当哐当整箱往地上一放。叶子和刘白有一搭没一搭地聊着天，吐槽学业，交换老师同学的八卦；说起辅导员有狐臭，秃头戴假发，胖到能把肚子搁在讲台上，他们哈哈大笑起来。那种快乐，让阿斗感到尖锐的失落。

由于没有共同话题，阿斗插不上嘴，只能埋头苦吃，一开始竖着耳朵听，渐渐越听越毛躁，心里不爽，耳朵嗡嗡的。阿斗频繁自斟自饮，烦躁地打蚊子，噼里啪啦在自己身上扇。

最后的烤茄子还没端上来，阿斗已经彻底察觉到刘白对叶子有意思。一丝羡慕，又不只是羡慕的心情，像火柴一样擦过心头，点着了一星火，又吹灭了。读书，上学，谈恋爱……那个世界离他很远。阿斗感到一阵落寞，一口干掉啤酒。膀胱都快炸了，他想去上厕所，又不走开。他烦躁地摸出烟盒，用眼神问了问叶子："介意吗？"

她轻轻扬了扬下巴，也用眼神回应着"抽吧没事"，她接着说："真酷，我喜欢用火柴的。"

的……什么？的人？

接下来的那一整晚，阿斗陷入对这个悬置句的遐想中，闷头喝酒，渐渐感觉昏沉，脑子里像是有一盆火锅在沸腾，很辣，又黏糊。

叶子显然注意到阿斗被冷落了，她非常体贴地拿来两瓶啤酒，爽快地自己倒了，又给阿斗来了一杯："听刘白说过你，挺不容易的。"叶子一笑，刘白却紧张地摇头，狂递眼色，脚尖迅速在桌子底下碰了一下叶子的腿。

叶子还没反应过来，有点蒙："怎么了……？"

阿斗见了，脸色一变："你把我的事儿都跟人家说了？"

刘白当场愣住，没再开腔。阿斗筷子一摔，猛地起身要走。刘白立刻追上去："你听我解释……"

"我当你是兄弟，结果你把我的事儿，撕给别人看?!"阿斗的嗓门拔地而起，刘白给吓得矮了一头。

阿斗愤然离席，说公交车要收车了，自己得走。刘白拉着阿斗，道歉的话却说不出口，于是要他等下别走："吃完，咱回趟宿舍,把攀岩鞋和安全带都送给你。以后我怕是用不着了。"

"谁他妈要你的东西!"阿斗扭头就走,生怕他们追上来似的,加快脚步,一路狂奔。跑到公交站,刚好跳上车,却发现刘白和叶子根本没有追上来,连影儿都没有。

阿斗感觉心里塌了一块,随便找了个座位,一屁股坐下来。一路上,窗外的街道随着公交车晃动,从校园、高楼、街道……直到城乡接合部。随着最后一盏路灯消失,乡村的黑暗扑面而来。阿斗一路上只觉得白蚁噬骨,到了终点站,内心已经被蛀空了一大块。

他后悔自己这么别扭、拧巴,搞砸了一切。刘白是他唯一交过的朋友,是一场本来轮不上他上场的比赛中,一个善意的传球——而自己偏偏手滑,没接住。一想到此,阿斗眼眶发潮,又因为害怕丢人,强迫自己忍住。

回到了六姑的鱼火锅店,最后一帮客人已经离去,满桌狼藉,一地污糟。他帮着六姑收拾完,已经是凌晨一点,累得没多想,直接睡去。

次日他们没有联系,刘白没说什么,阿斗也没有,就这么不了了之。很多年后阿斗才意识到,那次散伙饭,果真是他们最后一次以朋友的身份面对彼此。

12

"你怎么瘦了这么多?"叶子再见到阿斗的时候,惊讶于他的模样：胡子没剃，头发长得遮住眉毛，晒得跟泥鳅似的黑，她差点没认出来。

"刘白真不来了？"阿斗开口就问。

"对啊，找工作，焦虑得满脑袋长痘。"

"那你呢？你不打算上班吗？"

"我吧……算了，散散心再说，多爬几天，可能就想开了，不就是个考研。"叶子说着，把刘白本来要送给阿斗的那套装备给了他。

接过来的一瞬间，阿斗就有点绷不住了，却又努力装作毫不在乎——安全带，闲鱼二手也要八九百，是自己根本买不起的那款；攀岩鞋，斯卡帕经典款，被刘白撑大了，反而舒服些，大脚趾不至于疼到钻心；粉袋，红蓝相间的，上面的签名竟然是 Adam Ondra，来自捷克的攀岩怪才，世界最高难度级别的统治者。阿斗记得，Ondra 完成"寂静"那条线路的视频，还是和刘白一起看的。

阿斗接过来，明明心里荡着，脸上又装作淡定，说："走吧，我们爬。"

短短一个月没见，阿斗已经能轻松先锋攀登 5.10a 了，叶子对他的进步感到不可思议。阳光照射在石灰岩上，他精瘦、修长、黝黑，像某种动物，带着发光的野生感；干净利落的发力，从容的脚法。阿斗的协调性、平衡感极好，已和当初第一次上岩壁的状态判若两人。中间发生了什么？叶子对他的进步感到吃惊，也许这就叫作天赋吧。

叶子一来，阿斗终于有了固定搭档，再也不用左一个右一个求着陌生人帮忙打保护。俩人开始密切地磨合，整天整天地磕线。连续两周下来，龙岩的每一条线，他们都烂熟于心，实在有些爬腻了，叶子提议说俩人换个地方，去阳朔试试，就当毕业旅行。

哪怕根本不知道阳朔在哪儿，阿斗还是一口答应了下来。她一走，阿斗赶紧找六姑，要预支工资，买车票，还要请假。也没想到六姑当天下午本来就在牌桌上输得一塌糊涂，正没处撒气，不仅一口回绝，还逮着阿斗骂了个狗血淋头："白眼狼，现在天天就知道爬石头，什么都不管了，跟你爸一个德行。"

阿斗几乎已经忘了那个人，突然被这么一把飞刀扎了个正着，毫无准备。他铁青着脸，不吭声；就在这时，旁边的去鳞机发出一声闷响，抖了两下，又卡住了，一想到盖子下面那堆秽物，阿斗就恶心。他站着没动，六姑大骂："愣着干啥?！去清啊！"

一股恼怒冲上前额，仿佛一颗嵌入已久的子弹，反向从颅内蹦了出来。阿斗火了，抄起板凳，砸向那嗡嗡作响的去鳞机，大吼一声："老子他妈的受够了！"

六姑先是吓了一跳，接着也不甘示弱，一把甩掉手里的瓜子壳，抄起桌上半个大西瓜，直接扣上阿斗的脑袋。鲜红的瓜瓤顺着他的额头往下滑，黑色的籽儿沾在他鼻子上，有点发痒。阿斗抹了一把，汁水鲜红，不知道是不是血，只感觉脑子嗡嗡的，有点站不稳。

他什么都顾不上，直接跨上电瓶车，往路上冲。开着开着，电瓶车越来越无力，爬坡上不去，彻底没电了。阿斗甩掉电瓶车，不知道该怎么办，可他打死也不想回去，于是一路走到公交站，坐上了进城的十八路。

车上每个人都对他侧目：一身西瓜汁，仿佛头破血流，头发又湿又乱，眼神像从屠宰场逃跑的野兽。旁人的目光让他冷却下来，阿斗为了掩饰不安，掏出手机，装作茫然刷着。他盯着屏幕，什么也没看进去，过了好久，觉得无处可去，给叶子发了消息："在吗？"

叶子正在家闲着看剧，消息弹出来的时候，她愣了一下。她最讨厌别人动不动就问"在吗"，但这两个字来自阿斗，竟有种合情合理的好笑：这家伙嘴笨，总是挑最蠢的话说。但她直觉他有事，于是拨了电话回去。

阿斗那边声音很吵，说话含混不清，但有一股异样的无助感，隔着听筒都能渗出来。叶子发了自己家定位给阿斗，让他直接打车过来。

阿斗挂了电话，看了下定位，十五公里。搜了一下公交地铁，都没有。他迅速在心里默算了一下，打车起码也要几十块，哪里舍得。他赶紧扫了一辆单车开始骑。蹬得飞快，红灯都不等，好几次，险些和跑外卖的电瓶车撞上。

骑着骑着，他意识到这片是富人区，蓝花楹拱卫出一条林荫道，草坪上落满花瓣。道路干净漂亮到让他犹豫。门口的保安穿着胸口缀有绶带的制服，远远地就盯上了阿斗，还没等他接近大门，就跑出来拦住他。

阿斗几乎有了掉头要走的念头，正犹豫着，叶子打来电话让保安开门。总算进了园区，四周安静、优美，像是电视剧里才会有的那种小别墅。他走了好远，才到叶子家的那一栋。站在门口，隐约觉得应该按门铃，又找不到按钮。叶子从监视屏看到人来了，打开门，被他一身狼藉吓了一跳："怎么了你这是？"

阿斗说不出话，愣在门口。"快进来吧。"叶子给他递上拖鞋；阿斗一低头，看见大块的米色地砖像是镜子一样照着自己的狼狈相。白色羊毛地毯，简直比自己的被子还要干净。那种干净让他连呼吸都收得小心翼翼，好像自己吐出的每一口气，都会脏了这里。

阿斗不打算进去了："我就是来跟你说，阳朔我去不了了。"

"为啥？"

"六姑不让。我也没钱。"

"就这事儿？"

"就这事儿。"

"我还以为怎么了呢……"叶子几乎有点哭笑不得。

阿斗环顾了一下叶子家，说："真想不到，你家是这样的。"

"怎么了？"

"就……不像你平时。不像喜欢攀岩的人。"

叶子真是服了阿斗这张嘴了，没见过这么不会说话的人。阿斗木讷地低下头，转身就走。叶子也没追出去，只是在背后喊了一声，他也没回头。

又骑了十五公里，回到市中心，在街上徘徊，实在不知去哪儿，走进麦当劳店，点了一杯可乐，打算彻夜逗留。太困了，阿斗忍不住靠着墙打瞌睡，断断续续醒来，提心吊胆会不会被赶出去。无聊到刷手机，看到叶子的消息："别担心那些，票都给你买好了。"

他想回："你怎么知道我身份证号码？"打完字，又一个个删掉，不知道回什么，干脆扣下手机，再次犯困，靠着墙，昏睡过去。连梦里他都在纠结到底要不要去，去会不会丢人……醒来的时候，天都快亮了，麦当劳的员工正在换班，早高峰来临，人多了起来。有学生、上班族频繁进出，吵得慌。

阿斗咬着稀烂的吸管一头，徒劳吸着空杯，傻傻坐了好久。终于想通了，打算去；正要回复她"谢谢"的时候，手机没电了。

13

很多都是第一次：第一次出远门，第一次坐高铁，第一次打车。阿斗在出租车上，为一会儿到了酒店到底是双人间还是大床房而紧张到脚趾抠地，想问又不敢问。他跟在叶子后面走进酒店大堂，空气清新剂的味道让他一直打喷嚏。双手显得多余，没有裤兜，只好勒住背包带子。递上身份证之后，他竖起耳朵听叶子和前台小姐的对话，然后发现自己的担忧十分好笑：叶子开了两间房。

电梯轿厢里过于安静，局促到不说点什么就过意不去，阿斗硬生生憋出两个字："谢谢。"又添了一句："以后还你。"

叶子几乎笑了："想这些干什么？好好爬，阳朔肯定让你大开眼界。"

第二天，叶子打算租一辆电瓶车去岩场，但是她不会骑。阿斗心里一阵高兴，这个他可太熟了。俩人骑车穿过阳朔镇，一路雷鬼音乐、酒吧、咖啡馆、啤酒鱼。打着赤膊、晒得黝黑、拖家带口来攀岩的老外满地都是。而这一切，叶子告诉阿斗，在他还没出生之前就是如此了，那时候甚至更开放，更自由，一个乌托邦。

一说起阳朔攀岩的历史，叶子就两眼放光，滔滔不绝：自从 Todd Skinner 等国外攀岩者于二十世纪八九十年代在这里开辟了攀岩路线，这个广西壮族小镇逐渐变成了中国攀岩的摇篮。一个个初代中国攀岩者的大名，她如数家珍。阿斗戴着头盔，在车流的噪音中，听得并不真切，隐约有点嫉妒——真希望有天自己也成为传奇，被她用这种语气描述。

到了岩壁面前，一切胡思乱想、不自在、焦虑，统统消失。阿斗"哇……"的一声，满脸惊喜。他亲身感受到，一种运动，背后包含着一种文化、一种氛围。在岩壁跟前，能听到全国各地的方言，甚至世界各国的语言。没有人关心你从哪里来，你有怎样的过去，你有什么样的父母，甚至有没有父母。到了岩场，就只认实力：爬得好就是王道，爬得不好也没关系，每个人都成了快乐的猴子，活在岩壁上。

这种氛围确实让阿斗大开眼界，有种找到了同类的兴奋感——在岩场磕线,时不时总能听到一两声猝不及防的吼叫,要么是不小心脱手,或者冲坠,要么是千辛万苦克服了难点,放声呐喊——那是世界上最自由的声音,前所未有的极乐,时间消失了,自己也消失了。他不知道自己是谁,来自哪里,有过什么,做过什么……甚至不知道自己是否还存在。在岩壁上,阿斗只关注着自己的手、脚、动作。他什么都忘了,好像过去已经一键删除,他变回一屏空白。

从叶子那里,阿斗头一次听说"心流感"这个词:纯粹的专注,全身心的投入,时间消失,周围安静下来,自己成了一颗强大的导弹,光滑地飞翔,即将正中目标。那种感觉是一扇美丽新世界的大门,通往多巴胺、内啡肽、肾上腺素的乐园,是唯一合法而健康的上瘾。阿斗甚至无端相信,世上的每一块岩壁,一定饱含老天的爱意:它们诞生自地震、火山、板块挤压或者侵蚀沉积,耐心地在此地等待了亿万年,就为了救他——岩壁是他的哭墙,也是他的迪士尼。

在阳朔泡了两周,阿斗和叶子住在民宿,起早贪黑,到处爬线,进步神速。从早到晚,岩友们亢奋的呐喊与金属器材的碰撞声相互交织,随着朝霞升起,降落成一颗铁锈色的蛋黄,缓缓沉入地平线。阿斗开始尝试5.12难度了。放在十年前,5.12的水平已经能算是国内高手,而现在,这不过是高手爱好者们司空见惯的水平。尝试的过程毫无捷径,除了训练,就是死磕,手皮磨破,长出茧。最崩溃的一次,阿斗连续三天死磕一条线路,被一个难点卡住,怎么都过不去,掉了二三十次，就像卡在游戏里最难的那一关，让人暴躁。那是一个樱桃大小的凹陷，指力点，而他常年杀鱼，握刀，颠勺，落下腱鞘炎，手腕时不时就酸疼，发不了力。

叶子发现阿斗虽然天赋异禀，但是太急于求成，暴躁的性格到了岩壁上更是收敛不住，经常一路爬一路骂，要多脏有多脏，尤其在那个难点面前，阿斗嘶吼着，做出了最后一次尝试——但还是掉了。他失控在岩壁上爆粗口，几十米以外的岩友都能听见，摇头窃笑。

叶子实在看不下去了，高声大喊："你下来！到此为止！"

天已经黑了，他们搞了一整天，筋疲力尽。岩场的人们纷纷离去，四周不再有白日的热闹，陷入寂静。阿斗的手皮被磨出血，脚趾指甲盖已经裂了，指甲下面是瘀血，乌紫一块。他收拾装备，感到沮丧。叶子说："你这脾气哈，真的不行，要收敛一下。哪有一路爬一路骂的，真的，我都听不下去了，你改改。"

"操，怎么改？"阿斗顺口就来。

叶子发出"啧"的一声，叹了口气："你看真正的高手，都爬得特别安静，面不改色的，要沉得住气。"

"那我爬起来根本顾不上嘛。"阿斗嘴硬。叶子本科读的是心理学，不打算跟他硬碰硬，转身拧开两瓶水，拿出创可贴，找了一块大石头，拉着阿斗坐下。

在两束头灯的照耀下，俩人肩并肩休息，感受石灰岩一点点变凉。头顶是一整片完美无瑕的星空：近得犹如一把巨大的黑伞，布满了针眼。银河蜿蜒、清澈，一粒粒星辰浮在河中，鱼鳞般发光。月光照亮岩壁，反射出金属般的银色。

"回去以后，你打算做什么？"她问。

阿斗一愣，他没有怎么想过以后。未来这种字眼，不属于他。但是这句话提醒了他，眼前的乐园正在倒计时。阿斗一时语塞，而就在那一刻，一场英仙座流星雨毫无预兆地降临，发光的弧线划过夜空，像绿色的火柴，俩人同时惊叫起来，在山顶胡蹦乱跳。

"我刚才许愿了，有一天一定能爬'火空海'，你见过照片吗？绝了，我做梦都想登上它——你呢，许了什么愿？"叶子发问，看着阿斗。

他再次被这突如其来的问题搞得哑口无言，脑子里一片空白，高速旋转，想要说出点什么，又张口结舌。从小到大，他学会了不期待。一切心愿都遥远得像是天上的星星。他想要的可太多了，浩若繁星，不可指望。"没什么好许愿的。"他低声应付。

"你知不知道有个概念叫'习得性无助'，"叶子说，"谁会没有愿望？"

阿斗沉默半天，憋出两个字："你啊。"

"我有愿望啊。"

"我是说……我的愿望是……你。"阿斗内心涌起岩浆，几乎把他淹没，他得赶紧在自己被熔化之前做点什么。他的手探向她的手。那手心粗糙、沾满镁粉，像一张温暖的砂纸，覆盖着自己的手背，令叶子心下一颤。她侧着头，注视着阿斗：这个怪异的、暴躁的、天真而又木讷的家伙。有时候像一把野草，有时候又像一只行走的伤口，血淋淋地出现在人群中。他对自己的天赋、外表，毫不自知。世界上大概没有比他更笨拙的人，脾气暴躁，可是一旦到了岩壁上，就换了一副模样：从容，自如，像一只垂直向天空漫步的黑豹，完全不属于人类。

他是她的搭档。对于攀登者来说，搭档比什么角色都重要，彼此要默契、信任，以命相托，生死之交。她承受不起把彼此的关系变得复杂，至少此时，她不想。

"阿斗，我们是搭档。我告诉过你的，对攀登者来说，搭档意味着什么……搭档比伴侣还重要，得百分百信任，彼此配合，你懂不懂？——我不想影响这种关系。"她说的每个字仿佛岩钉，一寸寸敲进阿斗的心。他心墙深处，最疏松、脆弱的那一片，被敲出一道裂痕来。

也是。这又是一场原本不属于他的球赛，他本来连坐冷板凳的资格都没有，如今却能上场打打球，这已经够好了，好到让他害怕。阿斗感觉自己被叶子注视着的半边脸正在哧哧熔化，烫得冒烟，这种感觉无比陌生，几乎令他想逃。

"你要想清楚噢，"足足过了一分钟，阿斗才说，"做搭档，我可是……那种人。"

叶子一愣："哪种人？"

"……不是什么好人。"阿斗的声音太小，叶子几乎没听清。她一追问，阿斗就再也不吭声了。她注视着一滴汗水，缓缓从阿斗的鬓角滑下，说："我相信你，你也要相信你自己。"

腿麻了，实在难受。叶子抽出手，拍拍阿斗的手背，慢慢站起身。她从兜里摸出烟盒："要吗？"她问他。

阿斗茫然摇头："不了。"叶子自顾自点了一根——用的是打火机。

该死的，是打火机。

"你不是喜欢用火柴的吗？"阿斗脱口而出。

"啥？"

"你不是喜欢用火柴的吗？！"阿斗感觉她没听懂，又不想挑明，语气几乎是质问的。叶子被搞得莫名其妙，气氛忽然间冷却，变得凝重。她默不作声抽烟。阿斗好像抵抗着什么似的，蜷缩在原地，双肘抱膝。他想起自己的来处，那些暗淡的起点。那里一片焦土，种不出"爱"这种东西。他当然比谁都渴望尝一口爱，但爱是什么？长什么样？多少钱一斤？什么味道？好吃吗？他从没见过。阿斗再次想起"那个人"，想起那棵桂圆树……他只知道自己这种人，配不上。叶子这样的女生，怎么看得上自己？怎么可能呢？……也许换作刘白，一切就不一样吧。纷纷杂念，像一块玻璃突然碎成万片，砸向自己。

"你别胡思乱想了。"叶子掐灭烟头，直接离开山顶。草丛中轻微的脚步声，提示着她的距离从一米，到三米，到十米。听不见了。她走了。竟然真走了。阿斗怀疑自己又搞砸了。后悔紧接着变成一种无来由的恼怒，指向自己的无能。冷静，他劝自己说，冷静。

阿斗独自回到酒店，一路上被腿上的蚊子包搞得心烦意乱，挠出了血。他愣在叶子的房间门口，想敲门，又下不了手。手机亮起,叶子给他发来消息:"明天就是咱们最后一天了,别多想了,就好好爬吧,对了还记得刚才许的愿吗?"她找出火空海的照片,发给他。

好壮观的岩壁,确实摄人心魄,阿斗盯着那面岩壁,一万吨话争先恐后涌上脑海,闸门却又窄到只有一条缝。他打了又删,删了又打,站了半天,一句话也没挤出来。

叶子盯着手机上"对方正在输入……"却又一直没消息,终于失去耐心。足足半小时后,她洗完澡出来,才收到阿斗的消息:"谢谢关照,这趟很愉快。"

叶子几乎叹了一口气:这家伙,心思很多,嘴笨。算了,简简单单最好。叶子不想再多说什么了:比如明天,其实是她生日。

14

阿斗和刘白已经在火空海奋战了五天,但进度很慢,天气不好的时候只能原地等着,天气好的时候,最多能推进两段绳距,阿斗在心里默算,全程用时肯定会比预想的要花更久。

第六天,他们到了第十一段绳距,之前那段轻松愉快的裂缝戛然而止,接着来到一片仰角的光板,没什么脚点——望而生寒的指力线:依然是阿斗领攀。他得靠右手三个指尖,死死抠住半根筷子那么窄的边沿,左脚尖抹住岩壁上的微小波纹,并且发力,去够着上面一个更小的手点。岩壁完整一片,根本没有地方放保护,一冲坠就是一大截,所以整个过程必须一气呵成，行云流水，一丝犹豫都不能有。一旦犹豫，很快会力竭。

所有的基础训练当中，他最恨指力训练。腱鞘炎就没好过，一到高原，细胞水肿，疼痛大肆发作，阿斗咬紧牙关忍着，爬得特别慢，三次脱手过后，他显然已经被挫败感击溃了，发出一声咆哮，骂了一句脏话，摆荡在岩壁上，指尖的手皮被磨破了，抠点的感觉像是在抓火苗。

下方传来刘白的呼喊："什么状况？"

阿斗不吭声，天地间只剩下自己急促的呼吸声，肺都要炸了，却还是喘不过气来。

刘白催促道："快要变天了，下午必须突破到大平台那里，可能有暴雨！"

"我知道！你别催！"

"要不我来吧！指力我还可以。"刘白主动请缨，阿斗有些意外。犹豫了片刻，同意了。阿斗下来，反复叮嘱刘白，挂片就在上方十米的位置，是之前打好的，这一段没什么地方可放塞子，千万别掉。刘白显得信心满满："你放心吧，这三年我全练这个了。"

阿斗还是有些不放心，但也没办法了。手皮太疼，如果卡在这里，天气一变，不知道得耽误多久。

切换至刘白领攀，他紧咬嘴唇，指尖掐着岩壁上一些细小的凸起，小臂的筋肉因发力而清晰地胀起。他连过三个难点，行云流水，着实让阿斗吃了一惊。最后一个难点，在借力那个"口香糖"的时候，刘白发出一声声嘶力竭的呐喊，一个漂亮的动态，抠住了最上方的大点。

终于稳了。

"确保了没？看清楚了没？"阿斗在对讲机里反复问刘白，提醒他受力平衡要测试，检查主锁是否锁好。

跟攀顺利多了，抵达汇合点，阿斗仔细看了一下刘白建的站，没什么问题。"你可以啊，这三年练出这个水平，没白白浪费啊。"阿斗说完，刘白显得有些得意，说："这可不止 11b 吧，我看刚才那一段，起码 12 了。你确定我们的线爬对了吗？"

"不确定啊。"阿斗耸耸肩，满不在乎的样子。

"你别这么吊儿郎当的行不，路书呢，拿出来研究一下。"

"没带身上，不晓得放哪儿了。"阿斗浑身发热，脱下了外套，"一会儿变天，不搞了，煮点什么吃吧，饿死了。"

俩人钻进吊帐，点火，烧水。刘白瞥见阿斗的硬壳外套还扔在高山炉旁边，怕着火，正想叠起来收好，却不小心发现硬壳的口袋里，露出一张纸的一角。他还以为是路书，翻出来一看，没想到是一份遗书。

本人张斗，攀登是我的热爱，是我的生命。无怨无悔。愿为一切个人选择承担责任。攀登途中若遭遇意外，或生命垂危，不必过度抢救，让我痛快离开。

刘白攥着遗书，一时间不知如何是好，只好将它先放回口袋，努力让自己平静，装作什么也没看见。他脑子里很乱，琢磨阿斗写这些什么意思，他不信阿斗做领队带客户上山的时候，也敢这样。

15

果然变天了。狂风咆哮，落石轮番轰炸，擦过帐篷，掉进万丈深渊，发出恐怖的炸裂声。冰雹袭来，子弹一般轰击着吊帐，他们仿佛是困在水球里的蚂蚁，无助极了。为了省电，俩人都不开头灯。高山炉还在烧水，炉头燃烧着蓝色火焰，映照在俩人的脸上，一阵蓝，一阵黑，鬼似的。

刘白一声不吭，强作镇定。他的眼神聚焦在一处看不见的角落，一点都不看阿斗，明显回避着什么。在窒息一般的沉默中，俩人闷不吭声，埋头吃饭。一阵狂风推搡着吊帐，晃得简直就跟暴风雨中的小船一样，刘白脸色发青，放下铝碗，仿佛想吐。

阿斗察觉到什么："害怕了？"

刘白没吭声。

"没见过这种阵仗吧。"阿斗话音刚落，"啪"的一声巨响，一块电视机那么大的岩石从平台旁边的山体上滚下，发出震耳欲聋的巨响；突然间，闪电仿佛几道光剑，劈开了帐篷；紧随着来的，是滚滚雷声。吊帐被狂风推搡着，摇晃个不停。

"没见过怎么了？你瞧不起?!"刘白突然间咬牙切齿。

"开个玩笑嘛，又不是瞧不起的意思——"

"——那你什么意思?! 你揣着遗书爬，什么意思?!"刘白一跃而起，抄起阿斗的冲锋衣，从胸口内袋一把抽出那份遗书，在阿斗鼻子跟前抖开。

一道闪电再次劈来，帐内惨白一亮。

"这很正常，"阿斗撇了撇嘴角，"你也该有这个。"他说得如此轻松，仿佛这是一份健康保险。"正常个屁！"刘白一把撕碎遗书，扔了出去，它们雪片似的飘向空茫之中。雷声接踵而来，滚滚低吼。俩人结结实实地沉默着。帐外风声肆虐，仿佛死神漫不经心吹响的口哨。

"刘白，你别忘了，是你自愿要来的。你答应过，这是为了叶子。"

"是为她风葬，又不是陪葬。"刘白说完，风雨无情浇灌，帐篷有点漏水了。呼啸的风声鬼哭狼嚎，雷电时不时就劈一道，像是要把帐篷砍成两半。这简直是地狱。刘白心想。

16

毕业那一年，刘白时常感到自己身在地狱。

初入职场，工作并不顺利，熬死熬活，加班太多，能去岩馆的时间都越来越少。好不容易到了周末，一个人去岩馆抱石，但叶子不在，他心里空得慌，周围的岩友越是爬得热火朝天，他就越是孤单，活像一个面壁者，傻坐在垫子上发愣，琢磨着她的生日就快到了，该怎么表示一下。

刘白本来早早就准备好了礼物，打算向叶子表白，结果她和阿斗去了阳朔，音讯全无：白天一旦开始磕线，手机根本顾不上看；晚上回来，叶子又累得筋疲力竭，一切留言已读不回,直接入睡。

刘白实在是坐不住了。请了假,连行李都没带,直接打了个飞的,赶到阳朔去。出了机场,他直接约了出租车,就往岩场冲;想了想,还是先去买了一束玫瑰,免得像个讨债的。他拿着花,攥得太紧,一不小心刺扎入虎口,疼得他一咧嘴。总算坐进出租车,刘白满头大汗,让师傅把冷气开低一些。

到了岩场,又找不到叶子具体在哪儿。刘白只好沿着小路,走遍了每一处岩壁,四处寻人,累得跟条狗似的。这里中外老少都有,大家都是来攀岩的,或一身赤膊或户外衣裤,要么在爬,要么坐在户外椅子上喝水吃零食,轻松愉快。唯独他一身格格不入:背着个通勤书包,穿着白衬衣、西裤,蹬着一双皮鞋,蹭得一脚泥;他手里捏着那一把蔫不拉唧的玫瑰,衬衣的后背早都被汗水湿透,腋下两大块汗渍,滑稽地夹在胳膊底下,整个人心烦意乱。

不知道叶子此刻是挂在岩壁上,还是在地面?十几个电话砸过去,她依然没有接;手机大概是被甩在包里了,完全听不见。刘白窝着一股无名火,东张西望,足足转了四十分钟,总算碰见阿斗和她,俩人正站在一条线路下,有说有笑。

刘白阴沉着脸,草草将那束早就焐热了的玫瑰塞进叶子手里,想说生日快乐,脱口而出的却是:"找死我了,电话怎么不接?!"

叶子一脸蒙:"你怎么来了?!"

"给你过生日啊！"刘白从头到脚扫了一眼叶子：运动背心、瑜伽裤，紧致线条一览无余，一股强烈的醋意涌上脑门。

阿斗吃了一惊：他只知道这是最后一天攀岩，不能搞砸，却不知道这是叶子的生日，他连礼物都没准备，昨晚还和叶子别扭了一阵。他一时不知如何是好，低下头，盯着鞋，用脚尖追杀地上的蚂蚁。

"给我过生日，那你好好说话啊！"叶子提高分贝。

"我怎么没有好好说话?！你一天到晚不回消息，电话也打不通，干什么呢这是?！"

"攀岩啊?！"

"谁知道你们还干什么了?！"刘白像个孩子似的，有点胡闹的意思了。阿斗一步上前："啥意思？你说得好像我们对不起你了似的?！"

叶子赶紧拉住阿斗，把他往回拽。阿斗忍了，转身走到一边，抄起腰间一把快挂，神经质地把玩起来，咔咔咔地用手指别着锁门，盘核桃似的。

叶子深吸一口气："刘白，咱说清楚好不好？明明是你自己不喜欢野攀，不肯和我们一起出来啊?！"

"我要上班啊！挣钱吃饭啊！我哪有时间出来?！"

"你爬不了，那我们也就不能出来?！"

"你一出来就玩消失，消息也不回，"刘白嗓子都劈了，激动到几乎是在喊，"今儿趁着生日，我就是来跟你表白的，我想你做我女朋友！今天就跟我回去！"

阿斗手里咔咔咔的锁门别动声戛然而止,好像有一根看不见的烟蒂烫在心上。自己不敢索取的,刘白竟然可以如此大声喊要……一股剧烈的烦躁,迫使阿斗掏出烟,划了一根火柴,吹灭后,空气中一股红磷的味道。"火柴,打火机,"阿斗几乎在用眼神问叶子,"你到底选哪个?"

两个大男孩的目光齐齐投向叶子,令她顿觉双肩好像压着巨石,一边一个。她看了看阿斗,又看了看刘白,张口结舌;但今天此刻,若不二选一,好像这一刻就永远卡在此处。

刘白见状,突然软了下来:"叶子,我会好好上班,努力工作,给你好的生活,好不好?"

"说这些干吗?我什么时候要你给我生活了?"

"那你想要什么?!"

"想要野攀啊!"

"那也要生活啊!你跟着这家伙——他连高中都没上,能给你什么?!"刘白这么一说,阿斗彻底爆了,把烟一丢,冲上去一个推搡就把刘白掀翻在地,俩人往死里扭打起来,杀红了眼。

叶子在一旁急得跳脚,岩友们纷纷上前劝架拉人。等叶子扶起刘白,才发现他的鼻血都滴落到衬衣上了,鲜红一团,气得她大骂:"张斗!你过分了!你还真就跟你爸一个德行啊?!"

仿佛冰水淬火,"刺啦"一声,扑灭了什么。阿斗拳头悬着,突然停了手;刘白狠狠啐了一口血沫子。

"收一下你这臭脾气要死啊?动不动就暴躁!就你这样,

我还怎么跟你搭档?!你这性子,到了岩壁上,早晚不是害死我,就是害死你自己!"叶子头一次这样生气,令阿斗几乎感到耳鸣,嗡嗡的,有点蒙。

刘白接过叶子的纸巾,猛擦鼻血;叶子转身就开始收拾装备,准备走人。阿斗慌了,他上前想拉住叶子,又不敢出手。他从未感觉自己如此无助,好像突然间要被剥夺一切。"对不起,叶子,你别走,我……我改……我脾气不好,叶子,给我个机会……"阿斗几乎要跪下来了。

叶子不为所动,挎起背包:"我把话说清楚,刘白,我俩辛辛苦苦训练,就是为了火空海,没空想什么谈恋爱,你也不要逼我。我跟阿斗,就是好搭档而已,你别乱吃飞醋。"叶子说完,转身对着阿斗:"你也得答应我,必须改了这臭脾气,不然我真不确定要不要和你搭档,尤其是挑战大岩壁。"

刘白擦着衬衣上的血,没有点头,也没有摇头,委屈地嘀咕着:"……我都不知道,你说的火什么海,在哪儿……"

阳朔的最后一夜,阿斗彻夜未眠。他翻来覆去,感觉自己像个全身烧伤的人,没有了皮肤,躺着都疼。等天亮,阿斗想去敲门找叶子,好好把话说开,没想到房间门开着,行李不见,人都走了。

手机上有她的消息:"我先回去了,阿斗你要好好训练,下次,我们火空海见。"

17

第一次来到火空海脚下，也是一个雨天。阿斗和叶子俩人徒步整整两天才抵达大本营，刚刚撑好帐篷，大雨一秒不差地赶来，浇了个透，俩人只好躲在帐篷里吃饭。阿斗用高山炉烧水，下了泡面，泡椒味儿的雾气，热腾腾地飘满整个帐篷。正准备开吃，阿斗的叉子怎么也找不到了，叶子本来要和他共用一个，阿斗想了想，还是觉得不妥，直接用墨镜的镜片当勺子，舀着吃。叶子见了笑起来，低头不语。

小锅的热气让整个帐篷里温暖起来，烟雾袅袅。俩人谁也没说话，嗫着面，眼睛从碗口抬起，看着对方，毫无理由地窃窃傻笑。水蒸气在内帐结露，过了一会儿，才发现不只是结露，是一角有点漏水。阿斗将头盔反扣过来，套上一只塑料袋，接住水滴，说："我就睡这头，你睡另一边。"

第二天一早，牛铃声响起，阿斗醒来，拉开帐篷，突然被一个热乎乎的牛鼻子凑上了脸，吓了一大跳。

光线涌入，雨后的天空干干净净，粉红的晨曦草草几笔勾出天际线，壮丽的云海正在沸腾，随风涌动，带来遥远山岭上的新雪之寒。海绵一般的大地吸饱了水，潮湿，散发一股泥土气息。

阿斗去到溪流的上游打水，放入净水片，静置。刷牙，擦脸，煮早饭。喝完热咖啡，晨雾就散去了；天空仿佛一面蓝盾，金属般光滑的晴朗。而那一面大岩壁——火空海——就这样被揭开面纱。那一幕，瞬间让阿斗明白为什么这是叶子的夙愿——那简直是一座巨型的神像,慈悲而平静,俯瞰人间。在它面前,一切都是短暂与渺小的。小到心甘情愿,渴望将自己微不足道的生命献给一次崇高的挑战。

攀登的所有形式中,大岩壁长距离攀登是最难、最综合、最持久的考验之一,从技术到心理,从能力到意志。更何况,这是在高海拔山地,低氧环境让这一挑战变得更加困难。这已经不是一项运动,而是一门艺术。不为任何目的,代价十分高昂,回报却仅仅是继续活着,不留遗憾地、真真切切地活下去。

一股海啸涌动在胸腔中,阿斗此刻无比渴望攀登,渴望全力以赴,不留遗憾。他好像看见了一种浩瀚的、壮观的大爱,如海如山:对岩壁,对生命,对身边的人。只要能和她一起共赴这崇高的挑战,他便此生无憾,一切都值得。想到此,阿斗感到知足且自由,他确认自己想要这样活着——浓烈,奋力,无牵无挂。在如此排山倒海的生本能面前,语言彻底失效了。阿斗激动不已,猛地跳上一块大石,站成一个大字,拼命伸展四肢。高山上的第一丝风、第一缕光,全都慷慨地朝他涌来。他像小狼一般,冲着岩壁与天空,痛快地号叫着;在逆光中,他的身影几乎透明,一股清澈的少年感令叶子无端感动,她默默笑着,在他身后悄悄捏下了这一张背影。

火空海。阿斗在心底默默重复着这个名字,转身问叶子——"为什么叫这个名字,有什么意思吗?"

叶子笑着:"你猜?"

"应该是山顶有片海子？清澈见底那种？又是什么传说哪个仙女掉的镜子？"

"上去你就知道了。"她说。

18

到处都是挖虫草的人，匍匐在矮生杜鹃丛中，时而忽地直起腰，升起来，时而又埋下去，像一只只小牦牛。大人们挖虫草，小孩们则用一种动物般的目光盯着他俩，仿佛看待外星人。好奇的人们围了过来，牧童、牛羊也围了过来，消息很快传开了——连当地的小孩都知道，这两天来了两个城里人，跟我们这儿的神山干上了，不知道打什么主意，住在山脚下，面壁扎营。

阿斗举着望远镜观察：这岩壁就像一座竖立着的巨大迷宫，隐藏着一些看不见的路径。他心里没底："你觉得我们搞得定吗？"

"一次不行再来一次啊，这起码得磕上三年五年的……我们这次就是来摸底，看看到底要克服什么难度。"

叶子正在用无人机拍摄岩壁细节，一段一段扫描，试图破解出一张可行的迷宫路线图。但是飞行距离受限，天气也不好。他们拍了好多天，图片效果都不理想。勘测的最后一天，依然是多云。太阳能充电器已经连续几天充不满，无人机和笔记本总是在没电的边缘。叶子忧心忡忡地说："可能只有一个办法了，咱从后山找条小路，好走的那种，绕到山顶上，再绳降下来，一段段地，摸清这面岩壁。"

"那起码还要搞上一个星期？吃的还够吗？"阿斗一边问，一边趴在一块大石头上研究昨天拍摄的那些图片，忽地听见后面一个本地人的声音："你们是哪里来的?！干什么?！"

阿斗回头一看，几个牧民骑着摩托车，团团围了上来。

"不干什么，拍照不可以吗?！"

"这里是我们的地，不许挖虫草！"

"挖虫草?！"阿斗几乎笑了，"我们不是挖虫草，我们就攀岩。"

"什么东西？不准！"

"凭什么不准?！"阿斗嗓门一高，斗鸡似的，突然脖子就红了，惹得几个牧民跳下摩托车就冲他过来了。叶子赶紧按住阿斗，连连跟对方道歉："对不起我们刚来，就是觉得您这里特别美，没有别的意思，就是在拍照；对了，想问下，山背后有没有小路，可以绕上去？"

见她温柔礼貌，对方的口气也软了下来，一个最年轻的牧民斜跨在他的摩托车上，说："可以绕上去，就是路特别吓人，陡得很，你们上去干什么？"

"没什么，就是探探路！"

"探路干什么？"

"找好路，下次自己爬上去。"

"那可不行的，摔下来了怎么办，不准爬的！"

"哪条法律规定这山不让爬?!"阿斗又急了,惹得牧民也七嘴八舌嚷嚷起来了,眼看好不容易安抚下来的局面又要被搅翻,叶子赶紧捂住阿斗的嘴,把他硬塞进帐篷去:"你能不能少说两句?!"

牧民们团团围住帐篷,在外面吆喝:"你们现在就搬走!什么人啊真是,城里来的了不起啊!"眼看他们群情激奋,叶子赶紧上前赔笑脸:"大哥您别着急,我们这就收拾东西,马上走,给我们一点时间啊,对不起啊……"说着她也躲进帐篷,一想到寡不敌众,真不知道怎么收场。

牧民们围了一会儿,看见叶子一通服软,在收拾东西,便渐渐散去。阿斗和她一直躲在帐篷里,确认外面的摩托车声渐渐远去,才敢钻出来。

"我求你了阿斗,管管你脾气,行不行?!这是别人的地盘!"

"谁的地盘也要讲道理啊?"

"人家都放话了,要我们滚蛋;你要是这次闹大了,咱就永远也别想爬了!"

"那就不要被看见啊?!"

"怎么可能不被看见?!我们先回去,用现在的照片,去岩馆复刻几个难点,下次再回来!"

"你什么时候跟刘白一样尿了?!只想在岩馆爬塑料?!"

"胡说什么啊?!不练怎么爬?"叶子快被气死了,"啥也别说了,收拾,明天一早,下山!"说完别过脸去,懒得理他了。

阿斗不服，心里窝着一堆暗火，坐也不是，站也不是。他麻着一张脸，陪叶子一起收拾装备，收着收着，心里却有了别的主意——就等天黑了。

19

高山之夜，万籁俱寂。月色皎白，映得天地一片银亮。阿斗辗转反侧，确认叶子睡着了，便轻轻钻出帐篷，拿起已经收好的装备，悄悄独自出发，打算绕过岩壁，从后方的小路绕上山顶，绳降下来，破解可行的路线。

叶子睡到一半，有点想上厕所，恍惚睁眼，突然发现身边没人；吓得她几乎弹起来，拉开帐篷，鞋不见了，装备也不见了。她赶紧拧开头灯，追出去一看，惊呆了——黑暗中，一星光斑正颤抖着缓缓移动，仿佛一只萤火虫飘浮在漆黑夜空，那绝对是阿斗了，正沿着碎石坡往后山走去。

叶子大喊："阿斗你回来!! 你这样太冒险了!!"

阿斗听见了下方的喊声，回头看，发现了叶子的头灯。她正高高举着手电，不停朝自己摇晃。

"你别担心！我就从后山上去，挂一把线，天亮了就能绳降下来，没问题的！"

"太危险了！你这样不行的！赶紧停下来！"

然而阿斗就跟没听见似的，甚至爬得更快了。叶子见这家伙还不肯下来，急得跳脚；赶紧跑回帐篷，戴好头盔，穿戴装备；一种不祥的预感袭来，空气仿佛更稀薄了。她一路奔跑，上气不接下气地来到岩壁下方，大声呼喊阿斗，但对方不应。

漆黑的山上，碎石坡陡峭得几乎惊悚。乱石嶙峋，散落一片乱葬岗。天空中飘着小雪，脚下又湿又滑。阿斗冲昏了头脑，不管不顾地朝山顶爬去，没做任何保护。

眼前出现几块冰箱那么大的巨石，斜堆着，中间是个大缝；阿斗提起一口气，原地起跳——越过了巨石，顺着惯性又往前冲了两步，跃在了一堆碎石上；可几乎就在一瞬间，脚下的石块稀里哗啦松动，链式反应一般，触动了更多的松动石块……阿斗大喊一声："落石!!"

恐怖的一连串炸裂声中，落石滑崩，下方的叶子死死贴着岩壁，恨不得把整个人缩进头盔底下，避开冰雹一样砸下的石块。肩膀突然中弹一般疼痛，她连叫都来不及就摔倒了，滑坠十多米，朝黑暗中的碎石坡滚去。

阿斗疯狂大喊："叶子!! 叶子!! 你没事吧?!!"

然而茫茫黑暗中只有自己的回声，不祥的死寂。他知道自己闯祸了，冷汗淋漓。剧烈的惊慌将本来就很稀薄的空气彻底抽成了真空，阿斗无法呼吸，肾上腺素令他双手剧烈颤抖。他嗖嗖地下撤，连滚带爬，像只急躁的猴子，踩掉了更多的石块，噼里啪啦，子弹一般的碎石又一阵落下，阿斗害怕触发更多的落石，不敢再乱动，打算横切到岩壁，用绳子垂降。但这需要做个保护站，而他手太抖，掉了一把机械塞，卡在岩缝里，怎么都取不出来，越紧越拽，越拽越紧，他顾不上调整了，草草做了个单绳系统，火急火燎地下降。

绳子与金属下降器的管槽快速摩擦，立刻产热，一股烧焦的味道十分刺鼻，仿佛绳子随时要被烧断；眼看快要到底，绳子却根本没打绳尾结，他的下降器直接从绳子尾端滑脱，万幸他只是掉在碎石坡上，除了屁股一阵剧痛，人没大碍。

碎石坡下方，叶子的头灯停滞在一片黑暗中。阿斗朝着那个光点奔去，发现她尚有意识，只是动弹不得。阿斗背起叶子就下山，疲惫和急促，让他的肺都要炸了。黑暗中，他奔向远处的一座牛棚，疯狂扑门，大喊救命。一个牧民打开了门，阿斗双膝一软，跪倒在牧民面前："大哥求求您了，救命！"

牧民正是白天围拢来的人当中最年轻那位，他见状，没有多说，转身披上外套，就发动摩托车，让阿斗把叶子扶上后座中间。三人一路疾驰，朝山下而去。

颠簸中，寒风刮过头皮，削肉剥骨，不知是冷还是怕，阿斗浑身颤抖，紧紧抱着叶子，生怕她掉下去；长夜仿佛黑色的雪崩，掩埋着他，令他无法呼吸。星空冷漠，月色冰凉，地上一道摩托车独轮辙印，延伸至幽暗的远方。

20

刘白满头大汗地跑到医院，没头苍蝇一样乱钻疯窜，总算看见阿斗坐在走廊上，鼻青脸肿，头盔还歪在脖子上，像是被虐待过度的战俘。

"人呢?!"刘白咆哮。

阿斗朝旁边的放射科诊断室看去。刘白急得非要往里钻,被技师吼了出去,让乖乖等着。刘白焦躁地转过身,一见阿斗,气得连话都哽不出,一个耳光狠狠扇去,把阿斗的头盔都扇掉了,滚到地上;刘白还不解气,狠狠一脚踢飞了那该死的头盔,"哐啷"一声,头盔撞倒了垃圾桶,吓得病人们大叫。阿斗过来捡头盔,刘白就掐着他不放,一阵撒气,被赶来的保安摁住。

不知过了多久,诊断室的铅门打开了。"谁是家属?"技师一边喊,一边推着叶子走出来,"家属来接人!"

俩人一听,立刻冲上去。阿斗紧跟病床,刘白却一把推开他,大叫:"不许你碰她!"

阿斗拦住技师,非要马上给个说法,技师被纠缠得不耐烦:"我们只负责拍片哈,等报告吧!急也没用……你们现在去拍CT,还有X光……"

刘白推着叶子的病床跑遍了各个诊断室,等待拍片的间隙,阿斗神经质地徘徊在走廊,像个坏掉的木偶,一下又一下,狠狠地用头撞墙,哭得两个肩膀都在抖。内疚已经要压垮他,他彻底不知道怎么办才好了。

急诊科的报告出来了。显示屏出现叶子名字的时候,刘白立马站了起来,走向医生的问诊室。阿斗也想跟进去,却被拦了出来,"一次只进一个陪同",医生说着,顺手带上了门。阿斗只好把脸贴在门缝上,竖着耳朵听。"简单说哈,右侧肩关节粉碎性骨折,肱骨近端粉碎性骨折,伴随分离错位,软组织挫伤;脚踝,距腓韧带撕裂……"医生说,"手术肯定是要的,家属在不在?准备办入院手续,签同意书。"

"没有家属。我自己签字,可以吗?"叶子的声音非常微弱。

"病人神志清醒的情况下,可以。"医生回答。

刘白拎着一堆片子袋,MRI,CT,X光,从诊断室走出来。阿斗刚想靠近,刘白便呵斥他:"你给我滚远点!别碰她!"他几乎是从齿缝里咬出几个字:"从现在起,我不许你靠近她!"

21

如今回想,叶子手术那段时间,竟是刘白记忆中最甜美的日子。他照顾她,就像照顾一个梦。住院那几周,刘白请了年假,在叶子病床前二十四小时陪护。他没告诉她,这个时间当口太微妙,项目做到尾巴上被别人抢了功劳,一年的活儿算是白干了。这些都不重要,刘白心甘情愿守着叶子,从术前到出院,寸步不离。他甚至在手机上记下她的细节偏好:讨厌香菜,不加蒜,不吃米饭;喜欢牛肉,喝粥怕烫;总想吃辣,但是医嘱不准。

偶尔地,叶子还会突然馋一口奶茶,或者鸭架。赶上下雨天,外卖点不着的时候,刘白就自己跑三个街区去买。除了如厕洗澡请护工代劳之外,刘白已然成了她的左膀右臂,连护士都以"六号床家属"称呼他。同一病房的陪护大妈特别八卦,总问叶子:"你老公可真贴心,结婚多久啦?"刘白也不接话,纵容每个甜蜜的误会。

停了镇痛泵的第一天,叶子伤口疼,睡不着。夜深了,刘白靠在陪护椅子上,困得不行,歪着头,打瞌睡,时不时做梦,但姿势太难受,没法睡踏实。叶子没有叫醒他,对着窗口轻轻晃动的窗帘自言自语。"小时候我其实家里很幸福,"她说,"越是幸福,后来就越难过……"

刘白听见什么,迷迷糊糊问:"怎么了,要喝水吗?上厕所?"

叶子摇摇头,自言自语:"爸爸也喜欢攀岩,开了一家岩馆。三岁就带我上岩壁,每周末都去,只要不是大雨就不间断。后来妈妈患上乳腺癌,一直瞒着我。小学毕业,妈妈走了,爸爸整个人就垮了。可能是他太悲痛了,他非要独自去攀登火空海,结果还在路上就遇到汶川地震。他就再也没有回来。后来的救援什么的,都是爸爸的搭档帮忙处理的,我都没见着他最后一面……"

刘白伸出手,覆盖住她的手。那手心干燥、光滑,与阿斗的手完全不同。俩人轻声细语说到天亮,周围是病友们此起彼伏的鼾声。"我的家就是你的家,"刘白说着,手指覆盖住她的手指,逐渐抓紧,"我带你回家。"

22

程序员的工作，刘白谈不上喜欢，也谈不上不喜欢。朝九晚五，五险一金齐全。不太忙的时候，他下班了就去公司旁边一家岩馆，爬一把再回家。办了年卡，续卡八折。抱石馆的人工岩壁，上不过三五米，下有厚软垫，更像是健身房。抱石对他来说，就是一种爱好，甚至是一种社交。

野攀狂人总是对这种生活方式不屑一顾，他们是完全不同的另一种人：常年浪迹山野，住在岩场附近，租个农家院子，每天睡到自然醒，吃点东西，然后就去攀岩，一直搞到晚上才回来；回来就是干一顿酒，天南地北地聊天，侃大山，喝到半夜，倒头就睡。至于生计，有的开个店，做甩手掌柜；有的做教练，带客挣钱，就像阿斗那样。可那样的人生，刘白既不想要，也不感兴趣。

出院那天，刘白忙活了一整天，先是吭哧吭哧打扫了卫生，然后又亲自去取蛋糕，摆上桌，洗了菜，切好，只等下锅，然后回医院办出院手续，接人。

直到打车之前，叶子都没想到是回刘白的家。"当然是去我那儿了，"刘白说，"照顾起来方便，我上班也近一些，好吗？"

一想到自己毕竟是给别人添麻烦，叶子也没有反驳。打开门的那一瞬间，她被家里的温馨与干净给惊呆了：米白色的墙壁，樱桃木色系的家具，电视墙被刷成墨绿色；家里挂着好几幅《睡莲》复制品。一个选择莫奈的男生。平和，温柔。叶子暗想,夏加尔、莫兰迪,也许都适合他。

刘白带她洗手,用酒精片消毒他俩的手机。叶子看见阳台上种着绣球、茶花、薄荷,也有天堂鸟、龟背竹,参差错落,绿意盎然。刘白指着一盆又一盆植物,像介绍宠物一样,告诉叶子:"这是'无尽夏',我喊它小夏,特别娇气;还有'东方亮'。"刘白指着那盆白茶花:"亮亮今年不乖,都不开花。"

"我的绿萝都死了。"叶子苦笑了一下。不知道为何在那一瞬间她想起阿斗,赤脚人字拖,四季不换,说是方便穿脱攀岩鞋;衣服脏了,反过来再穿几天。攀完岩,黑乎乎的手从来不洗,直接抓薯片吃。在阳朔住酒店的时候,她在门口瞥见过一眼阿斗的房间,衣服一塌糊涂堆在沙发上,但是男孩的房间不都是那样的吗?刘白的细致与整洁,比女生更甚:从阳台到客厅的过道上,地板有三厘米的小坎,已经铺上了坡垫,方便轮椅上下。她看见这个细节,感动到眼眶湿润,刘白只是笑了笑。

餐桌上点着蜡烛,刘白打开电视,选了一档BBC纪录片放着,就急匆匆戴上围裙,下了厨房。叶子赶紧让他别弄多了,刘白却笑呵呵操起锅铲:"再简单不过的菜啦,放心,下锅就起。"他的背影在灶台边忙碌起来。

抽油烟机的响声中,葱姜蒜溅着油星下了锅,刘白颠勺的动作娴熟而从容,这一幕伴随着鱼香肉丝的香气,仿佛从童年远处飘来,熟悉又陌生,叶子看呆了,有点想哭:她想不起妈妈最后一次做饭是什么时候,记忆中,她一直不在家，总是住院。家里的厨房操作台总是落满灰尘，冰箱拉开，只有爸爸的啤酒、外卖剩菜，经常连牛奶、水果都没有，空荡荡的。

"上次生日没过好，给你补一个，"刘白上完四道菜，又端上一个大蛋糕来，"顺便庆祝你出院！"

叶子从晃动的烛光中几乎可以看到生活本来的样子：温暖得像一枚蛋黄，包裹在坚硬的壳里。爱也许就是如此了。父母去世以来，她经常问自己，为什么偏偏是我?！后来她想通了，所谓人各有命。该来的，躲不掉。叶子本以为来自家庭的幸福，注定离她很远，但没想到此时此刻，某些虚无缥缈的东西，凝结在蛋糕的糖霜里。

吹灭蜡烛的时候，叶子许了一个愿：早日康复，也许还能回到火空海。

刘白没问她许了什么愿，只是紧紧地凝视着她，在蜡烛吹灭过后的细细烟雾里，一股久违的快乐颤动在内心，甜得他快要融化。也许否极泰来，也许老天有眼，一切等待都是值得的。

喝完汤，一枚求婚戒指在碗底。叶子看见了，心里一震，说："要么……我们……先别这么快……"

刘白的表情显然失落，令叶子非常内疚。

"行，那就不着急。我先存着，"刘白挂上笑脸，说，"但我的心意，都摆在这儿，你知道就好。"

这话是一点不假。刘白从小被父母那套出人头地的紧箍咒念得反胃；不仅父母，就连老师、同事、全社会都在念，他越长大，越恶心那套话术。他用自己的方式来表达反叛：偏就不在乎什么雄心大志、山川湖海，上班下班之外，他只想做自己喜欢的事：做饭，养花，闲来去岩馆抱石。一室，两人，三餐，四季。这有什么不对的？

吃完饭，刘白站起来就收拾桌子，拿碗去洗，一刻都不拖延。叶子帮不上忙，只能坐在轮椅上看电视，满脑子担心晚上刘白是不是想和自己一起睡，到时候要怎么拒绝，焦虑到不自觉眉头紧锁。

刘白洗完澡，湿漉漉地走出来，发现她脸色难看，问："怎么了？"

叶子没说话，她右手打着石膏、绷带，不能洗澡。刘白推着她走到卫生间，用温水打湿毛巾，温存地擦拭她的肩膀、脖子。叶子看着镜子里的俩人，被突如其来的亲密搞得很不自在。"我自己来吧。"她的语气充满防御，又有些紧张。

刘白顿了一下，停了手。他帮她打好一盆水，拧好了毛巾，说："好，你自己来吧。有需要，随时叫我。"

他走出卫生间，带上了门。她听见门外传来他犹豫的声音："叶子，没关系，我不着急。"听上去，倒像是刘白自己在安慰自己。

叶子慢慢擦拭自己的腰腹、腿、脚。她看着镜子里缠着绷带的自己，感到脆弱。这又是住进别人家的第一晚。童年时代，父亲照顾住院的母亲，她经常一个人在家，或者被安排去寄宿亲戚家。每到一个陌生的家，第一晚总是最难熬。

热水的开关要重新摸索,拖鞋毛巾放哪里,都有新的规矩。每个家的床都是不同的味道,刚去的好几天,她都睡不着。寄人篱下的感觉,她最害怕了。想起这些,叶子对着镜子里的自己落下眼泪,又立刻擦干。

足足半小时过去,她才擦完身体出来。刘白推着她走进主卧室。叶子看见床上只有一个枕头,顿时松了一口气。刘白温柔地把叶子扶上床,说:"你晚上翻身小心点,伤口别崩了。"

叶子看见床头有一个相框,照片是一只柴犬,天真可爱,咧着嘴笑。"这是你的狗吗?"她问。

刘白好像提起一个亲人离世似的,突然难过,说:"对啊,他叫鲁班。九岁了。两年前回了汪星。"刘白说着,拿起相框,对着鲁班的照片亲了一口。他放下一杯热水在床头,说:"晚安,我去隔壁睡觉了,要起夜的话,喊我。"

叶子突然心里一软,一半因为小狗可爱,另一半原因,自己也说不清。刘白一走,灯一关,门一带,她在黑暗的房间里,流下眼泪来。

23

再也收不到叶子的消息了。阿斗盯着那个发不出去消息又加不回来的账号,心里一阵阵发紧。他拎起喝空的酒瓶子,神经质地往自己头上敲。房间变成了回音壁,他一反刍,自责与内疚就在四墙之内来回碰撞,折磨得他睡不着,睡着了就醒不来。

在家躺了两周，什么也干不了，他只想消失，又不知可以消失到哪里去。他好像第一次尝到了爱这个东西几斤几两，什么滋味：能让人感觉重活了一次，又突然间，身心被碾碎。

阿斗打算再去攀攀岩，透透气。过去这几年，他都是这么过来的：每当遭遇低落时刻，他就只想逃向岩壁。只有攀岩，才能让他从内心的野火中全身而退，不被烧伤。

再次回到龙岩的那个早晨，阿斗还在宿醉，蓬头垢面，像个刚从精神病院逃出来的疯子。岩友们早就听说了传闻——这家伙鲁莽冒进，脾气火爆，害得搭档受伤，纷纷避之不及，对他视而不见。

阿斗一瞬间就什么都明白了。既然没有任何人再愿意做他的搭档，他只好独自攀爬，用自保的方式：用下降器自制一个制动系统，手持伸缩杆，在上方扣入一把快挂，往上爬一步。

这杆儿俗称"尿杆儿"，除非迫不得已，单独磕线，谁也不愿意用。慢，奇慢无比。光是用那杆头的小钩子去扣入快挂，就足以耗尽耐心。这简直就像用一根晾衣竿去钓鱼，越着急越钩不着，令阿斗百爪挠心。

每条线路好像变得更难了似的。短短几周没练，状态就一落千丈，毫无岩感。攀岩鞋几个星期没穿，脚尖钻心地疼。每个难点都脱手，重来几下，手皮就磨破了，他干脆撕掉绷带，任由伤口的疼痛折磨自己。效率太低了……阿斗从来没有这么挫败过。以前磕线，一个难点克服不了，难免掉几次、十次、几十次，都没关系，那是一种痛并快乐的尝试，掉得足够多，动作也就足够熟悉；最极致的时候，他能花上几天，甚至几周，跟一个难点死磕——死磕到头，总有一次突然就过了，通关的那一瞬狂喜，让人上瘾。

但这次不同，这纯粹是自虐自罚，彻头彻尾的狼狈：每一步费劲儿极了，事倍功半，谈不上任何的动作流畅，甚至连专注都做不到，更别说心流感了。他满脑子都是叶子、刘白、落石、医院……纷纷杂念泥沙俱下，令他心乱如麻。

到了线路的第七个挂片之处，阿斗再次伸出尿杆儿，拼命去够头顶上的下一把快挂，可是上方一块凸起的钟乳石挡住了线路，直杆绕不过去，总是差那么一寸够不着：一次、两次……试了五次，还是扣不进去；好像上天故意玩弄自己，狼狈极了。阿斗气急败坏，破口大骂，一着急反而手滑，尿杆儿连带那把快挂一起掉了，从空中摔到地上，"啪"的一声稀巴烂。下面骂声四起："妈的谁在掉东西！要砸死人啊！"

教练老树正在旁边带小朋友，阿斗这么一搞，太危险了。他实在看不下去，走过来帮忙，捡起杆子，对阿斗说："我给你打保护，你先下来吧。"

阿斗降到地面，羞愧难当。垂着头，不吭声。老树问："你一个人来啊？"

"嗯，一个人。"阿斗转身抹了一把脸，狼狈地捡回尿杆儿，一屁股坐下来，心里实在难受，点了根烟。

"别在这儿抽烟,小心烧绳子。"老树冷冷地制止他。

换作平时,阿斗估计得跟人打一架,但这当下,他乖乖站起,走到垃圾桶边上去抽;一不小心,感觉脚踩到了什么,疼得钻心,他也不叫,邪邪笑着,弯下腰细看,拔下脚底的一枚玻璃碎片。血流如注,他却有种着迷般的神情,细细端详伤口。

"小心破伤风,我给你拿碘酒,等着。"老树的声音温和又威严,也许是因为信基督,也许是因为久为人父。阿斗和他仅打过照面,从未有过交集。此刻阿斗想说点感谢的话,站起身的时候却低血糖头晕,感到不舒服;还没走两步,一弯腰,不是鞠躬,而是呕吐了出来——那股沤馊酒味儿,熏得自己都受不了。

老树没有嫌弃,拧开一瓶水,让阿斗漱口。拍拍这孩子的肩膀,真薄。这当然不是老树第一次注意到阿斗。在龙岩爬了这么久,阿斗这张脸给他的印象最深刻:如果儿子还活着,今年就该跟阿斗差不多大了。

24

儿子车祸去世后,老树和妻子就分了居。十年间,老树用登山排遣心中郁结,以此对抗痛苦——因为登山本身就是痛苦,彻底的自虐自罚,以毒攻毒。在高海拔地带,高反让人时时刻刻头痛、恶心,边走边吐,边吐边走。跋涉碎石滩,无穷无尽,仿佛穿越地狱,每一步都是折磨——可是一旦翻过隘口，眼睛就飞上了天堂，雪山皑皑，一目千岭——那一幕总让老树觉得，神是存在的，也是慈悲的。神有一万个名字，其中一个名字，一定叫高山。

老树就这么一座山一座山地挺了过来，挺过了中年丧子之痛，直到膝盖实在是不行了，又查出颈动脉斑块。医生警告过，再上高海拔，等于带着颗定时炸弹找死。从此老树做起了教练，教小孩子攀岩入门，算是启蒙教练。他喜欢小孩，也喜欢上课，和小孩在一起就像和儿子的替身们在一起。这一教就是好几年，至少在龙岩，老树算是老炮儿了。

"那你以前在哪儿登山？"阿斗问。

"新疆，西藏，四川。都爬过。新疆是我老家，"老树把碘酒交给阿斗，让他自己擦，"下个月我就回去一趟，你要是状态不好，可以来找我。"

25

新疆，阿斗没去过。他果断买了火车票，三天两夜，去找老树。枕着铁轨摇晃，阿斗百无聊赖，时而刷手机杀时间，时而盯着车窗外出神。

天山好像是个被世界遗忘的角落，群脉连绵，似静止的海浪。牧场一望无际，牛羊散落。老树的院子里，只有母鸡在悄悄走动。麻雀时不时飞下来抢食。屋顶上的落叶疲惫而安宁，葡萄藤一半枯着，一半绿着。老树整理出旧宅的一间，给阿斗住。那是一间老木屋，家徒四壁，只有开门声吱吱嘎嘎，一进去，仿佛走入一个幽暗的洞穴。

阿斗住下的第一周，什么都不习惯。感觉是被处以流刑，寂静变成一种惩罚。房间里的气味、室外的光线，都和南方不一样。这里的风沙刮起来，像要生生剥了他的皮。几乎时时刻刻，他都在惦记叶子。她的伤好了吗？刘白呢？他们过上了什么样的生活？

躁郁症像冬天的降临那样，不知不觉，越来越深，越来越冷。发作起来，阿斗时而欣快狂傲，感觉自己天下第一，分分钟可以把天山都踏平；时而又像一头困兽，在房间里神经质地转圈，烦躁得浑身着火。实在待不住的时候，他会突然闯出门去，随便拿着什么东西撒气。水桶洒了，让他发怒；鸡捉不到，也让他发怒；盘子里的豆腐夹不起来，也要发怒。

老树也不跟阿斗来硬的，而是趁着吃午饭的时候，将他带到木屋外面，拿起一把锤子、一盒钉子，对阿斗说："有个古印度的故事，你听过吗，关于一个脾气不好的小孩儿——"

"别他妈当我三岁。"阿斗端着饭碗，满不在乎地吐出了一根鸡骨，等蚂蚁聚拢，毫不留情地把它们一一碾死。

"——那孩子脾气不好，老爸要他每次一发火，就往墙上钉一个钉子，"老树说，"你也这样，试试。"

"凭啥?!"

"每次，都要钉，"老树没有正面回答，只是朝木屋的外墙上钉下了第一颗钉子，"比如今天，你跟母鸡生了气。"

说完老树把锤子交到阿斗手上，转身离开。

短短几天，木墙就钉了好长一排钉子。

第一场雪，猝不及防地降临了。窗外呼啸着白毛风，仿佛怪兽彻夜号叫，阿斗又失眠，想出门透气。他不顾狂风大作，跌跌撞撞爬进车里，也没想到车门刚一拉开，背后袭来一股逆风，铰链当即拉断，阿斗眼睁睁看着车门像一块纸壳那样被吹到空中。阿斗暴躁地大吼："我操你大爷的！"

车门没了，阿斗还不顾一切地企图发动引擎，但火花塞都冻了，机油凝固，嘀嘀嘀的报警声格外刺耳。阿斗像个疯子一样，使劲拧车钥匙点火，只听一阵嘎嘎异响，根本打不燃。

老树听见响动，还以为有贼，披着大衣冲出来，发现是阿斗，像一头野兽一样自己跟自己发怒。老树心生怜悯："小子，狂什么，这可不是你的车。"

阿斗跳下来，冲进狂风，从老远的地方捡起那块车门，扛回来，非要装回去，却根本连拿都拿不住——风太大了，沙尘带雪，劈天盖日，什么都看不清，别说安装车门了，就连人都站不稳。阿斗举着车门，被剧烈的风阻掀翻在地，急得一哭，眼泪瞬间就结成冰。他放下车门，从雪地里爬起来，乖乖回到木屋后墙，又钉下一颗钉子。

26

大雪封山的时候，屋子就像一间停尸房。阿斗整日躺着,感觉躁郁症在他内心建了一座小小的监狱,自己既是典狱长,又是囚犯。每天醒来的第一个念头就是,叶子在做什么,第二个念头就是,天,我为什么还活着。

他不是没想过关紧门窗,烧一盆炭,一觉睡死,但是躁狂发作的时候,他顾不上死;而抑郁袭来的时候,又没力气去死;最糟糕的时候,他连下床都做不到,从床沿到厕所之间的跋涉,疲得像是登了一座山。路过窗户的时刻,阿斗眼睁睁看着老树的车,快要被大雪没顶。阿斗觉得自己也像这辆车,坏了,动不了,快被风雪活埋。

春节快到了,老树要去跟亲戚过年,想拉着阿斗一起,可阿斗哪儿也不想去,说要一个人留在村里。老树也没有强迫他,留他一个人看家。

除夕夜,鞭炮爆竹吵得阿斗心烦意乱,一夜没睡着;第二天大清早,窗外大雪如海,覆盖一切,每一座屋顶仿佛都是小船。铲雪车出动了,来来回回,噪音令他想补个懒觉都不安生。阿斗正想拉开门骂街,却发现大雪封门,根本打不开,气得他抄起一把铁锹,从窗户翻出去,跳到齐腰深的雪里,一边铲雪,一边骂骂咧咧:"让不让人睡了,我操你大爷的。"

老树打电话来问候,他也不接,全掐了。过了一会儿,手机又响,老树发来一条短视频,点开来:

> 因纽特人有一个习俗。当你愤怒失控时,拿起一根棍子,到雪地里,拖着它,一直走,一直走。走到心里

平静了为止——以此，见证愤怒的长度。

阿斗颓坐在原地，盯着手机，久久不能动弹。铁铲从他手里滑落。他又一次，来到木屋墙跟前，钉下一颗钉子。这一整面墙，已经钉满了钉子，与其说是一面墙，不如说是一副狰狞的刑具，记录了他每一起怒火。他已经记不起那些荒谬的原因——甚至毫无原因。

阿斗看着满墙的钉子，拖着铁铲，朝着大雪深处走去，身后留下长长一道痕迹，消失在茫茫大雪中。

27

阿斗不断尝试给叶子打电话，发消息留言，写邮件……但叶子从来不回。如此，他更确信自己像是在服刑。叶子所在的那个世界，已经隔绝他了。为此他经常盯着墙角那对锋利的冰镐发呆，不止一次想象过用它敲向自己，一了百了。

天地间落得个白白净净。老树过年回来，将院子里的葡萄藤架改造成干攀训练架，在架子上练习干攀技术。

"你来试试？"老树问。

阿斗摇头。他继续劈柴。木屑溅起，扎到眼睛，不知停止。直到筋疲力尽，才一头扎回屋里，玩游戏打发时间。那些日子他就这么颓着，要么几天几夜不睡，要么几天几夜不醒。要么好几天完全不吃饭，要么饿到发疯突然半夜起来，将冰箱里的冻馕、面片、剩菜……一股脑儿地往嘴里倒,吃到撑死。

"你儿子这状况啊,典型的躁郁症,学名是双相情感障碍,"老树带阿斗去精神科,医生说,"按下葫芦浮起瓢,特别难。你就这么理解吧,等于一个跷跷板。控制躁狂了吧,人容易抑郁;控制抑郁了吧,人又容易躁狂。很难治啊。基本上,绝大多数病人都要终身服药。还有这药,进口的,贵,你们就吃国产的吧;记着啊,吃上了,可不能随便断药。副作用因人而异,吃着先观察,实在受不了的话,咱换一种药调整,但是千万不能随便停药。"

老树默默听完,看了一眼坐在医院走廊上的阿斗,对医生说:"他……不是我儿子……"

医生愣了一下:"……反正,你多做好心理准备,对病人要有点耐心。"

阿斗的侧影在长长的走廊里显得无比渺小、孤单。他垂着头,无精打采,茫然地刷手机,短视频太吵,刷得他莫名烦躁,一把掐掉,反扣手机,盯着走廊的墙壁,想了下,又点开,写邮件:

叶子:

　　这里的冬天好长,没完没了的大雪、狂风。日子挺无聊,老树喜欢在院子里练习干攀,改天我也试试,练好了,去火空海也用得上,冬天的话,那上面不就结冰了吗……

28

刘白扶着叶子从轮椅上站起来：复查一切顺利，恢复良好，没有术后感染，瘢痕不严重；剩下的就是漫长的康复训练。一出医院，叶子指着医疗器材店，说："咱立马处理掉轮椅，再也不想看见这东西了。"

也没想到店家不收，倒是旁边的收废品小贩眼尖，上前捡便宜，但只肯出二十块钱。俩人哭笑不得。刘白说："二十块就二十块，就当赚了两个甜筒吧。"

能重新走路的感觉真好，哪怕还挂着拐杖。"来，拍张照，纪念一下。"刘白笑着，举着一个冰淇淋甜筒和叶子干了杯，在麦当劳门口自拍合影。拍完照，刘白看到叶子手机里有消息跳出。

"这人……我就帮你删了哈。"

"谁？"

"还能是谁？"刘白直接从叶子的邮件联系人里删掉了阿斗的名字，顺便拉黑。叶子想要说什么，却又一时不想打破此刻气氛，没说话。她舔了一口冰淇淋，刘白伸出手指，替她抹去嘴角的一星奶油。

阿斗最初写来的那些邮件，叶子都看到了。她早已原谅了他，但刘白没有。借着手术刚完，拿手机不便的理由，刘白顺理成章得到了叶子的手机密码，进而是电脑密码，然后是邮箱密码。

刘白对她体贴入微，她是知道的：这么久以来，他悉心照顾她的每一天；下班回来，哪怕再累，刘白也会第一时间下厨做饭，包揽洗碗、打扫卫生，从未懈怠。他是确凿无疑的好人，并且爱着自己，叶子清楚，但他对她越好，她越内疚，越察觉到不对劲：像一副柔软的手铐，一场道德绑架。他关照她生活，也关照她每一个举动、每一个念头。刘白的控制欲仿佛涨潮，渐渐淹没一切："他还有脸给你写电邮？我帮你回吧，让他以后别写了。"

"你别管我。"叶子拄着拐杖和刘白争夺手机，"啪"的一下，手机掉在地上，拐杖也差点滑了。

刘白忍住，没有发作，趁着捡起手机的间隙，盯了一眼电子邮件地址，默默记下了，他平静地将手机还给叶子，说："我得去上班了，来不及了。你就自己回家，乖乖地，在家等我。"他把叶子送上出租车，拎起背包上班去了。

一到办公室，刘白就扑到办公桌前，直接点进叶子的邮箱，把阿斗的地址设为垃圾邮件，直接拉进黑名单。他还不忘更改设置：遇垃圾邮件，直接删除。想了想，他还不放心，干脆写了一个程序，植入命令，阿斗的来信自动转发给自己的邮箱，这才心满意足，舒了一口气。

29

当晚，他们爆发了相处以来第一次争吵。叶子改了手机密码，被刘白发现了。

"你不看我手机，你怎么知道我改了密码？"

"你也知道我的手机密码、电脑密码,我对你毫无隐藏,你有什么不能让我知道的?"

"这就是个边界问题,你可以改密码啊,反正我从来不会看你的手机。你也别看我的。"

"那你手机有什么不能看的?你不是说你跟他只是搭档吗?你们现在没法搭档了,还要什么联系?你这么惦记他吗?我对你还不够好吗?如果你还嫌那个人给你带来的麻烦不够那你就去找他吧我该做的都做了我好好工作好好挣钱我为了什么……"

刘白连珠炮,让叶子没有还嘴的空隙。她懒得再说什么,空着一个脑袋,只看到他嘴在动,已经听不见说什么了。总觉得刘白那套逻辑哪里有问题,又一时说不出是什么问题。他的确在好好工作,努力挣钱,顾家体贴:冰箱永远整齐饱满,脏衣篓不会堆积成灾;每件衬衣、裤子,都有完美的熨线。但这一切就像一个无比正确的深渊,流沙一般,缓缓吞没着自己,而她甚至找不到一个确凿的立场与之抗争——毕竟道德高地已经被刘白完全占据了。可这个家,就像一座甜蜜的海上孤岛,而她不想做鲁滨孙。

她只能用锋利的沉默,反抗着刘白。她越不开口,刘白就越念急:"我就不明白了,山上到底有什么好,你就是放不下呢?"

叶子还是沉默。刘白见硬的不行,来软的:"我也喜欢攀岩啊,等你好了,我们去岩馆,照样可以爬呀。"

"那不一样。"

"怎么不一样?"

叶子痛苦地捂着头。她要怎么才能向他解释——当一个人见识过了比自己更崇高的事物,并以此为信念,就再也没有办法甘于日常生活。

"对于理解这种感觉的人,不用解释。对于无法理解的人,解释了也没有用。"她想起阿斗说的话,挺对的。这只是一个选择问题。人与人要的,不同。但刘白不能接受,她要的,和他不同。

30

叶子,你好吗?

我知道你可能屏蔽了我,不愿意回我消息,第十七封了,还是不知道你过得怎么样。我只是想对你说,对不起。我正在改……

这里冬天很冷,冷到开水泼出去,能立刻结成冰。火空海的夜晚,也没有这么冷……当然,晴朗的时候,这里也有最干净的冰……

阿斗不知道自己的这些话,统统进了叶子的垃圾箱、刘白的收件箱。没有消息的每一天,他神农尝百草一般,亲测了每一款药的副作用:奥氮平、氟西汀、苯二氮䓬,呵欠五秒钟一个,不停地打,打到每天都眼泪汪汪,大脑昏昏沉沉,仿佛始终笼罩着一层雾。剧烈的口渴折磨着他,那是无论怎么喝水也没法缓解的神经性口渴，令阿斗什么都吃不下，体重掉了十公斤。呵欠，失眠，反胃，烦躁，恶心，口渴……阿斗——挺了过来。

好在猛药开始起效，扑灭了躁郁症的火灾，阿斗陷入一种满目疮痍的平静，像被山火烧尽过后的、灰白的森林——树干牙签似的插满山头，没有绿色，没有生机。空荡荡的死寂，但至少是平静的。他觉得脑袋上安了一个取不下来的头盔，罩得人发蒙，一天到晚晕沉沉的。

老树见阿斗日渐消沉，被副作用折磨得不成样子，便想方设法带阿斗散心，拉着他一起出门。

好久没有见过如此泼辣的阳光，照耀雪面，如同烈焰冰湖。天山山脉纬度高，气候干燥，漫山遍野的粉雪，质感丝滑，仿佛是液体，当雪板擦过雪面，就如同轻轻擦着海浪尖飞翔，舒服得让人起鸡皮疙瘩。

阿斗看着老树他们滑雪，山谷间回荡着熟悉的嘶吼声：运动带来的快乐，动物般简单，不知今夕何夕，无论天上人间。曾经他也如此快乐过，一丝羡慕掠过心头，却不想动。阿斗不会滑雪，也没有装备。

"那你想爬一下吗，咱随时走。"老树把雪板一插，抽掉手套。

"大雪天的，有病啊，手僵。"阿斗裹紧羽绒服，整个人缩着抽烟。

老树哈哈大笑："在新疆，没有哪个季节是多余的。"

31

走向松林,迎面而来的是晶莹剔透的瀑布,结成了冰:左边像一座透明的圣诞树,右边像一双透明的天使翅膀。"我靠,这也太美了。"阿斗暗自发出惊叹,老树却说:"这算什么,跟我来。"

第一次站在那冰瀑下的时刻,阿斗惊讶得下巴都要掉下来了——这哪里是瀑布,分明是一座玻璃制成的巨大管风琴。一道道垂直的冰溜子恰似透明的巨大哨管,仿佛两百年前的巴赫要在此复活,为世人演奏《哥德堡变奏曲》。

老树给这面冰瀑取的名字,恰恰就是"管风琴"。一种教堂般的庄严与清澈扑面而来,几道丁达尔光透过云彩,如雾之手抚摸前额,几乎让阿斗热泪盈眶。他钻到了冰瀑的背后去,看见阳光被棱镜般的冰体折射,滤出微蓝发亮的光栅;未冻的流水仍在冰柱内部奔腾,如透明的血液,至纯至净。

但要攀登它也太难了吧……阿斗凝视这奇迹,恨不得立刻尝试,却又几乎舍不得玷污它的晶莹剔透。他努力按捺着激动,跟着老树去熟悉装备。阿斗举起冰镐,仔细观察那锋利无比的鹤嘴头:这是老树借他的老款 Grivel,铬钼钢,缺点是笨重,优点也是笨重——挥动镐头的瞬间杠杆作用更大,入冰感更脆,更利落。鹤嘴头与镐柄的弧度,弯曲得就像一只耳郭,进攻性很强的一款设计,对付垂直冰壁最好不过了。阿斗已经忍不住想象镐头入冰瞬间,爆冰炸开的快感。肾上腺素已经涌动起来,他看到自己愈发急促的呼吸在冷空中化为雾。

"够了,这是打磨好的!你要调的是冰爪,"老树走过来,"我帮你看看,你的尺码多少,43?"

阿斗坐下来,比照着高山靴底,仔细调整全卡式冰爪的长短:尺孔标记 F 加半。老树用六角扳手紧了紧前齿的小螺丝,递给阿斗。好了,"咔"一声,冰爪精确地卡入高山靴的前后槽,稳了。阿斗全副武装,站了起来。他试着跺跺脚,来回走动:冰爪咬住冰面,一丝不滑,只是像穿了鞋的企鹅那样略显笨拙。

"你这是法式步法,"老树提醒他,"这在平缓的冰面上还行,但是陡峭的地方,你就不能这样了,知道德式步法吗?"

阿斗略微点点头:"看过。"

老树笑了:"看过可不行,你得做出来。像我这样……踢冰,对,果断一点!前齿一旦踢进冰里,就把身体重量放上去,就像攀岩一样,放低重心!对,再站起来!上肢,挥镐,手腕放松,想象你劈柴的时候,甩出斧子的感觉。"

阿斗低头一看:冰爪的两根细细的前齿尖儿,嵌入冰壁,仅靠这半根牙签不到的杠杆,就能承载全身体重;冰镐的鹤嘴头,一颗瓜子尖那么小的着力点,就能挂住整个人。阿尔卑斯式攀登发展至今,装备像武器一样进化得如此精巧而坚实,难以想象第一个尝试攀冰的人是谁,他当时一定踩着最原始的笨重冰爪,为探险从容赴死如散步。这是登月般的勇气啊……阿斗浮想联翩,被冰瀑下的喊声打断——

"不错啊,你确定你是第一回吗?!漂亮!"老树大喊。

"牛×!"

"够帅!"

老树和另外几个朋友的喊声回荡在山谷,阿斗听了,嘴角浮出一丝微笑。从小到大,他从来没有在任何一件事情上如此得心应手。无论老师还是爹妈,对他都只有一个词:废物。多一句的话:我上辈子欠了什么债,养了你这么个废物。

此刻阿斗挂在冰壁上,感觉整个自我又一次溶解在心流之中,如入化境——时间消失了,世界静止了。远处恍惚还剩下一片模糊的声音,那是老树和朋友们的笑声与赞赏。阿斗突然意识到——不是说自己真有他们表扬的那么好,而是……有没有可能,自己也没有那么糟糕?!有没有可能,至少世界上有一件事,至少攀登这件事,他确信自己是如此喜欢,如此擅长……生而为此?阿斗感觉心里有一小块角落,那块一直黑暗、一直挠不到的溃疡角落,精确地被灼烧到了:又疼,又爽。热泪沸腾在胸口,迫使他大口呼吸。

阿斗挂在高高的冰壁上,俯瞰脚下一片壮丽的雪松,蛋糕一样撒满糖霜,夕阳是蜂蜜色的,美得发甜。有那么一些瞬间,阿斗体会到百感交集的快乐,几乎想要死去:这何止是攀爬一条冰瀑,当美感与心流感交织,他感觉自己是在雕刻一曲凝固的《哥德堡变奏曲》。

也正是从"管风琴"开始,阿斗养成了一个习惯,一边听古典乐，一边攀冰。手中的冰镐仿佛是一件乐器，由他内心涌动的岩浆锻造而成；淬火后，锐利，坚硬，积蓄着巨大能量——砰！镐头敲入冰壁的瞬间，冰碴飞溅，暴力经由腕部的动作被完全地甩了出去，释放得干干净净，烦躁得到纾解，由此他整个身心越发干爽、清澈，融入一片平静。"比冰和铁更刺人心肠的快乐"，阿斗无端想起这句诗，那是在老树的故纸堆里读到的残书：一本波德莱尔的诗集。

是攀登，再次救了他。是新疆的冬季、干燥寒冷的冰壁，而不是丙戊酸、奥氮平、氟西汀……救了他。阿斗每天早起去冰瀑下，循环播放巴赫，就着音乐苦练攀冰，直到小音箱没电也毫无察觉。那些旋律已经融入骨血，在耳边徘徊，仿佛是天地万物在哼唱，令他完全沉浸在透明的心流深处。一千遍《哥德堡变奏曲》之后，他几乎能感到自己蜕变成了不一样的生物。攀岩与攀冰被称作"壁上芭蕾"果然不假：每当黄昏，看着被夕阳染红的白桦林，阿斗会想起在六姑店里杀鱼的日子，觉得那一切遥如前世。那个杀鱼的小伙计，无论如何也想不到有一天自己和古典乐、诗、冰雪、岩石……融为一体吧。他感觉自己终于能与内心的火山达成和解，往事已成庞贝。

立春那天，老树把阿斗带回那一面木屋后墙，说："从今天开始，你每忍住一次发火，就把钉子拔掉一颗。"

"今天我一次也没发火啊。"阿斗说。

"那也拔掉一颗，说明你度过了平静的一天。"

32

窗外的树都绿了。阿斗吃早餐时，闻到早春清晨的第一缕风，凝视着麻雀停在窗口啄食他撒下的谷粒。他从未体会过如此平静而清澈的心情，唯独右手疼得端不住牛奶，差点洒了一桌子。

"肱骨外上髁炎，"老树放下碗，捏起阿斗的右手肘，轻轻按摩，"挥镐挥得太多了，得休息。你心态要放轻松点，慢慢来，你看脚指甲都紫了。"

到了五月，北疆的冰季结束了。就连管风琴都已化成了水，晶莹剔透地流动起来。一阵激烈的鸟鸣声响起，阿斗抬头望去，发现是几只嗷嗷待哺的雏鸟拼命张大嘴，嚷嚷着不停。他从来没注意过春天已经这么浓了，连燕子都回来了。

走到后墙，阿斗拿起钳子，将最后一颗钉子从木墙上拔掉。他舒了一口气，转身要走，看见地上一只雏鸟，从巢里掉落了，刚想要去捡，又怕染上自己的气味，他赶紧跑回去洗手，然后摘了一捧枯草，轻轻捧起幼鸟，把它送回屋檐下的巢中。

这一切，老树都看在眼里。他走过来，收走了一整盒钉子与锤子，问阿斗："都取下来了？"

"取了。"

"你觉得这跟从前有什么不同吗？"

阿斗看着那面墙——钉子是没了，但满墙壁都是钉眼儿，仿佛弹孔，记载着一场血腥而惨烈的战役。阿斗隐约知道，是时候了。火空海，他一直都记得。日日夜夜，日日夜夜。没有哪个晚上，他不想念着叶子；梦里他一次次回到火空海，回到一切不可挽回之前。如今仿佛是服刑结束，阿斗试着相信自己已经被改造成了一个新的人。

叶子，你好。

这大概是我在新疆给你发的最后一封邮件。我要回来了。我依然常常想念火空海，想回到那里，完成它。

不管这还是不是你的梦想，至少，它现在已经成为我的执念，再一次对你说，对不起……希望你原谅。

33

攀岩馆的门口，卷帘门紧紧关着，被泼了红漆，一张"欠租停业"的公告贴在门口。这是刘白经常来的地方。估计他已经不怎么爬了吧，阿斗叹了口气，走进旁边的火锅店，想顺便买瓶水。

下午三点，店主正在打盹，一眼认出了阿斗，热情得让人有点招架不住。问起刘白和叶子，店主打了个呵欠："结婚了呗，还来送了喜糖。这两口子，好久没来啦。"

阿斗心里一沉，愣在原地。以前，刘白在岩馆练完抱石，时不时就叫上自己在这儿吃火锅，叶子也常来。那时他们年轻气盛，酒过三巡，尽说胡话，大笑大闹。他记得自己第一次认真为未来做起了打算，就是在这个火锅店，三人喝光了一箱青岛啤酒,趁着酒劲膨胀,他夸下海口:"以后就吃攀岩这碗饭了!先做教练!然后多比赛!拿奖!什么北脸鸟家凯乐石,到时候统统趴在老子脚下,等老子签约!"

叶子哭笑不得:"苟富贵勿相忘啊!"

阿斗用肩膀撞了撞刘白:"怎么样?!咱一块儿?!"

"那是你们野人才想的事儿,我哪有什么资格想那么多?上班,下班,过日子,"刘白伸长筷子,捻着一片毛肚,掐着秒涮,"爬墙不就是个爱好嘛,说那么多干吗,多爬,练肌肉,减肥。"他举起酒杯:"明天减肥,今天不管,来,喝!"

那些场景烟消云散,叶子和刘白走入了什么样的生活,他完全不知道了。阿斗傻坐在店主面前,半天才问出一句:"那么他俩,现在住哪儿啊?"

34

城市的一个平凡日,下班晚高峰,涌动的人群一个个低头刷手机,这千千万万普通人的生活,茫然而生动的市井,已经令阿斗感觉陌生。

菜市场里人群拥挤,蔬果生鲜与荤腥下水的气味混杂在一起。叶子素面朝天,扎着马尾,左手拎着一袋鸡蛋,右手拎着番茄、牛尾骨、鸭肉、丝瓜……她把东西放进共享单车的前筐,再骑两公里就到家了。阿斗远远地突然撞见叶子的身影,心跳几乎漏了一拍,本能地想喊她,又突然忍住,不知哪里来的心虚，令他不敢靠近，他赶紧扫了一辆车骑上，尾随而去。

斑马线前，叶子在绿灯的最后一秒匆匆过了马路，阿斗赶来却撞上红灯，只能干等。他着急地左顾右盼，生怕跟丢了。等灯绿了再追上去的时候，阿斗好像见不着叶子了。他左右张望，呼哧呼哧加快速度，蹬过一个路口，叶子的身影又出现了。阿斗生怕被发现，隔着人群跟随其后。

叶子进了一个小区：不新，也不旧；不大，也不小，普通得让人记不住。原来这就是她后来的生活：平淡如任何"一般人"。

阿斗停下了脚步，把单车停在楼下，远远地走进对面的另一栋单元，躲在楼道里，隔望对面的窗口——厨房灯亮了，洗菜，切菜，下锅。水汽蒸腾……她什么时候穿上围裙了？阿斗心里几乎塌了一块，陷入失落，自顾自在楼道里点了一根烟。

接着是一根，又一根。

一天，两天。

连着好几天，他像是着了魔一样，跟踪叶子回家，又不敢上门。在楼道徘徊，站着，蹲着，脚都麻了，还是没有勇气。

35

第四天傍晚，刘白迟迟没有出现在小区门口，估计加了班。天都黑了,他才回来,从门卫旁边的柜子里取走快递,匆匆上楼。他背着灰色的双肩包,普通的T恤和西裤,就像任何一个普通程序员那样。他胖了很多,发际线好像都比从前退了不少。阿斗看不见他们吃饭的客厅,只看见温暖的灯光,透过窗帘,突然亮起。

朴素的日子,恰如这朴素的灯、桌子、碗,朴素的姜丝、小葱,锅里有一个朴素而生动的世界。换作手术前,叶子根本不敢相信自己有天也会下厨,可现在她也有几样拿手菜了,中西兼具:北非蛋、红酒烩牛尾、啤酒鸭、蛤蜊丝瓜汤。

餐桌旁挂着一幅莫兰迪的复制品:浅灰色调的瓶瓶罐罐,是她送刘白的结婚礼物。有次他们看展,刘白逗留在莫兰迪的画作前,久久不离去,叶子觉得那瞬间很动人。画作渗透出的那种平静、恬淡,的确符合这个小家的质感。

这一年多来,叶子总觉得自己在努力扮演一个好女朋友,接着又是好老婆。角色演得久了,不知不觉也入戏。她时不时说服自己,人都该知恩图报,一盆花养久了都有感情,何况和一个活生生的人朝夕相处那么久呢?虽然这种生活,像没有尽头的梅雨季……梅雨是温柔的围困,没错,它让你不愿出门,黏稠,慵懒,只想端一杯茶,读书,看剧,吃薯片,睡大觉。小确幸当然惬意,可是每当夜里,梦到自己就这么年与时驰,志与日去,成了一个家庭主妇……守着几样拿手菜,柴米油盐,一天三顿地过下去,她几乎感到恐慌。

一种强烈的不甘心折磨着她：一想到养伤浪费的时间、下降的体能、耽误的训练，她半夜惊坐起，心慌到满身冷汗。也许七老八十了可以安然接受这温柔的围困：走不动了，身体不行了，有的是时间看书、做饭、听雨，但现在不行……现在，应该为火空海重新振作起来。

整个康复疗程，叶子刻苦训练，不断加大难度，已经跑跳自如了。重返火空海的愿望越来越强烈，她翻来覆去想了好几天，打算跟刘白谈一谈，专门挑了今天，结婚纪念日，亲自下厨做饭。

36

他回家比平时晚了一点，双手拿满快递，显得很累。俩人相对而坐；汤碗揭开，叶子的脸在热气氤氲中显得十分温柔。"这菜好吃，你以后就这么做，"刘白努力打起精神，"对了，你说今儿有什么好消息？"

"今天是我康复训练的最后一次啦，跑跳都没问题了，康复师说，可以试着重新攀岩，恢复训练，明年这个时候，说不定就能搞定火空海了！"

刘白点点头，埋头咀嚼着。

"来，干一杯，恢复这么好，都要谢谢你照顾。"叶子举起红酒，一脸兴奋，但刘白没有接这一茬："应该的。"

"怎么了？你是上班又有什么不高兴的——"

"——没事。"刘白说完就陷入沉默，麻木地吃了很多菜，突然像是撑饱了似的，放下筷子，垂下嘴角。他给自己倒满一杯酒："我还以为，好消息是你怀孕了。"说着，他一饮而尽。

一阵令人窒息的沉默，锅盖似的扣下来。叶子悬着筷子，张口结舌。

刘白自顾自又倒了一杯，双脸涨红。气氛中有种诡异的张力，他一口灌了下去，放下酒杯，站起身，从药柜里拿出一瓶维生素B2。他本想把这玩意儿狠狠拍在桌上质问她，但他知道叶子不吃这套。这样只会让事情变得更糟。他几乎沮丧："为什么……上次溃疡，我给你买的B2，你把瓶子换了，偷吃妈富隆？还藏着，怕我发现？"

叶子放下筷子，脸色立刻变冷。她用了一碗汤冷掉的时间，沉默不语，但最终决定不能继续沉默："谁让你老不想戴套？我跟你说过多少次，我现在不想——"

"——不想什么？！"

"不想要小孩！都说好的，你也答应了啊！"

"……我还有什么做得不够你满意的？！"

"不是不满意的问题，我不想现在就这么过上退休老干部一样的日子，你不觉得人活着，应该做点别的吗？"

"你心里是不是就没放下过那个人？"

"你在胡说什么啊？！这哪儿跟哪儿啊？"

"你每次都回避，从来都没有正面回答，你是不是就等着那个人回来？"

"瞎说什么，你这占有欲，是不是过分了点？"

"我过分?!"

"这到底是家,还是看守所?!"

"看守所?!我辛辛苦苦照顾你,你说是看守所?!还有没有点良心?!"

"我没良心?"叶子大吼起来,那样子让刘白感到陌生。他眼睁睁看着她摔门而出,手重得像要砸了墙。一股心凉蚀骨,又被一阵脑热盖过,刘白僵坐着,整个人都在发抖。不能追出去,他想,追出去就输了。让她滚,看她什么时候回来。刘白狠狠闷酒,盯着墙上的钟。如此半小时没动静,他焦躁不堪,操起手机给叶子打电话,但她已经关机。刘白心里闷了一口恶气,六神无主,海啸般的愤怒、不甘,令他几乎窒息。实在坐不下去了,他抄起手机和车钥匙就出了门。

37

阿斗低头在楼道里掐灭了最后一根烟,正四处寻摸往哪儿扔,身后的门突然开了,又撞见出门倒垃圾的老奶奶,对方满脸狐疑地盯着他:"你是谁啊?我瞅你好几天了,想干什么呀?我报警了啊。"老奶奶转过身,像是拨了110。

阿斗一阵窘迫,捏着烟头便匆匆下楼。

突然一辆轿车猛冲出地库,吓了他一跳;车窗大敞,司机竟是刘白,满脸通红,油门轰得相当暴躁,一门心思往外冲。

阿斗愣住了，傻在原地，眼看着那辆车绝尘而去，直觉不对劲。车尾远去了，阿斗这才努力回想副驾驶有没有人，叶子是不是在车上，越想越不确定。阿斗犹豫了一下，很想此时上楼去找叶子，又觉得时机不合适，万一门开了，说什么好？

他颓然走出小区，打了一辆车，准备回去。

刘白边开车边疯狂给叶子打电话，始终关机。半个多小时也走不了多远，刘白盘算着，打开手机定位"寻找设备"，跟踪着地图上那个红点，东张西望，车开得东倒西歪，好几次差点跟旁边的车剐蹭上，惹得别人狂按喇叭。

叶子心乱如麻，茫然而匆促地走着，但也不知要去哪儿。冷风吹到脸上，心事繁杂，身后爆发出烦躁的喇叭声，一回头，正好被刘白搜寻的目光撞上。叶子一见到他的车，立刻调转方向，往小巷子里折去。

刘白见了她，立刻打转向灯，想要把车靠边，没想到辅道上的车流越来越堵，几乎一动不动，怎么都并道不成，这才猛然发现是前方交警设置路障，将道路逼窄，临时检查酒驾，一个一个吹测试器。

刘白这才想起自己冲出楼下时喝了两杯，一时慌了神。眼睁睁看着叶子从视线里渐渐消失，而交警越来越迫近。五十米、四十米……情急之下，他慌乱地打开车门，弃车逃跑；趁着交警一个不注意，他猫着腰，钻过拥堵的车流，在一辆面包车的遮挡下，窜过辅道，朝着小巷追去。

"又查酒驾，堵了，"出租车司机叹着气抱怨，"欸？！那人干吗？！丢下车想跑？嘿哟我靠……"阿斗坐在后座，漫不经心抬起眼皮,眼看前方一个身影跳车而逃,在拥堵的车辆中间窜来窜去,狼狈躲闪。"那不是刘白吗?!"阿斗吃了一惊,立刻下了出租车,回头还不忘跟司机说线上支付,跑上前一看——刘白的车还发动着,人跑了,连钥匙都没拿。阿斗索性坐进去,将车子一步一步挪动。他一边开,一边死死盯着刘白消失的方向。到了路障跟前,交警狐疑地看了看阿斗,要他吹气。

一检查完,阿斗立刻驶出车流,打着右转灯,绕着巷口一圈一圈寻找,突然看见刘白和叶子就站在一条巷子里争吵,架势非常激烈。阿斗顾不上跟前那个明显的禁停标志,立刻把车子扔在巷口,人就冲了下去,跑进巷子,大喊两声:"叶子!刘白!"

叶子愣了,一回头,怎么都没有想到在这样的场合和阿斗重逢。倒是刘白,因为拦截了每一封邮件,早就知道阿斗要回来,此刻真人到了跟前,他大为光火:"你还有脸来?!"说着他冲上来就推了一把阿斗,阿斗人一歪,撞翻了垃圾桶。阿斗也顾不上身上脏了,站起来跟叶子道歉,但刘白根本不让,抓住阿斗,就是一顿揍。

突然响起一阵狂躁的喇叭,一辆小卡车正要进来收垃圾,刘白的车停在巷口,挡道了。司机显然烦躁,远远地,摇下车窗骂街;阿斗趁机把车钥匙丢给刘白,让他去挪车。刘白一时情急,只好去了;趁这空当,阿斗赶紧拉起叶子就跑,俩人左弯右绕,拐到另一处巷子里,停下来,气喘吁吁。

巷子里灯光昏暗,大簇的三角梅泼辣地倾泻着,越过墙壁,拦住了一只黑猫的去路,它蹲在墙头,警觉地望着路人。阿斗也没想到在脑海里期盼了这么久的重逢,竟然是在这种场合。心里埋着的一万吨话,偏偏这时候一个字也说不出来,只能重复着:"……我一直给你写信,没看到吗?"

叶子一无所知,整个人蒙掉,脑子里混乱不堪。这几年来发生了太多事:受伤,康复,结婚,生活甜美又枯燥,和刘白的关系变得微妙。她也一直惦记阿斗,惦记火空海,但此时重逢太过突然,她语无伦次:"……你怎么现在突然跑来?"她擦着眼泪,只想要自己静静,转身朝着巷子另一头跑去:"别跟着我了,你们都消停消停,让我喘口气……"

阿斗痛苦地蹲下来,捶打着自己的头。他真想钻回他的黑洞里去,一切怎么会变成这样?

刘白挪了车回来,一眨眼工夫发现俩人不见了,气得直跺脚。他干脆又回去把车开上,兜兜转转找人,打开手机定位,发现红点就在他附近,但又不确定到底是哪个拐弯。他咒骂着拍打方向盘,整个人陷入癫狂,一脚油门,闯了一个黄灯,直接朝前猛冲。

就在那一刻,叶子扔下那句"别跟着我",刚好跑出巷口,一个致命直角盲区,她直直闯进刺眼的车灯——刘白的眼皮上一秒刚从手机上抬起,下一秒就"砰"的一声撞了上去……

刘白本能地一脚刹车——已经迟了——剧烈的恐慌中,他彻底僵住,右脚还粘在刹车上,双手攥着方向盘,不停发抖……脑中既是一片空白，又是一片漆黑：全身仿佛血液尽失，完全不知道自己干了什么……发生了什么……

阿斗只听见刺耳的刹车声，像十万根粉笔刮过黑板。他朝着巷口望去，只见刘白的车一脚急刹，停在巷口。空荡荡的甬道，黑洞洞的，像个巨大的枪口对准自己，不祥的玩笑。什么都顾不上了，阿斗疯了一般冲到车轮前，从一地血迹中抱起叶子，踉踉跄跄猛拉车门："打开啊！快打开！"

没想到刘白吓得如同僵死之人一般，双手紧紧抠着方向盘，已经灵魂出窍似的，动弹不得，连车门也不会开了；他被阿斗捶打车窗的动静喊醒，才战战兢兢按下解锁键。阿斗把叶子放进后座，跳到前面，把刘白一把拉了出来："滚去那边！滚！"说着他就坐进驾驶座，还没等刘白坐稳带上车门，阿斗就一脚油门冲向医院。

"赶紧导航！找医院！最近的！快！"阿斗怒吼着，刘白哆哆嗦嗦，手指几乎不听使唤，半天才导上航。阿斗感觉冷汗让手心在方向盘上打滑，那种惊慌和无助，好像又回到了第一次去火空海出事的那个夜晚，他也是这样将叶子托起，一路背下山，无助地喊着："叶子，撑住，叶子！"

一开始她在后座仿佛还有依稀意识，好像在喏嚅着什么，痛……好痛……接着便安静下来，仿佛睡着了。

38

阿斗大汗淋漓，浑身是血，抱着叶子往医院门口冲。又是医院。怎么又是医院。他恨死了这灯光,这走廊,迷宫似的。叶子被七手八脚急匆匆推进抢救室,阿斗死死追着病床不放,被护工生生拉开。他不确定那是不是幻觉,他好像一直听见叶子苍白的嘴唇嗫嚅着什么,又听不真切。

一些声响仿佛既从天堂传来,又从地狱传来:谁是家属……签字,这边……记忆折叠了吗?叶子上次受伤之后,那个永夜一直循环,此刻仿佛转回原点,阿斗几乎糊涂了。

凌晨的医院人去楼空,一些疲惫的影子游魂般走动,走廊的日光灯发出冷漠的频闪,仿佛一间明亮的地狱。阿斗站着,蹲着,站着,蹲着,每一秒都是漫长的酷刑。几米之外,刘白瑟缩在角落,身体显得很小。他一身冷汗,干了又湿,全身仿佛失温一般,打着寒战。刘白用几乎听不见的低声,悄悄问阿斗:"刚才……刚才……有摄像头吗……?"

阿斗几乎不敢相信自己的耳朵:"这是什么时候?!叶子还在抢救,你竟然在琢磨有没有摄像头?!"

"我只不过是想好好过日子……过日子,"刘白神经质地重复着,"我跟你们不一样,我就只是想好好过日子……这有什么错?"

"你撞——"阿斗突然刹住"死"字,牙齿狠狠咬在嘴唇上,"你撞到人了,你知不知道?!你这是杀人你知道吗?!"

"我没有!我怎么可能杀她?!"

"我怎么相信你?!我眼睁睁看着你从小区出来就一直跟踪她!"阿斗抄起手机,拨打110,"……对,我报警,有人开车撞人;送到医院了,对;人在第二医院抢救室……"

刘白慌了,立刻扑上去摁住阿斗,一把抢过手机摁断,死活不让他说完,如此激动,更让阿斗生疑:"你怕什么?!你要不是心虚,你怕什么报警?!"

"我只是,我只是……出来前喝了两杯,你这样闹,我一会儿就说不清了,你别……你挂了你先,你相信我,我真的不是故意的,我怎么可能故意……我把她捧在心尖儿上疼,我怎么可能……"

阿斗别开目光,他被一种巨大的不祥预感压得喘不过气。他宁愿被撞的是自己而不是叶子。

俩人一个站着,一个蹲着,时间仿佛泥潭,没有长度,只有深度,他们陷了进去,爬不出来。不知过去多久,一个身影走近刘白,他抬起头,看见一个高大的制服身影遮蔽了头顶的日光灯,阴影压下来。

制服冷冷发话:"谁报的警?!"

刘白与阿斗哑口无言,面面相觑,谁都没有动。

"我问谁报的警?!怎么回事?"警察拔高嗓门,吓得刘白直哆嗦,噤声不语,阿斗也没动。

就在这时,抢救室的门打开了,两双焦灼的目光齐齐投去,医生垂下手,面无表情,脱掉带血的手套,接过一份文件,签了字;肃着一张脸走过来,张口对刘白说话。

阿斗死死盯着医生的口形,那口形与声音是完全吻合的,可无论是眼,是耳,那个结果都令阿斗无法相信。阿斗感觉不真实。他一阵阵耳鸣,眼前发黑,地板在融化,变软,他的脚仿佛踩在泥沼上。有那么一些瞬间阿斗好像失聪了，周围变成一种刺耳的寂静。他看着刘白整个人突然散了架，又突然支棱起来，抓着医生的衣服不放，他的动作夸张，像大促销商场门口的充气人偶，他觉得那样子非常滑稽。

恍惚中，警察的声音始终在耳边萦绕，说了什么，阿斗一个字都没听见。他抬头看着警察，眼神中是一种彻底空洞的抽离。

警察显然发现他们两个现在都无法沟通，转而向医生和护士询问情况。接着他立刻要求一份静脉抽血报告，检查酒精度。按他的经验，这十有八九是酒驾。刘白一听验血就慌了，不停对着警察解释。"意外，就是意外……"他嗫嚅着，"他开的车，我没开……到医院，我没开……"

"他撞人，他故意的。"阿斗还没有把话说完，就被刘白跳上来按住："放你妈的屁！我放你妈的屁！"刘白激动得青筋暴露，被警察摁住。"处理完医院的事，都跟我回所里！现在就去抽血，必须拿到报告。"

俩人被架着，坐在抽血柜台，直到针头插进静脉，阿斗都没反应过来，自己在哪儿，在做什么。他始终惦记着眼前那扇冰冷的抢救室大门。那扇门死死关着，他还没见着叶子。他至少要见她最后一面。她一个人躺在手术台上，冷吗？她孤独吗？她的最后一念，想到了什么？他努力回想着她最后的嗫嚅：

"好痛……我想……我还想……"

39

一夜暴风雨的蹂躏，脆弱的吊帐仿佛是一只悬在空中的小小炼狱。不止一次，刘白觉得自己死定了——他俩现在简直是两只仓鼠被封在一个气球里，然后被扔进洗衣机。狂风暴雨中，帐篷周围的落石嗖嗖地砸下，一想到自己是在这绝壁上，吊在一层单薄的防雨布里，被狂风推来攘去，刘白就怕得发抖。仅仅对抗这份恐惧，已经让他筋疲力尽。

凌晨时分，吊帐里积了不少水，睡袋早已湿透，冻得人浑身发僵。为了防止失温，阿斗也不敢睡去，只能彻夜活动手脚，不停往外舀水。

刘白还以为坐牢的日子已经是地狱，没想到和在这山上相比，那只不过是疗养院。在监狱至少没有高反，至少能按时吃饭，至少可以躺在一张真正的床上——而此刻真是生不如死：恐高、寒冷、疲惫、头疼、腹泻、失眠，酷刑轮番折磨着他。"今天过了，明天、后天……"刘白掰着指头算，"我们还剩多少个绳距？"

阿斗说："七八个吧，顺利的话。"

"要是不顺利呢？"

"不顺利？……那就一个绳距都不剩了，"阿斗仔细处理着磨破的手皮，"咱俩一起挂。"

"不行，不行阿斗，我真的受不了，真的不行了……我就想下去，我想回家……"

"你现在后悔了?!"

见刘白怕得发抖,阿斗反而心生一股爽意。他从容地拧干睡袋、衣服,扯着自己的衣角,用它擦拭机械塞的凸轮,把缝隙里的泥沙清理干净,然后关掉了头灯。他越冷静,刘白越崩溃:"你还要我怎样?!判也判了,进也进去了,鉴定书都说了,是过失!谁没有过失?你知不知道我在里面是怎么过来的?!"

"你别忘了,当着叶子的骨灰,你答应我什么。"阿斗的脸色一沉,话也一沉。刘白这下知道阿斗是不会轻易放过自己了。他缩在帐篷一角,紧锁眉头,都不知道是该求生,还是求死。他盯着蟒蛇一般盘绕在角落的绳子,心乱如麻,耳朵里绕起阿斗的话:"不顺利?……那就一个绳距都不剩了,咱俩一起挂——。"

刘白不由自主开始在脑海里预演起那个画面——当阿斗下降,下降,下降到绳子末端……那个光滑的、没有打防脱结的绳子末端……无声地……从保护器的管槽中滑脱……阿斗整个人像石块那样往下坠去……

神不知鬼不觉,这不就是任何一次高难度攀爬中都难免的,事故而已……阿斗是写好遗书来攀登的人,刘白突然意识到,如果阿斗挂了,那不就可以提前结束这该死的攀岩,提前了结这一切了……这股邪念,混着几近愉快的释然,涌上心头。刘白佯装给绳子铺上防雨罩,盯着那个绳尾结出神。趁着阿斗不注意,他悄悄地,犹豫地,但最终又毫不犹豫地——解开了绳尾结。

做完手脚，刘白像是悄悄为手枪上了膛似的，莫名有了一丝底气。他盯着阿斗的背影，过去几年的片段不时闪现，他早已不觉得自己还有任何亏欠了，唯独还有点想不通。

40

看守所的日子是最不堪回首的，人满为患，一张床，十个人挤，像砧板上码齐的肋排那样，侧着躺，谁都不许乱动，乱动的话，全床的人都一起挨罚。每个人的鼻子都撑着前面那人的后脑勺，臭到窒息——这是夜晚。白天则是罚静坐，背诵行为守则，错一个字要挨罚。刘白新来第一天，就接替了"茅哥"一职，负责刷厕所。一个坑，五十个人拉，他现在想想都作呕，真不知道自己是怎么熬过那段日子的，以至于终于等来判决，押送进监狱那天，几乎是松一口气。在监狱，虽然狭小的铁床硬得像棺材板，但至少可以一个人躺，至少每顿有两个菜，而不是天天喝稀粥。

刘白每夜盯着天花板，在铁床吱吱嘎嘎的呻吟中，苦思一个问题：为什么，自己一个老老实实的人，真真心心爱一个人，踏踏实实过日子，居然能摊上这样的事儿，还进去了？……他到底做错了什么？如果……如果当晚没吵架，如果当晚没喝酒，如果不是阿斗突然出现，如果叶子没受伤……这个漫长的因果链条，到底要追溯到哪一环？他要怎么面对父母，怎么面对未来？他还要怎么生活？

面壁无果，他痛苦到挠墙，手指挠出血，墙挠出洞。

实在不愿意想了,他双手抠着那些大大小小的洞,渐渐用力,直到渐渐没力。忘了从哪一天起,刘白开始用这种方式面壁:练习指力,在墙上练习攀爬。他甚至还申请过要一块指力板,被狱警拒绝了。他只好吊在门框上、床沿上训练,每天至少一两个小时。狱友偶尔在半夜醒来,发现一个黑乎乎的人影上吊鬼似的,挂在门框上,吓得半死,都有点怕他;连看守都很紧张,怀疑刘白是电影看多了,想越狱。

三年过去,刘白就着牢墙上的坑坑洼洼,练就了过人的指力;而这只是转移注意力的方式,整件事他还是没有想通。实在想不通,所以出来后第一件事,是去找阿斗算账,城里找不到,就追到了山上。他要亲眼看看火空海。那个漫长的链条应该追溯到这里,冥冥中,一切都是因为这里,一切都怪这里。

当刘白徒步两天半,筋疲力尽地抵达火空海脚下的时刻,他已经累到脱水。高海拔地带的苍茫与极简,带有强烈的震慑感、压迫感。这里的空气像岩片一样,稀薄,坚硬,冷酷。天长地阔,像一道结界,隔绝尘世。刘白一个人站在那儿,孤单得好像被人间除名了似的,一切都被一笔勾销了……那种被彻底删除的感觉,又很……

……又很自由。

一股莫名的热泪,渐渐涌上眼眶。刘白突然有点懂了,这是一个他无法带给叶子的世界,与日常生活无关。它是超越日常的,超越人间的。俗世的幸福,在这样的岩壁面前,只是一个选择:一个略显两难,但依然是可以被牺牲掉的——选择。

大岩壁以神像般的慈悲,默默审视着他。刘白切肤体验到了一种罪恶的渺小,痛苦的渺小,活着的渺小。他有种想要下跪的冲动。他有点理解了为什么叶子始终对此心心念念。

41

吊帐外的风雨正在渐渐减弱。他们枯坐半夜,心事重重。回忆过去,刘白的目光落在那个铝盒上,阿斗也注意到了。俩人的目光都聚焦在那个铝盒上,快要把它点燃了似的。这个冰冷的铝盒,曾经是一个活生生的生命,一个女孩。她有血有肉,有说有笑,会跑,会攀登,会做梦。但是,她什么都没来得及,就没了。

阿斗拿起这个铝盒,郑重地把它放在俩人中间,供奉着,他指着这个盒子,说:"你知不知道,世界上,只有一种感受让人睡不着觉,不管是好人、坏人。只有一种感受,让他们都不得安宁。"

刘白没接话,冷冷看着阿斗。

"遗——憾——"阿斗从齿缝间咬出这两个字,"……没来得及。还没来得及,就再来不及了。你懂吗?"

刘白没吭声。

阿斗把玩着手里那只主锁,咔咔咔的,像是盘一颗核桃:"一个坏人,可能没啥良心,不觉得自己做了坏事,杀了人照样睡得着;好人,没做坏事,也不会睡不着。但只有遗憾,刘白,我告诉你,只有遗憾,让人一想到,就睡不着觉……"

"都现在了,你还觉得我是故意的,是吧?"刘白咬着腮帮子。

"你是不是故意,我已经不关心了。判都判了,你也进去了,我纠结的不是这个。"

"那你还纠结什么?你问,我全说。咱俩,今天就在这儿把话说开。"

"……我就是缓不过来。一想到叶子走得那么突然,什么都没来得及,我心里就跟猫抓一样。"阿斗说着,眼泪滴在铝盒上。这是刘白第一次见到阿斗流泪,见到他的伤感、脆弱。在刘白记忆中,阿斗是个大字不识、暴跳如雷的炸药包,是什么改变了?这些年,他又是怎么过来的?刘白的确一无所知。他们都在自己的地狱里挣扎,根本无心抬眼看一下别人。

刘白的睡袋打湿了,他感到非常冷,非常疲倦:"人已经没了,山我也来了,我都清楚了,咱就是……要的不一样,想通了,也就没有遗憾了……"

"你没有遗憾?!那我的呢?!叶子的呢?!"阿斗吼得嗓子都劈了。一想到叶子以那样的方式死去,一想到自己甚至不曾吻过她的脸,一切都没来得及……阿斗心里就像插了一根冰锥,取不出来。

"阿斗,你别装好人;叶子第一次受伤,全是因为你。要是没有那次受伤,也轮不上我有机会和她走到一起。你睡不着,全是因为你自己。"刘白狠狠补了一刀,他的话好像给那支冰锥猛地加了一把劲儿,金属螺纹又拧了一圈,带着血,往心脏深处使劲儿拧……还在拧……直到最锐利的锥尖死死咬住了心脏最深处,扎了个血洞。

刘白放完狠话,料定阿斗肯定暴跳如雷,要跟自己打起来,他都已经暗暗捏紧了拳头,准备拼个你死我活,却没想到阿斗既没有愤怒,也没有暴躁,只是像个失血过多的病人,躺了下去。他把头靠在铝盒旁边,低声喏嚅着:"你又怎么知道,这几年,我怎么过来的?"

刘白一愣,揪着的心和拳头,慢慢松开。他盯着铝盒,想起在告别大厅那天,叶子陷在棺椁中,苍白、平静的脸。他双手戴铐,呆呆望着叶子的睡容,觉得她只是生病了,睡着了,再隔些天,就会醒来。狱警把他带走的时候,刘白喃喃自语:"你好好的,过几天我再来看你。"

然后就再也没有看见她。

最后的火化,只有阿斗独自陪同。棺椁被收入炉口那一刻,阿斗感觉自己的一部分也随之而去了。熊熊烈火终于熄灭,骨灰被一点一点地刮起,收集起来,装进盒子,送到亲属手里。阿斗几乎有点不敢接过来。那一天是如此地不真实。在回去的路上,车辆颠簸,骨灰盒外的黑绸子轻轻摩擦着阿斗的膝盖,一种奇怪的微妙感觉,仿佛这个盒子里有什么东西还活着,还不甘心,在抓挠着,要开口说话。

阿斗抚摸着那个盒子，暗暗发誓，要把它带到火空海去。虽然叶子没有说过，但真正的攀登者都是这样的："最怕死在山上，也最怕没有死在山上。"

42

怀着这个执念，阿斗独自一人，再次来到火空海。牧民们依然放牛，依然挖虫草。许久不见，那个骑摩托的年轻牧民一时没有认出阿斗来，但当阿斗指着帐篷，又指了指肩膀的时刻，牧民立刻想起来了："原来是你们啊?! 那个姑娘呢，她的伤怎么样了？"

"她……好了。"

"那她人呢？"

"她在那上面，等我们。"阿斗指了指天，如此回答。

牧民以为是火空海顶上，吃了一惊："不可能，她怎么上去的？"

阿斗不知如何解释，阴沉下来，不说话了。

"真搞不懂你们，为什么就非要爬它不可呢？"牧民席地而坐，拿出酥油茶壶，给阿斗倒了一杯。喝茶的时候，他们的目光从杯口抬起，望见远处沸腾的云海。

"我就想把她的骨灰撒在那山顶上。"阿斗说。

牧民拿着茶杯的手显然顿了一下，看了看阿斗，没有说话。这次他们没有赶人，但也没有允许。阿斗就在那儿等。当天不行，第二天、第三天。他扎了营，住下来，面壁者一样坚决。两周后的一个早晨，岩壁下突然热闹起来，许多僧人和牧民扎下帐篷，锅碗瓢盆搬来，原来是要举行盛大的法会，在火空海山顶上挂起经幡。

阿斗和僧人们一起，从后山绕了远路，登上山顶。一路上没有人理会他，但也没有人要赶走他。在抵达山顶的那一刻，以为的海子并不存在，只有一条溪流，汩汩淙淙，来自更高的山、更远的冰川。

阿斗一问才知道，火空海原来不是海子的名字，而是一段特殊的纪年法，部分藏语文献中，从公元624年至1026年的四百多年间所使用的纪年方法——一段时间、一段历史、一些生命，不可挽回地逝去了。

那一瞬间，无尽虚风，滚滚而来，滚滚而去。阿斗有种大彻大悟之感，豁然开朗，其实不只是攀登者，每个人心中都有一片火空海：已逝，无回，勿念。活着是走向人外人，山外山，但火空海，永远是火空海。

身旁一位年轻小喇嘛反问阿斗："你既然已经到了这山顶上了，为什么还要降下去，再爬上来？"

"要的就是这个过程。攀登，就是为了这个过程，不是那个结果。用什么方式登上去，对自己诚实，这就是攀登的全部。"

没有了叶子搭档，阿斗独自从岩壁顶端绳降下来，一米一米地摸索这面垂直竖立的高大迷宫，一步一步解谜。这就像是一场长达三年的编舞，每个动作，每个节奏……分成一段又一段，枯燥而重复地排练，为了最终完美的、一气呵成的表演。这是他一个人的一千零一夜,天方夜谭。以这种方式,阿斗致敬他崇拜的攀登大师 Tommy Caldwell。关于他的那部纪录片《黎明墙》,还是他和叶子一起看的:Tommy 和前妻是初恋,青梅竹马,一起长大,一起攀岩,是多年的亲密搭档;青少年时期他们去吉尔吉斯斯坦攀岩,遭遇恐怖分子绑架,经历了一场劫后余生,细节十分恐怖,给俩人的后来埋下阴影。他们结了婚,在优胜美地有了一个家。Tommy 在车库干活儿的时候不小心切断了自己的一根手指,依然没有放弃攀岩。但因为早年往事的阴影积累,他们的婚姻陷入绝境,离了婚。Tommy 深陷痛苦,为度过那段时光,他下定决心要攀登黎明墙。

阿斗第一次为一部片子流眼泪。原来,当一个人过不去一个坎儿,除了一了百了,还可以把自己抵押出去,换来一种更加崇高的存在价值,就像贷得一笔巨款。这是一种精神的按揭。在日复一日、月复一月的偿还中,人通过流放自己,去找回自己。不是他有信念,而是他成了信念:一生只为一件事而来。

三年来,除了做教练带课谋生,阿斗把其余时间全都耗在了火空海,一次次来,一次次跟这面大岩壁死磕。一千零一夜之后,阿斗终于在这巨大的迷宫中,拼凑出了一条可行的路径,一张虚构的垂直地图。

"这三年,我就是这么过来的——所以刘白,我们无论如何,也要上。"阿斗说完,两个人仿佛都被剧烈的情绪烧焦了,在寒意中,昏睡过去。

43

漫长的一夜过去，鬼门关总算放过了他们。蒙蒙天光渐渐透入吊帐，风雨已经平息。清晨的阳光一脸纯真，仿佛昨晚什么也没发生。阿斗先醒，在睡袋里赖了一会儿，实在憋不住，拉开吊帐，起了身。照样是撒尿，刷牙，烧水。即使到了岩壁上，人还得吃喝拉撒；活着，就逃不出日常。等待米饭泡好的间隙，阿斗开始清点装备：快挂、塞子、岩钩、扁带、主锁……每一样都按取用顺序排列好，扣入腰间的安全带。

刘白被动静吵醒："你疯了吗？刚下完雨，你还要爬？"

"吃的都不够了，我们已经很慢了。"阿斗平静而坚决，态度不容置疑。刘白只好起来，草草收拾一番，赶紧吃早饭。撕开番茄味的米饭包装袋的时候，刘白突然想起什么，问："叶子真的跟你说，她最讨厌番茄味吗？"

"是为了照顾你面子吧。你不是老给她做吗？"阿斗说。

"现在想来，我可能一点都不了解她……"刘白欲言又止，埋头吃饭。

"不说这些了，抓紧时间，走吧。"阿斗说。

岩壁湿滑，裂缝又太直，冰镐用也不是，不用也不是。脚尖咬在潮湿的岩壁上，触目惊心地滑。他将脚尖在另一条裤腿上擦了擦，小心地出手抓点，继续向上。

靠，好难……阿斗默默咬着牙，小心翼翼对付潮湿的岩壁。沿途没有合适的空隙放保护，只能硬着头皮继续往前爬。拜托，拜托……他心里清楚：保护点间隔越大，冲坠掉落的距离就越长，十分危险。

不，不能分心，深呼吸……阿斗强迫自己专注，这里容不得一丝一毫的闪失。他好不容易发现了一个楔形缝，清理干净，小心翼翼放入一只机械塞，金属凸轮看上去卡住了，可当他使劲拉动手柄，测试稳固度的时候，里面的岩片却突然被抠爆，崩了一块。"落石！！"刚喊着，没注意，阿斗脚下一滑，一个凶狠的冲坠，掉了十几米，自由落体的失重感几乎一把抽空了他，整个人都倒翻了，头盔磕到岩壁，一阵眩晕；还好他被下方的塞子拉住，没有像撕破一串扣子那样一落到底。

下方的刘白吓了一大跳："没事儿吧？"

阿斗回应："没事儿。"

他深呼吸，核心发力，把自己的身体姿势调正。他从掉落的地方又重新攀爬到那个坠落点，取下冰镐，往缝隙里面试探着挖了挖，清理碎石。仔细拉拽测试机械塞：稳了。

随着阿斗攀升，刘白将手里的绳子一寸寸送上去，阿斗往上爬一截，他这边就短一截。"快到中点就提醒我！"阿斗在上方呼喊着。

"好！"刘白答应着，完全忘记了昨晚心生邪念，解开的那个绳尾结。

流云在高空中嬉戏，追随着汹涌的风，托起一群秃鹫，盘旋着。这是人间普普通通的一天。日影已经从阿斗的右前方，日晷移针一般，挪到了正前方。等太阳高挂，岩壁便彻底被晒干了，阿斗的脸庞能感觉到岩壁因水分蒸发而升起的热气。他抬头看向上方，冰岩混合的部分就要到了，这是整条路线中最鬼门关的一段：本就细弱的挂瀑，在太阳的照射下，正像冰棍一样融化、滴水。这样的冰况无法继续推进：冰镐敲上去，像是斧子劈在疏松的木炭上。必须等上一夜，等冰挂凝固，再次冻得坚硬，才能继续。

阿斗想了想，决定安全起见，今日就到此为止。他花了差不多二十分钟才建好保护站，接着大喊："刘白！我准备下降！"

刘白放绳，阿斗下降。

"停！"阿斗喊，刘白便停住。在下降过程中，他不断回收路线上的塞子、冰锥，挂回腰上，以便下一绳段使用。

"继续下！"

"停！"

如此几段下来，阿斗马上就要下到尾部了。绳子在一点点滑出，仿佛一条毒蛇，飞速蠕动，飞快消失，飞快接近那个致命的绳尾。余绳在一圈一圈迅速减少，最后三米的距离——刘白突然看见那个空荡荡的绳尾，突然想起，昨晚自己一时糊涂，解开了它——来不及了——光滑的绳尾悄然无声，从保护器中滑出。

阿斗毫无防备地掉了，"嗖"地滑过岩壁，滑过刘白……仿佛溺水的人，阿斗疯狂抓挠着一切救命稻草，自由落体的恐惧几乎要撕碎他……惨叫中，阿斗在掉落中胡乱拽住了下方吊帐的一个角；吊帐瞬间被扯直了，里面的东西稀里哗啦掉落，锅、碗、睡袋……统统坠入万丈深渊。

阿斗死死拽着，死死拽着。

呼吸已经被夺走了，在一种纯粹的求生本能驱使下，阿斗飞快将牛尾绳扣入了什么，停止了坠落——这简直就像是断头台的铡刀将要砍下的前一瞬，突然得到了死缓。

他悬在吊帐与固定绳之间，获得短短几秒钟喘息。惊恐之下，剧烈急促的呼吸简直要把肺都撑破了，他脆弱得就像一只从破网中掉落的小蜘蛛。很快，吊帐被扯住的那点面料开始破损，在重力的拉拽下，一点一点地被撕碎，眼看马上就要断了，死缓即将失效，阿斗再次惊慌起来，他必须赶紧将自己扣入保护站，这是唯一机会，如果失败，必死无疑——他已没有选择，只能咬咬牙，腹肌用力，将自己摆荡起来，每荡一下，吊帐的那个角就更接近撕裂——完了，必须出手了，阿斗盯准了岩壁上那个锚点，瞄准——这简直就像一边荡秋千一边扎飞镖——最后一荡，在吊帐被撕破的前一瞬间，成功地将自己扣入锚点上的挂片。

稳了。

从死缓，到特赦，短短几十秒间，阿斗越过了生死之线，逃脱了死神的口哨，爬回了吊帐里面——但里面稀里哗啦整个底朝天，什么东西都丢了，只捡回了一条命。

阿斗脑子发蒙。这到底怎么回事，剧烈的肾上腺素冲击，带来一阵生理上的恶心感，酸性的唾液中带着苦味。足足缓了十分钟，阿斗还是忍不住，剧烈地呕吐起来。就在刚才，自己差点死掉，差点粉身碎骨。

到底发生了什么……阿斗如此清晰地记得自己昨晚理过

绳子，而打绳尾结是自己的本能习惯，他不可能忘——除非刘白故意解开了。

一想到此，阿斗发出一声野兽般的嘶吼："刘白！！到底怎么回事！！"

完了。刘白感觉自己彻底完了。他六神无主，自己干了什么？他完全忘了自己一时糊涂，解开过那个绳尾结……他本意不是如此，他当时只是害怕，想早点下去……

阿斗缓了足足一个落日那么长，终于从刘白彻底的沉默中明白过来——绳尾结。问题只能出在绳尾结。但阿斗死也不愿意相信，刘白是故意的。他必须搞清楚，他差一点就死得不明不白。

阿斗慢慢从下方一把一把地，爬到了刘白的起点位置。阿斗依然心怀最后一丝希望，问："不是故意的，对吧？"

刘白哆嗦着，不吭声。

"我问你！是不是？！"阿斗的喊声回荡在岩壁间，如同天空在审判。

刘白还是没有吭声。好久好久，才从牙缝里说出三个字："对不起。"

一阵盛怒涌上脑门，阿斗一把摘下刘白的副保护，狠狠推了他一把；刘白后脚踩空，跌下小平台，陷入摆荡；腰间的主绳拽着他，像子宫内即将要被流产的一个胎儿，仅剩一根脐带，吊着。刘白死死拽着绳子，从阿斗发狠的眼神里，他觉得自己大概活不过今天了。

惊恐与盛怒交织，令阿斗脑子发涨，他混乱地东张西望,几乎迫切想要找出绳刀,一枚锋利的岩片也行,割掉连着刘白的那段主绳。阿斗一遍遍问:"你干了什么?!为什么要害我?!你至于吗?!"

恐高已经代替死亡,率先凌迟着刘白。他无助地吊着,抖得像筛子,双腿徒劳地在空中蹬着:"我不行了……我不行……我恐高,非常恐高……你放过我……"

"恐高?!你现在跟我说恐高?!我问你!你为什么要害死我?!"

"不是故意的,我只是忘了……"刘白嗫嚅着,濒死感提前袭来,粉碎了全部理智,他变得木僵,连挣扎都不敢了。像是脐带死死勒住了脖子一般,他无助到不能呼吸;冷汗沿着鬓角,从头盔下滴出,被鼻血稀释了,成了玫瑰色的眼泪。

阿斗的喊声回荡在岩壁之上,被风吹散。鹰依然无声盘旋。夕阳已经沉没。在这万丈绝壁上,火烧云仿佛末日审判一般点燃了天空。阿斗没有找到刀片,也没有找到岩片。他低头盯着下方的刘白:那顶头盔一动不动,整个人僵死一般吊在底下已经很久。

"我想上来,阿斗。可不可以让我上来……"刘白低声在下方哀求。

灼烧般的犹豫过后,阿斗筋疲力竭。最终他还是伸出手,随着刘白攀爬,一点点地把他拉了上来。

此时此刻,俩人已经彻底虚脱。

44

"最开始,是怕大家嫌弃我……没有面子……一个大男人,恐高……她会怎么看我……她这么喜欢野攀……怎么可能接受一个搭档,恐高……"刘白语无伦次,令阿斗几乎想笑:一切的源头,是一颗如此荒谬的种子。

"……就是恐高……才不愿意跟你们野攀……然后眼睁睁看着你们总是在一起……"刘白像在黑暗中进行一场告解。阿斗筋疲力尽,一言不发。他们像两个死囚,在峭壁的小平台上对坐。

夜深,温度骤降,吊帐破了,不再挡风。天在飘雪,食物和锅碗早已掉了下去,连睡袋也弄丢了。万幸的是,装备驮包固定在另外的锚点上,岩塞没有丢,绳子没有丢。他们此刻一无所有,饥寒交迫,只剩下一条命,以及驮包里那个铝盒。

无论如何,还要完成火空海。阿斗感觉自己已经一无所有,唯剩下一个信念。在那寒冷的山上,冰已经冻得严严实实了。一切都在等他。叶子还在山顶等待他。

必须抓紧时间,在太阳升起之前出发。

雪越下越大。凌晨两点,阿斗估计上面的冰瀑已经重新冻结,默默穿好装备,准备出发。

"你确定吗……你还要……?"刘白几乎惊呆了。

阿斗不吭声,将铝盒放入背包。

"上面的难度,你有把握吗?"阿斗几乎都不清楚这是叶子的声音,还是刘白在发问。

"难度有把握,但是……有没有运气,就不知道了。"他从容地将绳子盘在身上,装备按顺序放入背包。里面除了水、头灯、电池,还有那个盒子。他丢弃所有,也不会丢弃这个盒子。

刘白站起来,准备打保护。阿斗感觉可笑:这简直就像和一个刚刚还要杀死自己的人握手。他背过身去,没说话——有没有保护员,已经不重要了;信念,才是他的保护员。装备叮叮当当挂满了腰间,一切就绪。背上背包的时候,阿斗感到负重沉得仿佛是背上了另一个人。

阿斗抬起头,仰望圣像一般,朝拜这座大岩壁:冷峻,无情,危险之海。阿斗在心里计算着,时间是凌晨两点,这意味着,如果幸运的话,他能在天亮之前抵达山顶。

45

茫茫黑暗中,冰冷的峭壁上,一粒渺小的光在缓缓向上移动,是阿斗的头灯。他像一颗小星星,悬停在夜的虚空中。

感觉自己再次化作一滴水,融入汪洋。外在世界不知不觉凝固了,没有声音,没有动静,混沌中凝固的云、风、鹰……尘世里遥远的人们,都凝固了。时间衰老,而自己停在了此刻。自己好像在某种真空中悬浮,遁入传说中的——化境。

第十九绳段完成得十分顺利,那种行云流水的感觉又回来了,心流状态仿佛一道异世界的大门,缓缓敞开,光芒涌入,自我溶解。此刻阿斗感到自己已没有了凡人肉身,而是一粒冰晶,飞扬在空中。在那段最美的冰壁路段中间,他娴熟地钩挂,清脆利落地挥镐入冰,动作无比轻盈、细腻;速度之快,连鹰都被甩在脚下。他正陶醉在芭蕾表演一般的心流之中,欲要继续向上,突然腰间一紧——刘白在下方拽了拽,提醒一个信号,意味着绳长不够了,无法再向上。

阿斗往下提了提绳子,确认这是绳长极限。岩壁比他预计的还要长……就长了那么一点点,就差那么十几米,该死。

阿斗深呼吸,强迫自己镇静下来,思考一下。他必须先下一根锥,扣住自己。他腾出一只手,取出一根冰锥,十二厘米长,他只剩这一根了。如果有更短的更好,但别无选择了。不要钻到岩石,不要钻到岩石,阿斗在心里祈祷着,呵出的热气时不时迷蒙了他的双眼。他小心翼翼地,一圈一圈将冰锥拧进冰层。随着利齿旋凿,咬入冰面,一个飞盘大小的放射状裂痕隐约地炸开,他的心悬了起来,但应该没有问题,他拧进最后一圈,感觉螺纹咬住了。太幸运了,冰层够厚,齿尖没有凿到岩壁,他舒了一口气,借此做好了一个临时保护点,把自己扣入。

暂时稳住了。他需要思考一下,接下来:怎么办?这三个字此刻显得犹如千斤重,沉甸甸地拽着他。阿斗惊险万分地停留在那里,陷入两难。他在脑海里飞快地盘算着各种方案：等刘白跟攀上来，回收绳子，继续，将花去不少时间，何况刘白不会攀冰，很可能上不来，太阳出来冰况一变，又无法继续；要么自己脱离主绳系统，继续向上，那意味着无保护攀登，风险极大；最坏的方案就只能是下撤吗，他们已经没了物资，不知道还有没有机会重来。

"怎么办？叶子，告诉我。"阿斗焦灼地喃喃自语，"该怎么办……"他将头盔抵在冰壁上，深呼吸，拼命思考——他的鼻尖、嘴唇，碰到冰壁，不经意之间，像个冰冷的吻。怎么办——他绝望又深情地亲吻冰壁，那种冰冷让他渐渐镇定。

一段小调，《哥德堡变奏曲》，不自觉地哼起。他脑海里的万念纷飞，渐渐落定为空。阿斗一边哼着曲调，一边调整呼吸，心里越发清楚，此时此刻，代价是死亡。回报，仅仅是活下来。不留遗憾地活下去。

天仍未亮，地平线像一道紫色的光缝，刚刚裂开。风平浪静的好天气。万籁俱寂，只听见微风摩擦岩壁的声音，和他的心跳与呼吸。短暂的休息后，阿斗决定抓紧窗口期，一鼓作气。他自言自语："不留遗憾，不留遗憾……"

阿斗咬咬牙，解开了保护点，仿佛解开了脚下的尘世羁绊。这是彻底的自由独攀——叶子，保佑我，等等我。阿斗默念着，一步一步，碎冰绽开透明的小小烟花，坠入虚空，他轻盈地哼着《哥德堡变奏曲》，轻盈地在飞。

身后的深渊仰视着他。要有光。上帝说，要有光。

于是有了世界，有了人。阿斗怀着信念，一步步朝上爬着。天渐渐亮了。

如果世间有神,必名叫高山,必能见证冰晶在雪中飞扬,那是因为曾经有人为此攀登,从容如散步。

户外词典

在《自序》中出现的"阿尔卑斯式攀登"与"喜马拉雅式攀登":

- **阿尔卑斯式攀登** 简称阿式攀登,起源于阿尔卑斯山,是一种登山方式或风格。指登山者以自给自足的方式,即自己携带装备、物资去攀登中高海拔山峰。常常由两到三名能力相近的伙伴自主进行,实现快速攀登。与喜马拉雅式攀登相对。

- **喜马拉雅式攀登** 也称为围攻式攀登,是早期攀登者为了完成喜马拉雅和喀喇昆仑地区极高海拔山峰而广泛采用的一种强调团队协作、稳步推进的攀登方式。常常由多人团队进行,往往会设立大本营,提前存储较多的物资,制订好攀登计划。在攀登前,会多次向营地运输物资,在险要地段铺设路绳,有较长的登山周期,雇用高山协作以辅助。

在《巧克力与佛》与《火空海》这两篇中,出现了比较多的攀岩术语,以下是关于攀岩的小知识,可以在阅读过程中携带:

● **攀岩分类**

攀岩分为器械攀、传统攀、运动攀、抱石、徒手攀岩(free solo)等。

器械攀	指在攀爬过程中使用的器械不仅仅用作保护,而且需要借助其向上。攀登者在无法进行自由攀登时,利用绳梯与各类器材进行辅助通过困难段落的一种攀登方式。
运动攀	在事先已经安装好永久式保护点(即挂片)的岩壁(人工岩场或天然岩壁)上进行,只需要扣上快挂绳索保护。
传统攀	攀岩壁上并没有事先安装保护点,由先攀者在攀岩的过程中自行安装,通常是于天然裂隙中自行放置临时保护点进行攀岩时的保护,活动后予以清除。部分传统攀路线也有挂

	片作为保护点，但由于保护点之间的距离较远，仍然需要用到岩塞或机械塞。
抱石	攀登者在无绳索的状态下攀登不超过五米高的石头（或者室内抱石墙）。不依赖任何外在的辅助力量，只靠攀登者的自身力量完成攀登。
徒手攀岩	攀岩者单独攀爬而不使用任何绳索、安全带或其他确保装备。他们必须完全依靠自己的个人力量和技巧，以攀登墙面或山峰。

● **攀岩装备**

基本装备包括：攀岩安全带、粉袋、主绳、快挂、主锁、岩塞、机械塞、岩钉、扁带、保护器等。应用于不同的攀登类型。

● **攀岩难度定级**

攀岩线路的难度定级系统是用于量化一条攀岩路线技术难度和强度的一套标准，帮助攀岩者选择适合自己能力的路线，常用的为法国系统和美国优胜美地十进制系统。

前文出现的 V5 为抱石线路的难度定级。V 难度开始于 V1，目前认定最难的是 V17。

前文出现的 5.9 ~ 5.10、5.10a、5.10b 都为美国优胜美地十进制系统。

开头的"5"代表"5级地形攀登",即直壁或带仰角,需要绳索确保,也要求一定攀登技巧的难度地形(区别于1~4级地形,从平地走路到手脚并用,难度递增,但不需要绳索保护的地形)。5.0~5.9是早期的难度设定,从5.10开始,增加了字母a、b、c、d进行细分,数字越大,字母越靠后,难度越高。5.15d是人类目前的极限难度。

● 其他

指力线	一条攀岩线路,如果手点很小,强调手指和上肢力量,这种风格的路线被称作指力线。
干攀	利用冰镐和冰爪进行攀岩的一项运动,在冰岩混合地带,也是一种必要技巧。

致谢

谢谢每一位读者：
你们的善意与停留，是命运赐予我的礼物。

感恩编辑、设计师、铭记在心的几位前辈老师：
我真是幸运。

拥抱每一位朋友，近的或远的：
你们对我的意义，比你们想象的要重要得多。

谢谢户外运动中遇到的岩友、搭档、教练、队友、开线者：
你们是这个世界最精彩的火花。

谢谢攀岩这项运动：
毫不夸张地说，你救了我。

谢谢妈妈带我来到这个世界：
以前我不这么觉得，直到最近。

也谢谢我自己。

另外：
谢谢那些让我心心念念的岩壁线路。
谢谢每一个气得我骂骂咧咧的难点。
谢谢那些遥不可及的高山。
谢谢这颗美丽的星球。

  以上，
   都是我的巧克力。也是我的佛。

图书在版编目（CIP）数据

巧克力与佛 / 七堇年著. -- 北京 : 新星出版社,
2025. 9. -- ISBN 978-7-5133-6120-0

Ⅰ. I247.7

中国国家版本馆CIP数据核字第20256LE537号

巧克力与佛

七堇年 著

责任编辑 汪 欣		**特约编辑** 赵慧莹 赵丽苗	
营销编辑 潘佳佳 胡 琛		**装帧设计** 韩 笑	
内文制作 张 典		**责任印制** 李珊珊 史广宜	

出 版 人	马汝军
出 版	新星出版社
	（北京市西城区车公庄大街丙3号楼8001　100044）
发 行	新经典发行有限公司
	电话（010）68423599　邮箱 editor@readinglife.com
网 址	www.newstarpress.com
法律顾问	北京市岳成律师事务所
印 刷	山东京沪印刷科技有限公司
开 本	850mm×1168mm　1/32
印 张	11
字 数	200千字
版 次	2025年9月第1版　2025年9月第1次印刷
书 号	ISBN 978-7-5133-6120-0
定 价	59.00元

版权专有，侵权必究。如有印装质量问题，请发邮件至 zhiliang@readinglife.com